光文社文庫

猫の傀儡《くぐつ》

西條奈加

光　文　社

目次

猫の傀儡《くぐつ》

七夕《たなばた》を控えた文月《ふみづき》の真夜中。猫の目のような三日の月が、鳥居の端にとまっていた。

灯《あか》りの落ちた境内《けいだい》には、数十もの影がひしめいている。それまで思い思いの格好で世間話に興じていたが、本堂の縁《えん》に三つの影が現れると、ざわめきはぴたりとやんだ。

オレたちの仲間は、夜目《よめ》がきく。長老と神主《かんぬし》、そして頭領だと、誰もが察した。

初老の長老が、縁に立ち、声を張った。

「皆の者、今宵《こよい》はよう集まってくれた。今日は皆に、大事な達しがあってな」

やっぱりそうか——。つい気持ちが高まって、ぺろりと舌が出ちまった。その噂《うわさ》は、すでに仲間のあいだでささやかれていた。

「知ってのとおり、何より大事なお役目を負っていた順松《よりまつ》が、姿を消してひと月。方々手を尽くしてみたが、生死すら定かではない」

ざわりと境内の影が不穏にうごめき、だが長老の合図で、すぐに静かになった。

「順松を待ちたい気持ちは我らとて同じだが、この大切なお役目の席を、いつまでも空《から》にしておくわけにはいかぬ。よって、古くからのしきたりにのっとり、今宵、新たな傀儡師《くぐつし》を任ずる」

噂はあったとはいえ、長老から直《じか》にきくとやはり違う。驚きと関心が、大きなどよめきとなって闇に満ちた。

「では、頭領」

「うむ」

長老が下がり、代わりに頭領が前に進む。この頭領の歳《とし》は定かではない。長老の倍はいっているとか、すでに大台を越えたとか、ともかくとんでもない年寄であることは間違いない。耳や目は相当に衰《おとろ》えているものの、威厳《いげん》は少しも損《そこ》なわれていない。

江戸はもちろん、東国すべての傀儡師の、頂きにいるのが頭領だ。この町に落ち着いているわけではなく、住まいを転々としながら技を伝授し、数多《あまた》の傀儡師を育ててきた。

かくいうオレも弟子のひとりで、まだまだ若輩《じゃくはい》とはいえ、一人前の傀儡師となるために精進《しょうじん》している。この町は江戸で一、二を争うほどに仲間が多く、傀儡師はどうしても欠かせない。この町の傀儡師にえらばれるということは、何よりも名誉なことだった。

誰もが固唾《かたず》を呑《の》んで、頭領の声を待った。張り詰めたものが大気にしみわたり、夜の鳥すらも鳴くのをやめた。

よけいな御託《ごたく》も挨拶《あいさつ》もない。頭領はしゃがれた声で、ただひと言だけ告げた。

「新たな傀儡師は、ミスジとする」

とたんに全身の毛が、さあっと逆立《さかだ》った。耳の先から尻尾《しっぽ》の先まで、針みたいに毛が尖《とが》っちまって、思わず爪まで立ててしまった。

「すげえじゃねえか、ミスジ」

「おめでとう！　若いのに、てえしたもんだ」

ニャーゴ、ウニャニャニャ、ミャアミャアと、皆から騒々しい祝いの言葉がかけられる。

オレはミスジ。二歳のオス猫だ。

人を遣い、人を操り、猫のために働かせる。それが傀儡師だ。

オレは今日から、この猫町《ねこちょう》の傀儡師となった。

猫町は、本当の名を米町《よねちょう》という。その昔、百軒をしのぐ米屋が立ち並んでいて、あたりまえのように鼠《ねずみ》が多かった。米を守るために猫を飼う家が増えて、また大事にもされた。

オレたちにとってはまさに極楽で、飼い猫のみならず野良《のら》もたくさんいる。

いまとなっては米屋はそう多くはないが、猫だけは相変わらず気ままに町中《まちなか》を歩きまわっている。人の口にすら米町とはのぼらず、誰もが猫町と呼んだ。

名護《なご》神社で傀儡師を拝命した翌日、オレは猫町の主《おも》だった顔役たちに挨拶に出向いた。名護神社は、別に猫の鳴き声を冠したわけでなく、古くからその名だったそうだ。催《もよお》しや相談事に集まるための場所であり、神主猫が代々住みついていた。

「てめえのような、竿《さお》の棘《とげ》さえ生えてねえガキに、猫町の傀儡師は務まらねえ。恥をかく前に、とっととお役目を返しやがれ」

オレがこの町の傀儡師になったことを、誰もが喜んでくれたわけではない。竿の棘さえ生えてねえとは、人で言うなら、尻の青いガキということだ。あからさまにそんな憎まれ口をたたいたのは、テツだった。

黒と茶のサビ猫で、歳はオレの倍も食っている。同じ頭領から指南を受けた、いわば兄弟子だが、気性の荒さは折紙つきだ。前の傀儡師だった順松を目の敵《かたき》にしていたが、テツなんぞ、順松の足許《あしもと》にもおよばない。だいたい誰彼構わず喧嘩《けんか》をふっかけるような野郎には、傀儡師はとても務まらない。歳嵩《としかさ》のテツをさしおいて、頭領がオレをえらんだのもたぶんそのためだ。

「若輩者ですが、よろしくお引き回しのほどを」

オレは型どおりの挨拶をして、ニボシをさし出した。祝儀《しゅうぎ》返しのニボシは、まだ二十本はある。いくつもまわり先が残っているから、長くかかずらっている暇はない。

「操り師がへぼなだけじゃねえ、使う傀儡だって、でくのぼうじゃねえのか！」

さっさとテツの縄張りを退散したが、その捨て台詞《ぜりふ》だけが背中に張りついていた。

「それっぱかりは、オレも心許ねえや」

ついぼやきが口をついた。

傀儡師と傀儡は、いわば一心同体。一匹の傀儡師が使う傀儡は、ひとりと定められている。誰でも務まるというわけではなく、傀儡四箇条に合う者に限られる。

壱《いち》、まず暇であること。オレたち猫のために働いてもらわねばならないから、間違っても商家の手代《てだい》や、町奉行所の同心《どうしん》や、吉原《よしわら》の花魁《おいらん》が名指しされることはない。武家ならお役目にあぶれた貧乏侍、商家なら隠居、女なら妾《めかけ》がもってこいだ。

弐《に》、察しと勘が良いこと。いくら傀儡師が手足につけた糸をもち上げても、気づかぬようでは使えない。

参《さん》、若い猫並みの数寄心《すきごころ》をもち合わせていること。相手の「気を引く」ことが、傀儡師の勘所となる。何にでも興を惹《ひ》かれ、目新しさ珍しさに臆することがない。そういう浮気心こそが、傀儡師にとっては糸となる。

肆《し》、何よりも猫が好きなこと。嫌いでは話にならない。

この厳しい四箇条を満たし、猫町での暮らしぶりや顔の広さ、さらにオレという傀儡師とのとり合わせと、諸々が勘案される。猫町の長老と神主が何人かそろえ、ひとりをえらぶのはやはり頭領である。

あの晩、オレの名が呼ばれ、同じく傀儡となる者も頭領から明かされた。

「傀儡は、猫町二丁目、おっとり長屋の阿次郎《あじろう》とする」

おっとり長屋は、酉《とり》の日にちなんだ御酉長屋が、いつのまにかおっとりに転じたと伝えられる。野良のオレも、毎日一度は顔を出し、アジの尻尾をもらったり、昼寝をさせてもらったり、長屋の者たちからは可愛がられている。

それでも阿次郎の名は、正直、オレには慮外《りよがい》だった。阿次郎は生粋《きつすい》の猫町っ子ではなく、おっとり長屋に越してから二年ほどしか経《た》っていないときいた。傀儡なら伊勢屋《いせや》の隠居か、名護神社の一の鳥居傍《そば》に住む色っぽい妾がいいなどと、勝手に考えていた。

歳は二十四。ちなみにオレの歳も、人に直せば同じくらいだ。

たしかに四箇条は満たしており、傀儡を見極める頭領の眼力は、仏眼《ぶつげん》並みと敬《うやま》われている。もとより頭領の達しに逆らうつもりは毛頭ないが、こいつで大丈夫だろうか――との不安はある。

「おっ、ミスジ。最近よく来るな。いっそうちの猫になるか？」

とはいえ阿次郎は、気のいい奴だ。オレが縁から上がり込んでも、機嫌よく迎えてくれる。女子供のように無闇に抱き上げたり、わしゃわしゃ撫《な》でまわすこともせず、ほどほどに放っておいてくれる。

「しかしおめえの三筋《みすじ》は、見事なもんだな。白い毛に縦に三本、くっきりと浮いてやがる」

たまに正面から、まじまじとオレを見詰めるのだけは、ちょっと鬱陶《うっとう》しい。

オレの毛は白と黒のふた色で、額に黒い筋が縦に三本入っている。オレの名の由来でもあり、顔が締まって見えるから結構気に入っている。猫は飼いも野良も、名はたいてい音に限られるが、たまに順松みたいに人から字をもらうこともある。

「毛は白と黒なのに、目は薄い萌黄《もえぎ》ってのも不思議なもんだ。その長い尻尾は、どうして自在に動くんだろうな？　そういや知ってるか？　江戸の猫の尾は、総じて長いんだとよ。西へ行くほど短くなるそうだぜ。面白いと思わねえか？」

オレを相手に、そんなどうでもいい話を、だらだらと語る。こいつこそ、かなり毛色の変わった奴だ。

阿次郎は、狂言作者というふれこみだが、書いているところなぞ見たためしがないから、きっとどこの芝居小屋にも相手にされていないのだろう。売れない狂言作者など、ちんぴらや遊び人より役に立たない。なのに阿次郎は、ちっとも気にしていなさそうだ。日がな一日、長屋でごろごろしながら、本ばかり読んでいる。

それでどうやって暮らしていけるかというと、さる大きな商家の次男坊だからだ。家からはとうに勘当されていたが、母親が内緒で面倒を見ているようで、手代らしき男が、月に二度ほど金を置いていく。

海にぷかぷかただようクラゲのような、風に翼を預けるトンビのような、地に足のついていない浮ついたところが、傀儡師としては何とも心許ない。

当人の阿次郎も、まさか猫の傀儡にされたとは、夢にも思うまい。

それでもこいつを操り、オレたち猫のために働かせるのが、傀儡師たるオレの役目だ。

オレの初仕事は、今日、三丁目のキジから訴えられた悶着《もんちゃく》だった。

「頼むから、花盗人《はなぬすびと》の疑いを晴らしてくれ！　あの隠居ときたら、頭っからおれの仕業《しわざ》だと信じ込んでやがる」

キジは、三歳のキジトラ猫で、小さな履物屋に飼われている。

花盗人とは何やら洒落《しゃれ》てきこえたが、キジの身の危《あや》うさばかりは本当だった。

「猫を引きわたせ、三味線《しゃみせん》の皮にしてくれるとの一点張りでよ。何とか勘弁してもらえねえかと飼い主が掛け合ってくれたんだが、さもなければ百両の弁済金を払えというんだ」

「百両とはまた、ずいぶんとふっかけられたもんだな」

「決して大げさな額じゃあねえらしい。百両で売ってほしいという者もいたそうだ。どこぞの殿さまにさしあげる花だとかで、隠居はつっぱねたそうだがな」

「殿さまってのは、お大名かい？」

「主《あるじ》と隠居の話を盗みぎいちゃいたが、そこまではわからねえ。おれは傀儡師と違って、人の言葉がすっかりわかるわけじゃねえからな」

よく勘違いされるが、オレたちだって決して、一言一句違《たが》わずに人のしゃべりを呑み込んでいるわけじゃない。言葉としてとれるのは、せいぜい五分《ぶ》。人にしたら、数え三つのガキくれえだ。だが猫には、人よりも鋭いところがたんとある。

耳はわずかな音の違いや息遣いを、鼻は唾《つば》や汗のにおいを、ヒゲや尻尾まですべて使いこなせば、足りない言葉は十分に補える。何よりも得意なのが、嘘《うそ》のにおいを嗅《か》ぎ分けることだ。人ってのは、どうも言葉をあてにし過ぎる。口にする半分が嘘だということに、案外気づいていない。

「キジの兄さん、ひとまず順を追って話してくれねえか？」

「災難に見舞われたのは、昨日の朝だ」

「朝ってのは？」

「このくれえだ」

キジは薄茶色に浮かぶ黒い目ん玉を、きゅっと細めた。オレたちの目玉は、ちょうど月の満ち欠けみたいに、暗いところでは丸く、明るいと細くなる。目玉の絞り具合からすると、日の出を半刻《はんとき》ほど過ぎたくらいか。

「いつものとおり、まずはおシマの顔を拝みにいくつもりで家を出た」

「えっと、おシマさんてのは？」

「隠居の家のとなりにいるんだが、これが何とも婀娜《あだ》なイイ女でよ。それでいて身持ちが堅い。この春から通い詰めて、ようやく……」

話が横道に逸《そ》れやすいのは、猫の常套《じようとう》だ。飽きっぽくて、つい目先の面白さに走るから、順を追って説くなぞ、そもそも無理な話なんだ。傀儡師は、そういう修業も積んでいる。春の蝶《ちよう》みたく、あっちこっちにとびまわるキジの話の先っちょを、何べんも捕まえてはもとの場所に戻してやる。辛抱強く続けて、ようやく経緯《いきさつ》が摑《つか》めた。

昨日の朝、棒手振《ぼてふ》りが通い出し、女たちが朝飯の仕度をしているころ、キジは家を出た。キジの家は履物屋で、となりが大きな銅物《どうもの》問屋、さらにそのとなりが唐物《からもの》屋と三軒並んでいる。キジが恨《うら》みを買ったのは銅物屋の隠居で、岡惚《おかぼ》れしているおシマは唐物屋の猫だった。

「隠居にどやされねえように、オレはいつもどおり銅物屋の板塀《いたべい》の外をぐるりとまわって、おシマのいる唐物屋へ行こうとした。銅物屋の裏庭を通れば近道なんだが、隠居が花を育てていてな、見つかるたんびに怒鳴られるもんだから避けるようになった」

「で、塀の中から、派手な音がしたと」

「おうよ、銅物屋の潜《くぐ》り戸の辺りにさしかかったときだ。天から鬼瓦《おにがわら》が次々と降ってきたみてえな、何とも恐ろしい音でよ。あれにはたまげて、しばしからだが固まっちまった」

これも猫だから、仕方がねえ。びっくりすると、動きが止まっちまうんだ。天から鬼瓦とは大げさだが、オレたちは耳がいい分、同じ音でも人や犬より大きくきこえるんだ。ちなみに鼻は、犬には遠く及ばないが、人よりは何倍もいい。

「しばらく木彫《きぼり》みてえになっちまったが、ぷうんと魚のにおいがしたもんで」

「魚？」

「うまそうな魚のにおいがよ、塀の内からただよってきたんだ。で、動けるようになると、つい板塀の下から中に潜《もぐ》り込んだ。裏庭は、何ともひでえ有様だったよ」

キジが目にしたものは、いくつもの割れた鉢《はち》だった。土はぶちまけられ、隠居が丹精《たんせい》した花は、地に這《は》いつくばり無残な姿をさらしていた。

「で、そのときには、誰もいなかったと」

「塀を潜るとき、逃げる足音はきいたんだが……姿は見ちゃいねえんだ」

しょんぼりと、肩を落とした。すぐさま家の中から隠居がとび出してきて、裏庭の惨状をまのあたりにした。そこにいたキジに、すべての罪がかぶせられたというわけだ。

「そういや、花ってのは何だい？　菊かい？　牡丹《ぼたん》かい？」

肝心のことを、きき忘れていた。何がそんなに面白えのかはわからねえが、植木道楽に血道《ちみち》をあげる輩《やから》は多い。もっとも人気の高いのは菊と牡丹だが、キジは首を横にふった。

「それがよ、朝顔なんだ」

「朝顔？　朝顔がどうして、百両もするんで？」

紫に紅、たまに白もある。いま時分の夏の盛りには、どこの庭でも見かける花だ。いくら何でも百両はなかろうと、首をひねった。

「何でも朝顔の変わり種だそうでな、ひどく妙ちきりんな花ばかりでよ。とても朝顔とは思えねえような代物《しろもの》よ。撫子《なでしこ》のお化けみてえに花びらが無闇に裂けていたり、まるで蛙《かえる》が口の中でくちゃくちゃと噛《か》んで、また吐き出したような、丸めた紙屑《かみくず》に似た花もある」

その辺の朝顔の方がよほどきれいだというのに、何だってわざわざ可愛くもない姿にするのか、とんとわからない。キジはしきりに、左右に首をかたむけた。

「とにかく、一刻も早く咎人《とがにん》をあげてくれ。さもねえとおれは、三弦《さんげん》を張られてぴんしゃんと歌うことになる」

乙《おつ》にもきこえたが、訴えは切実だ。必ずと請け合って、キジと別れた。

ここからが傀儡師の、腕の見せどころだ。

猫の難儀を、人を使って片づける。それが傀儡師の役目だ。

「にしても、あっついなあ。そろそろ夕刻だってのに、お天道さまはちっとも休む気配がしねえやな」

日除《ひよ》けの手拭《てぬぐい》の下から、阿次郎がぼやく。

「おめえに焚《た》きつけられて、つい出てきちまったが」

少し先を行くオレの背中に、恨めしげな声がかかる。

まず阿次郎を、銅物問屋まで引っ張り出さねばならない。キジから仔細《しさい》をきいたその足で、オレは辺りをうろついて餌《えさ》になりそうなものを探した。幸い格好の餌が、おシマのいる唐物問屋にあった。

「知ってるか、ミスジ。このエレキテルって代物はな、雷さまを起こす箱なんだとよ。びっくりして、汗が引いちまうかもしれねえぞ。おめえも試してみるか？」

阿次郎の手にあるのは、引《ひ》き札《ふだ》と呼ばれる唐物屋のちらしだ。唐物屋は名のとおり、唐や南蛮《なんばん》から渡ってきた焼き物やギヤマン、象牙《ぞうげ》や鼈甲《べっこう》なんぞをあつかっているのだが、近ごろ客寄せにしているのが、エレキテルだった。ひと抱えはある大きな箱で、取っ手と銅線がついている。銅線をにぎって取っ手をまわすと、ビリビリッとくるという代物だ。わざわざ雷にあたるなんざ、それこそ百両積まれたってオレはご免だが、『からだから火を出して痛みをとる』ってえふれこみで、結構な評判になっていた。

そのエレキテルがでかでかと描かれた引き札を、おっとり長屋までもち帰った。

「へえ、こいつがエレキテルか！　いっぺん、拝みてえと思ってたんだ」

餌としての効き目は、てき面だった。いま時分は表通りに西日がまともに当たるから、阿次郎はくねくねと曲がる裏道を行き、銅物問屋の裏手にさしかかった。

裏道に面した潜り戸を通り過ぎ、塀の終《しま》いで小さく鳴いた。オレは阿次郎をふり返り、それから狭い路地に入った。

「へえ、こんなところから表通りに出られるのか」

目論見《もくろみ》どおり、阿次郎は面白がってついてくる。銅物屋と唐物屋の隙間《すきま》にあいた、人ひとりがやっと通れるほどの狭い道だ。少しカビ臭《くさ》いにおいに混じり、毎日通っているキジのにおいがしみついていた。

路地の中ほどで、オレは立ち止まった。顔を上げると、唐物屋の二階が見える。

ひときわ大きな声で、ニャアゴと鳴いた。

「どうした、ミスジ？　仲間でも見つけたか？」

阿次郎が一緒に足を止め、次の瞬間、天から盛大に水が降ってきた。

「くぉの、性悪猫があっ！　今日こそ三味線の皮にしてくれる！」

キジはおシマに会いに、日に三度はここに通っている。この路地からひと声呼んで、二階から顔を出したおシマと言葉を交わすのが、キジの何よりの楽しみだった。けれど昨日の朝から、おシマを呼ぶたびに背中の板塀越しに水を浴びせられ、猛《たけ》り狂った隠居が出てくるというわけだ。

「やや、や、なんと……これはすまなんだ」

路地を覗《のぞ》いて、隠居がびっくりする。阿次郎は苦笑いを返した。

「雷に当たるつもりが、雨に降られるとは……まあ、こっちの方が涼《りょう》をとるには向いてらあな」

濡《ぬ》れて顔に張りついた手拭の陰で、阿次郎がひとつくしゃみをした。

「いや、まったく申し訳ない。まさかあの路地に、人がいようとは思わなくてな」

ふだんは子供か犬猫しか通らないと、隠居が言い訳する。

銅物屋の座敷に招かれて、着物が乾くあいだ阿次郎は、麦湯と西瓜《すいか》をふるまわれた。

「この暑さですから、ちょうどいいお湿りでさ」

借りものの浴衣《ゆかた》に着替えた阿次郎は、さっぱりとした顔で歯を見せる。

「ところで、ご隠居さんの言いなすった性悪猫ってのは、こいつじゃあありやせんよね？」

「いや、違う。となりの履物屋のキジトラ猫でな」

縁側にいるオレを、じろりとにらむ。猫の顔なんぞ金輪際《こんりんざい》見たくないのだろうが、さすがに水をぶっかけた後ろめたさがあるのだろう。

「かわいそうに、こんなに濡れて……猫さんも、とんだ災難だったわね」

一緒に水をかぶって、ずいぶんと痩《や》せちまったオレの毛皮は、隠居の孫娘がていねいに拭《ふ》いてくれた。おさやという十八の娘だ。

「わしが心を籠《こ》めて育てた朝顔の鉢を、そのキジトラがすっかり駄目《だめ》にしおってな」

話の流れで、隠居が事の顚末《てんまつ》を語る。いまのところ、オレの書いた筋書どおりに運んでいる。

「なるほど、そういうことですかい」

阿次郎が改めて、縁越しに広がる裏庭をながめた。何十もの鉢が並び、塀際に蔦《つた》のように絡まったものや、地べたから伸びた蔓《つる》もある。キジの話のとおり、撫子のお化けや、蛙に食べられた後のような奇妙な花ばかりだ。そのすべてが朝顔だと隠居は語った。

「変わり朝顔は、じっくりと拝んだことがありやせん。ちょいと、見せてもらってよござんすか?」

隠居の許しを得て、阿次郎が庭に降りる。続こうとしたが、すぐに止められた。

「ミスジ、おめえは庭に入っちゃならねえよ。これ以上鉢を倒されたら、ご隠居さんがたまらねえだろ?」

「かまわんよ……どうせ、今年の出来物はすべてやられてしまったからな。そこにあるのは、大輪を咲かせるために入り用な、いわば肥《こ》やしのようなものだ」

阿次郎の気遣いに、隠居は力なく首をふった。ひとまずお許しが出て、急いで孫娘の膝《ひざ》から降りた。撫でられているうちに、かえって湿っぽい気分になっちまったからだ。

撫で方ひとつで、相手の心は読みとれる。何気ないふうを装《よそお》っているが、おさやの気持ちは悲しみに塞《ふさ》がれていた。祖父と同様、朝顔を悼《いた》んでいる――。どうもそれとは、別物に思えた。

裏庭の真ん中に、盆栽なんぞを置くような二段になった棚がある。棚の上は、からっぽだった。隠居が、憂鬱《ゆううつ》そうな顔のまま縁側に出てきた。

「その棚には、ことに丹精した五鉢が置いてあったのだ。それをあのバカ猫が、ひと鉢残らずひっくり返しおって」

「ひと鉢残らず、ですかい……」

阿次郎が、何か気づいた顔になる。己《おのれ》の腰の高さまである棚を、しばし見下ろした。

「その五鉢は、棚の上の段にあったんですね？」

「さよう」

「どうしてわざわざ、そんな危なっかしいところに？　大事なものなら、その辺の鉢のように塀際に寄せるなぞした方が……」

「朝顔には、日の光が何よりも大切でな。塀にさえぎられず日をたっぷりと浴びさせるために、昼前は棚に載せておった」

「なるほど、そういうことですかい」

「かえすがえすも、口惜しくてならぬわ。中でも黄《き》掬《きく》水《すい》葉《は》白《しろ》風《ふう》鈴《りん》獅《し》子《し》咲《ざき》牡《ぼ》丹《たん》のひと鉢は、十年にひとつという会心の出来だったのだが……」

朝顔なのに、どうして牡丹とつくのかはよくわからない。まるでお経のような、おそろしく長い名のついたその朝顔が、どうやら百両の値打物だったようだ。隠居の話に、阿次郎が目を丸くする。

「この手のものは、数《す》寄《き》者《しゃ》のあいだではいくらでも高値がつく。きいてはおりやしたが、よもや百両とは……」

「売るつもりなぞ、どのみちなかったからな、値は二の次だ。ただ、殿さまにたいそうなご迷惑をかけてしもうてな、それればかりが悔やまれるわ」

「殿さま、というと？」

「古くからうちの銅物を贔屓《ひいき》にしてくださる、お旗本《はたもと》でな。あの獅子咲はかねてより、殿さまにお譲りする話がついていた」

殿さまといってもお大名じゃなく、高禄《こうろく》の旗本のようだ。隠居は身分や役目も口にしたが、どうもオレはまだその辺の知恵にうとい。しかと摑めぬままに、話は先に進んじまった。

「そのお殿さまも、朝顔の好事家《こうずか》ですかい？」

「いや、ご当人ではなく、さらに身分の高いさるお方が、たいそうお好きなようでな」

「ああ、なるほど」

阿次郎がにやりとする。要は、賂《まいない》ということだ。出世のためには賂は欠かせない。人によっては、金よりもよほど効《き》く賂もある。隠居の変わり朝顔は、そのために献上《けんじょう》されることになっていた。

「まさに今日、殿さまに獅子咲をお届けするはずであったというに……」

隠居は悔しそうに、乾いた唇を嚙んだ。

「今朝、お屋敷に出向いて詫《わ》びを入れたのだが、たいそうなご立腹でな……まとまりかけていた孫娘の縁談も、白紙に戻されてしもうた」

「縁談？」

「殿さまの縁続きにあたるお武家さまと、孫娘の縁談が進んでおったのだ。まだお若いのに、ご公儀《こうぎ》よりの覚えもめでたい。おさやの相手としては、これ以上ない良縁であったというのに……」

縁側で、祖父の傍《かたわ》らに控えていた孫のおさやが、辛《つら》そうにうつむいた。娘が気落ちしていたのは、そういうことかと得心《とくしん》がいった。

「おまえはもういいから、行きなさい。そろそろ茶の稽古《けいこ》に出る頃合だろう」

孫の立場を思いやり、隠居が気をきかせた。はい、とおさやは、座敷を出ていった。

交わされるやりとりには耳だけ傾けて、オレはもうひとつの仕事にとりかかっていた。裏庭をあちこち歩きまわり、ようやく目当てのものを見つけた。

「おいおい、ミスジ。めったなところに入るんじゃねえぞ」

オレが潜り込んだのは、庭の隅に置かれていた大きな袋型の俵《たわら》だ。中には湿った土と魚のにおいが満ちて、萎《しぼ》んでくったりとした白や紫が見える。

こいつに違いねえ――。

オレは俵の中で、盛大に暴れた。縦に長い袋が、どさりと倒れた。

「ああ、ああ、やっちまいやがった。ったく、何してやがる、ミスジ」

オレを叱《しか》りつけ、だが、さすがに頭領が名指しした傀儡だけはある。阿次郎の目は、袋からぶちまけられた土くれに据えられた。

「ご隠居、こいつはひょっとして……」

「ああ、駄目にしてしまった五鉢だ」

重くてならないため息のように、隠居が絞り出した。

「妙に魚くせえのは、肥やしですかい？」

「さよう、干鰯《ほしか》を加えてあってな」

干鰯は、金肥《きんぴ》として重宝《ちょうほう》される。袋に満ちていた魚のにおいはこれだろう。

赤っぽい土の上で、白いものがひときわ目立つ。オレはそのひとつを口にくわえ、阿次郎に見せた。茎《くき》からちぎれた、白い花だった。強烈な干鰯のにおいに邪魔されて、俵の中では判じられなかったが、花の根元をくわえたとき、はっきりとわかった。キジがやったもんじゃねえという、これがその証《あか》しだ。

気づいてくれ、と念じながら、花をくわえたまま、ぐるる、と喉《のど》の奥で鳴いた。

祈りは通じたようだ。阿次郎が、あれ、と声をあげた。

「ミスジ、ちょいとそれ、貸してもらえねえか？」

オレが口から離した花を、阿次郎はためつすがめつ検分し、はっと目を見開いた。

「ご隠居、ここを少しお借りできやせんか。ちっと確かめてえことがあるんでさ」

戸惑いながらも、隠居がうなずく。阿次郎は、俵を逆さにして、中身をすべて地面にまいた。それから慎重に、土と鉢のかけらをのけて、朝顔の蔓と花だけをとり出す。それを隠居のいる、縁先の地べたに並べてみせた。

「……これは、どういうことだ？」

悪い夢から覚めないみたいに、隠居が目をぱちぱちさせる。くったりと勢いを失《な》くした茎と葉に、萎《しお》れた花がついている。だが、五本のうち一本だけは、ようすが違う。

風鈴を思わせる、ふっくらとした花びらをもつ白い花だけは、花のすべてが根元からちぎれていた。

「百両の値打物は、こいつじゃあねえんですかい？」

「そのとおりだ」

「ご隠居さんは、ご存じなかったんですね？」

「まったく……五鉢まとめて散らばっていた故、てっきり、ただ倒されたものと……」

「茎のちぎれ具合が、どれも同じです。嚙み跡もねえし、猫が食いちぎったにしちゃ、きれい過ぎる」

「いったい、どういうことだ?」

同じ文句を、隠居がくり返す。

「朝顔を駄目にしたのは、猫じゃねえ。人の仕業ということでさ」


隠居のひと声で、すぐさま家中の者が裏庭に集められた。

「わしの命より大事な獅子咲を、いったい誰が手折《たお》ったのだ! 潔《いさぎよ》く、白状せい!」

稽古事に出掛けた孫娘を除いて、旦那に内儀《ないぎ》、番頭、手代、小僧から下働きの女中までが顔をそろえたが、怒り狂った隠居に脅しをかけられては、むろん名乗り出る者などいない。

「ご隠居さん、どうぞ落ち着いてくだせえ。この家の者なら、ご隠居の朝顔大事は、誰もが知ってなさる。滅多《めった》な真似はしないでしょう」

「それなら下手人《げしゅにん》は、いったい誰だ!」

「そいつはわかりやせんが……たとえば朝顔仲間の中に、ご隠居を目の仇《かたき》にしている輩なぞはおりませんかい?」

「まあ、おるにはおるが……」

浮かんだどの顔も、どうもぴんとこない。隠居は、そんな顔をした。

「ともかく、この家にいないなら、外から入り込んだ奴でしょう。乗りかかった船だ。よければあっしが、少し調べてみましょう」

阿次郎が愛想よく告げて、どうにかその場を収めた。

ならんで銅物屋を出たときには、日が暮れていた。となりの唐物屋は、すでに大戸《おおど》を下ろしている。エレキテルを拝めなかったのは残念そうだが、咎人《とがにん》探しを引き受けたなら、また明日もここに出張《でば》ることになる。

「やれやれ、腹がへっちまったな。帰る前に、その辺の飯屋にでも寄っていくか。ミスジ、おめえもつき合うか？」

誘いは断って、オレは阿次郎とは逆の方角に向かった。

となりの唐物屋の塀にとび乗り、屋根に移る。隠居に届かぬよう小さな声で呼ぶと、あいた窓から、メスの猫が顔を出した。

「あのキジ猫ときたら、しつこくってねえ。何べんも袖にしたのに、あきらめやしない」

キジよりも、ひとつふたつ上だろう。年増だが、白に入った薄い灰色の縞と、背中のしなやかな線は、なるほど婀娜っぽい。唐物屋の屋根の上で、オレはおシマから話をきいた。

「銅物問屋の騒ぎは、知っているだろ？」

「まあね、あたしの飼い主からきいたよ。いかにもあのキジ猫がやらかしそうな、間抜けな始末さね」

「じゃあ、おシマさんも、咎人は見ちゃいねえんだな？」

「あたしが窓から顔を出したときには、隠居とキジ猫しかいなかったよ」

そうか、と呟《つぶや》いて、別のことをたずねた。

「この辺には、朝、魚屋は来るかい？」

「ああ、一日おきに見かける、若い棒手振りがいるよ。名はたしか、源八《げんぱち》っていったかね。なかなかにいなせで、悪くない男だよ」

あからさまに値踏みして、おシマはにんまりする。

「若い棒手振りの魚屋か……」

オレがこんな問いを投げたのにはわけがある。

鉢が割れたとき、キジが嗅いだ魚のにおいは干鰯じゃねえ。

「うまそうな魚のにおい」と、キジは言った。飼い猫のキジは、食い物も相応に奢《おご》っている。干した鰯《いわし》だけじゃなく、腐った葉や糞《ふん》なぞが混じった赤土のにおいは、決してうまそうとは言えないものだった。俵に顔を突っ込んで、オレは気づいた。

キジが嗅いだのはこれじゃない、生きのいい魚のにおいだ。

「そういや、魚屋といえば、面白い話があるんだ」

おシマが耳打ちしたのは、思いもかけない話だった。

「そいつは、確かなのか！」

思わず柄《がら》にもなく、大きな声が出ちまった。

「ああ、間違いないよ。うちの二階から、銅物屋の潜り戸の辺りが丸見えだからね」

「そうか……そういうことだったのか……」

ひどくからまった毛玉みたいに、どうしても解《ほど》けなかった。その一切が、ようやく呑み込めた。よくよく礼を言って屋根から降りようとすると、おシマの声がかかった。

「あのキジ猫は、どうしてんだい？」

「ひとまず騒ぎが収まるまでは、名護神社の神主にかくまってもらっている」

キジの疑いは晴れたから、家に帰してもいいんだが、まあ明日でもよかろう。

「おシマさんが寂しがっていたと、伝えておくよ」

「誰があんな唐変木《とうへんぼく》を。よけいなお世話だよ」

つん、とそっぽを向かれたが、灰色の縞柄の尾は、闇の中でゆうらりと揺れていた。

犬は嬉しいときに盛んに尾をふるが、猫は違う。しきりに尾が動くのは、嫌がっているか怒っているかのどちらかだ。

ただしゆったりとふるのは、逆に機嫌がいいときだ。

キジの思いは、どうやら無駄ではなかったようだ。

翌朝、日の出とともに、オレと阿次郎は、ふたたび銅物問屋の裏手に立った。塀の外に陣取って、潜り戸があくたびに話をきく。

朝いちばんで納豆屋が、次いで豆腐屋が、潜り戸をたたいた。日の出から半刻が過ぎて、三番目にそいつが来たときに、オレはぴんと尻尾を立てた。

「おはようさんです、魚屋でござい。今日《こんち》は良いイナダが入りやしたぜ」

おシマが評したとおり、粋《いき》な風情《ふぜい》の若い男だった。

台所女中が顔を出し、お勧めのイナダを買い求めた。商《あきな》いが済んで、塀の内から出てきた物売りに、阿次郎は声をかけた。

「すいやせん、ちょいとよろしいですかい？」

「へい、何でございやしょう？」

「実は、一昨日のことなんですが……」

今日、三度目となる同じ台詞を言いかけて、はたと阿次郎が魚屋と目を合わせた。

どこかで見たはずだが、どうしても思い出せない。そんな間抜け面《づら》を見合わせる。何とも奇妙な間《ま》があいて、次いで両方から、あっ、と声があがった。

「おめえ、魚十《うおじゆう》の源八じゃねえか？」

「やっぱり、ジロちゃんか！　懐かしいなあ」

「何年ぶりだい？」

「あんたが、鶴来屋《つるきや》を出て以来だから……」

「それなら、丸十年か」

こいつは、とんだ番狂わせだ。阿次郎と源八は、子供のころからの幼なじみだった。歳は源八がふたつばかり下になるが、家が近所で仲のよい遊び仲間だったようだ。

「家を勘当されたときいて、案じていたんだ。いまは、どうしてるんだい？」

「未《いま》だにぶらぶらしているよ。おまえこそ、何だって棒手振りなんざ」

「親父《おやじ》の言いつけでな。もう一年くれえになる」

懐かしそうに昔語りをしていたが、生きの良さが身上《しんじょう》の魚屋だ。油売りのように、いつまでも腰を据えてはいられないのだろう。源八はすぐに、天秤棒《てんびんぼう》を肩に担ぎ直した。

「そういや、何かおいらに、たずねてえことでもあったのか？」

「ああ、実はな、一昨日の朝、ここの隠居が丹精している変わり朝顔が、誰かに手折られたんだ」

え、と正直そうな丸い目が、いっぱいに見開かれた。

「おめえも、隠居の道楽は知っていたのかい？」

「あ、ああ……春の盛りのころに、干鰯のことでご隠居から相談を受けてな」

問屋で売っている干鰯では、隠居は飽き足らなかったようだ。自ら工夫してみたいと乞《こ》われ、鰯やら鰊《にしん》やら良さそうな魚を見繕《みつくろ》い、干し方なぞも助言したという。

「それからもたびたび裏庭に招かれて、朝顔の鉢を拝ませてもらった。おかげで見事なひと鉢ができたと、ついこの前、ご隠居から礼も言われてな」

「手折られたのは、その鉢でな。花も蕾《つぼみ》もすべてむしられて、そいつを隠すためだろう、別の鉢とまとめて地面にぶちまけられていた。ちょうど一昨日のいま時分でな、手折った咎人を見ちゃいないかと、出入りの物売りにたずねていたんだ」

「それで、お嬢さんは？」

「お嬢さん？」

何の前ふりもなく、一瞬、阿次郎がきょとんとする。

「いや、たしか、その朝顔に縁談がからんでいると……一昨日、きいたもんだから」

「ああ、孫のおさやさんのことか。朝顔が駄目になって、得意先の武家から不興を買ってな。孫の縁談も壊れちまったそうだ」

話の途中から、源八の汗のにおいが明らかに変わった。顔色がみるみる青ざめて、こくりと喉仏が上下した。猫じゃなくとも、すぐに気づく。

いったん担ぎ上げた天秤を下ろし、源八が黙って額の汗をぬぐった。

おや、と阿次郎が、訝《いぶか》しげな顔になる。

遅まきながら、こいつも感づいたようだ。オレは昨日すでに、おシマからきいていた。

『あの魚屋は、おとなりの孫娘に岡惚れしていてね』

『大店《おおだな》のお嬢さんに、棒手振りの魚屋が？』

『あいつはしばしば裏庭に出入りして、隠居と朝顔談義をしていたんだ。隠居のいない折には、孫のおさやが相手をしていたからね、案外親しく口をきいていたんだよ』

色恋の話となると、女は目の色が変わる。こいつばかりは、猫も人もおんなじだ。

語りながらおシマの尻尾は、楽しそうにゆったりと左右に揺れていた。

「源八、おめえ、ひょっとして……」

阿次郎が、うつむいた相手の顔を覗き込んだ。

真夏とはいえ、まだ日の勢いは盛りじゃねえ。なのにまるでお天道さまが真上から照りつけてでもいるように、魚屋の額からひっきりなしに汗が流れる。

ぐいとふたたび額の汗をぬぐい、源八は顔を上げた。

「おれだ……隠居の朝顔を手折ったのは、おれなんだ！」

「……源八？」

「花を手折ったのも、鉢を壊したのも、このおれだ！」

閑《しず》けさを埋めるように、気の早い蟬《せみ》の声が、木の上からみーんと降ってきた。


正直、参った――。オレが立てた筋書きとは、大きくはずれちまった。キジの疑いを晴らしたところで、傀儡師としての役目は終わりだ。だが、初仕事が半端《はんぱ》なままじゃ、どうにも寝覚めが悪い。前の順松なら、決してこんな不手際を、放りっぱなしにはしねえはずだ。


両手で頭を抱え、ごろごろと土手《どて》をころげまわりたいほどに、オレは困っていた。

阿次郎はあれから、近くの堀端《ほりばた》に行き、柳《やなぎ》の木陰に寝転がった。

隠居に知らせるわけでもなく、長屋に帰ることもしない。仰向《あおむ》けでずっと目を閉じているが、眠ってはいない。思いもかけず幼なじみにめぐり合い、しかもそいつが咎人だと白状したんだ。気落ちするのも無理はない。


こいつがたちまち元気づくような真実《こと》を、オレは知っている。なのに、そいつを伝える手立てがない。もどかしいやら焦《じ》れったいやらで、つい阿次郎の頰《ほお》に、軽い拳《こぶし》をくれてやった。爪は立てちゃいないから、痛くはねえはずだが、阿次郎は目をあけた。

「源八は、どうして嘘をついたんだろうな？」

オレを見ずに、呟いた。オレの片耳がぴくりとした。

――こいつ、知っていたのか。だが、どうやってあの男の嘘を見抜けたんだ？

「額をやたらと拭《ぬぐ》うのは、嘘をつくときのあいつの癖なんだ……昔から、そうだった」

なるほど――。

阿次郎は目玉だけを動かして、オレの顔をじっと見た。

「なあ、ミスジ。おめえはどう思う？」

「ニャーン、ニャオニャオ、ニャーゴニャ」

懸命にこたえたが、通じるはずもない。猫は少しは人語《じんご》を解するってのに、何だって人は猫の言葉を覚えてくれねえんだ。何やら虚《むな》しくなって、オレはがっくりと首を落とした。

ふいに、ひょいとからだがもち上げられた。両手に抱えられ、正面に、めったにお目にかからない阿次郎の真顔があった。

「ミスジ、真の咎人は、誰だと思う？」

「ニャーオオ！」

はっきりと、その名を告げた。本当は、隠居の裏庭にいたときからわかっていた。萎れた白い花を口にくわえたときだ。手折った者のにおいが、花の根元に残っていた。

「そうか、おめえもそう思うか」

阿次郎が大きくうなずいて、ちょっと面食らった。オレの言葉が、通じたんだろうか？　にわかには信じ難いが、オレを下ろすと、懐《ふところ》から矢立《やたて》と小さな帳面をとり出した。阿次郎が、いつも肌身離さずもち歩いているものだ。面白いもの、気になるものを見つけた折に開く覚書だった。

矢立はちょうど、雁首《がんくび》が馬鹿でかい煙管《キセル》に似ている。その雁首が墨壺《すみつぼ》になっていて、管《くだ》のところに筆が納まっている。阿次郎は筆を墨に浸し、帳面にさらさらと文字を書いた。残念ながらオレも、文字はほとんど読めない。

書き終えた一枚を帳面から破り、阿次郎は通りがかった子供に託した。

「すまねえが、そこの銅物問屋まで、使いを頼まれちゃくれねえか？　店の者じゃなく、必ず当人に渡してほしいんだ」

多めの小遣い銭を握らせて、子供を送り出す。四半刻《しはんとき》も経たずに、待ち人は現れた。

よほど急いで来たのだろう。息がはずんで、うっすらと汗をかいている。

「あなたは、昨日の……」

阿次郎が文《ふみ》で呼び出したのは、孫娘のおさやだった。

「すいやせん、源八の名を騙《かた》って、お嬢さんを呼び出しやした」

阿次郎はまず、おさやに向かってぺこりと頭を下げた。

「どうして、そんなことを……」

「お嬢さんに、真実《まこと》を語ってもらうためでさ」

「いったい、何のことです？」

視線を避けるように、目を逸らす。わずかにためらいながらも、阿次郎は口にした。

「獅子咲を手折ったのは、お嬢さんですね？」

オレが告げた名を、阿次郎は確かに読みとった。あんまり不思議で、もしも指があったら、頬っぺたをつねりたいくらいだ。

さっとおさやの顔色が変わったのは、柳の木陰にいても見てとれた。

「……何を、馬鹿なことを。変な言いがかりをつけるのは、やめてください。あたしには、おじいさまの大事な朝顔を、手折る道理がありません」

「わけは、ご隠居が進めていた縁談でさ。獅子咲を献上しなければ、縁談も立ち消えになる。そう考えて、お嬢さんは獅子咲の花や蕾をむしりとり、その咎をぼかすために棚にあった他の花とともに鉢を壊した」

獅子咲の花の根元には、はっきりとそのにおいが残っていた。手拭でオレをふいてくれたおさやの手と、まったく同じにおいだった。

「お嬢さんと源八は、惚れ合っていた。お嬢さんが良縁を厭《いと》うたのも、そのためですね？」

「あたしは……」

「源八の名ひとつで、容易にここに誘い出された。それが何よりの証しです」

膝がくだけたみたいに、くたりとおさやがしゃがみ込んだ。白い両手が顔を覆い、その隙間から嗚咽《おえつ》がもれた。

「惚れ合っていたわけじゃ、ありません……あたしが、勝手に、思いを募らせていただけで……たとえ口にしても、おじいさまが、許して、くださらない……だから、言えなくて」

嗚咽の合間に、とぎれとぎれにおさやが語る。大店の娘と一介の棒手振りじゃ、つり合いがとれない。祖父や両親が、認めてくれるはずもない。わかってはいても、若い娘の恋心は病と同じだ。治めるための良薬なぞなかった。

獅子咲の献上が明日に迫り、おさやは追い詰められた。その日を境に、縁談がとんとん拍子に進むのは明らかだ。

「一昨日の朝、源八さんが来た折に、女中の代わりにあたしが潜り戸をあけました。魚をさばいているあいだ、どうにも堪《こら》えきれなくて、つい縁談の話を……」

「源八は、何と？」

「とても悲しそうな目で、『おめでとうございます』と」

阿次郎はオレに向かって、しかめ面をして見せた。困った奴だと、顔には書いてある。

「源八さんが帰ってから、どうしようもなく悲しくて、苦しくてたまらなくなって……気づいたら手が勝手に、獅子咲の花を手折っていました」

おさやが我に返ったときには、獅子咲は無残な姿をさらしていた。咄嗟《とっさ》に棚にあった鉢を次々と倒し、家の中に駆け込んだのだ。

キジが塀の外を通りかかったのは、そのときだ。うまそうな魚のにおいは、おさやが源八から受けとった魚のにおいだろう。

咎人は、塀の外じゃなく中にいる。そいつも、あらかじめわかっていた。

誰かが逃げ去る足音を、キジはきいた。けれど塀の外、潜り戸の辺りにいたにもかかわらず、キジは姿を見ていない。つまりは銅物問屋の内にいる、誰かということになる。

語りながらも、おさやの涙は収まらない。女を泣かすのは、男でもオスでも、どうにも具合が悪いものだ。オレはおさやの膝に乗り、頬にこぼれた涙を、ぺろりと舐《な》めた。甘いようなしょっぱいような、ひどく不思議な味がした。

「猫さん……」

おさやのうるうるの瞳が迫り、細い両手がぎゅっとオレを抱きしめた。冬ならまだしも、暑いわ苦しいわで、オレはたちまち閉口した。じたばたしたいのを辛《かろ》うじて堪え、首だけ真後ろに回して、どうにかしろと目で訴える。

傀儡の察しの良さは、こういうときには有難い。阿次郎は、おさやの前にかがみ込んだ。

「源八は、お嬢さん以上に、惚れてまさ」

「え？」

「そうでなけりゃ、お嬢さんの罪を、てめえでひっかぶったりしねえ」

さっきの顚末を、手短に述べた。

「源八さんが、あたしのために、そんな馬鹿な真似を……」

おさやが呆然《ぼうぜん》と口をあけた。力がゆるんだ隙に、オレは急いで腕の中から抜け出した。それすら、おさやは気づいていなさそうだ。

「今日のうちに、親父と一緒に詫びにいくと、源八はそのつもりでいます」

「そんなこと、決してさせられません！　あたし、これからすぐに、おじいさまに本当のことを明かします！」

おさやが慌てて立ち上がる。

「いいんですかい？　ご隠居のあのようすじゃ、さぞかしでかい雷が落とされやすよ」

「あたしが、いけなかったんです……己を偽《いつわ》って、ひとりで袋小路に追い詰められて。あげくにおじいさまの宝物を、無残に散らせてしまいました。あんな酷《ひど》い真似をしたのですから、報いは受けねばなりません」

涙の跡はあっても、迷いを払った顔は、清々《すがすが》しく映った。

「その度胸に免じて、お嬢さんにひとつ、いいことを教えてあげやしょう」

「いいこと？」

「源八は、その日暮らしの棒手振りなんぞじゃありやせん。魚十ってえ、日本橋《にほんばし》の魚河岸《うおがし》でも三指にはいる、でかい魚問屋の跡取り息子でさ」

え、とおさやが、小さく叫んだ。涙でかたまったまつ毛が、いく度もしばたたかれる。

「親父さんが、厳しいお人でね。魚売りの身にならねえと、問屋は回していけねえと、修業代わりに棒手振りをさせられているそうです」

幼なじみの己が言うからには間違いはないと、阿次郎は請け合った。

「相手が魚十なら、おれにはお武家なんぞより、よほど良縁に思えやすよ」

「……はい。ありがとうございます！」

おさやがふたたび涙ぐみ、オレと阿次郎に頭を下げた。

日盛りの中を、小走りに駆けてゆく。その後ろ姿を見送って、阿次郎が呟いた。

「きっと、大丈夫だろ。ご隠居にとっちゃ、朝顔より大事な宝だからな」

傀儡師としての初仕事が、ようやく終わった。これで頭領にも順松にも、顔向けできる。

ほっとしたとたん、急に腹がすいてきた。思えば今朝から何も食っていない。

「腹へったな、ミスジ。そこいらで、腹拵《ごしら》えしていこう。おまえにも相伴《しょうばん》させてやるからよ」

昨日は誘いを袖にしたが、今日は心おきなくつき合える。

いまさらだが、頭領の眼力はたいしたもんだ。傀儡としちゃ、こいつは申し分ない。せいぜいこれからも、オレたち猫のために働いてもらうとしよう。

阿次郎の背を追って、柳の下から出ようとすると、背中からニャアと鳴く声がした。ふり向くと、堀の向こう岸に、同じような柳の木があった。

木陰にキジの姿があり、となりでは白に灰縞の猫の尾が、嬉しそうにゆうらりと揺れていた。

白黒仔猫

猫の天敵は何か?

そうきかれたら、人ならまず、犬とこたえるだろう。

だが、オレたち猫は、誰もそんなふうに思っちゃいない。たしかに猫を見つければ、唸《うな》ったり吠《ほ》えたりと、やたらと脅してくる奴もいる。そんなときは近くの木や塀《へい》に、ひょいと飛びすればいい。あいつらは決して追ってはこられない。それを承知で、退屈凌《しの》ぎにわざとちょっかいを出す仲間もいる。いくら喚《わめ》かれたところで、所詮《しょせん》は負け犬の遠吠えだ。だいたいオレたちに喧嘩《けんか》を売るような手合は、弱いか馬鹿かのどちらかだ。

ただ、この猫町《ねこちょう》では、滅多《めった》に見ない。猫の町で生きていくには、わきまえが肝心だと犬の方も心得ているからだ。町に迷い込んできた野良犬《のらいぬ》が、たまに粗相《そそう》をしでかすことはあるが、猫町に住まう野良犬自《みずか》らが、先頭を切って追い払ってくれる。

猫町はまことに居心地のいい住処《すみか》だが、あいにくとオレたちにも天敵はいる。

カアー、と、声を張り上げて、黒い影が頭上を行き過ぎた。思わず身を硬くする。烏《からす》だ。

オレたちにとって、何より厄介《やっかい》な相手は、あの連中だった。

つい空に浮かぶ黒い点を、恨《うら》めしげに見送る。

天は二物を与えずってえ諺《ことわざ》もあるが、あいつらは三物も四物ももっている。空を自在に飛ぶ羽、高い空から小鼠《こねずみ》さえ見つける目、鋭いくちばし。何より油断のならないのが、あの賢さだ。猫より知恵がまわり覚えがいいのは、烏だけだとオレは思っている。

人は違うのかって？　たしかに人は頭でっかちだが、考え過ぎるのが玉にきずだ。おかげで始終、迷ったり悩んだりと忙しい。物事をもっとすっきり始末すりゃいいだけの話だが、やれ分別だの建前だの礼儀だのと、よけいなものをくっつけ過ぎたおかげで、肝心のところが見えなくなる。馬鹿だなあと、傍《はた》でため息をつくことがしばしばだ。

黒い点はすぐに消えたが、毛は逆立《さかだ》ったままだ。――あいつらには、気をつけろ。野良の仔猫は、いのいちばんに大人から教わる。現に小さい時分に襲われたこともある。

『助けて！』

オレの声をききつけて、間髪《かんはつ》入れず黒い大きな鳥にとびかかっていったのが順松《よりまつ》だった。

相手はひときわ太った大きな烏だった。羽を広げ、ぎゃっぎゃっと鳴きながら立ちはだかる姿は、まさに黒い魔物のように見えた。なのに順松は一歩も引かず、全身の毛を針みたいに尖《とが》らせて、相手に挑んだ。その背中が、どれほど頼もしく映ったことか——。互いの声と爪が、二度、三度とぶつかり、しかし順松の放った一閃《いっせん》が勝負を決めた。額を三日月形に削られた烏が、ぎゃっと叫びざま空へ舞い上がった。

『てめえの面《つら》は忘れねえ。首を洗って待っていろ』

『ああ、いつでも受けて立つさ。おれは猫町の傀儡師《くぐつし》、順松だ！』

あのときから、傀儡師はオレのあこがれになった。順松みたいな傀儡師になりたい、なってみせると心に決めた。

ただ、こんな形で順松の後を継ぐことになるとは、思ってもみなかった。

——順松の兄《あに》さんは、どこにいるんだろう。

ひと月と少し前、ふいに姿を消した兄弟子の身を案じた。

「助けて！」

その声が、物思いに水をさした。昔のオレと同様、助けを求める仔猫の声だ。

猫は耳がいい。中でももっともよくきこえるのは、仔猫が発する高い声だった。両の耳をぴんと立て、方角を探る。か細い悲鳴は、南からしだいに近づいてくるが、方向を見定めて、思わず舌打ちした。

「空か！」

小さな黒い染みが、だんだんと大きくなる。さっきとは別の鳥だと察したが、声はその足の辺りからきこえる。猫町からはうんと離れた川向こうの林に、ひときわ大きな鳥の住処があり、何百羽も群れている。おそらくそこへ獲物をはこぶつもりなのだろう。

鷹《たか》や鳶《とび》なら、たとえ火の見櫓《やぐら》に上っても話にならなかったろう。しかし相手が鳥なら勝算はある。とはいえ、場所が空では勝ち目は薄い。それでもあきらめるつもりはなかった。

敵を追い払い、オレをふり返った順松の顔は、いまでもまぶたに焼きついている。

いく度も礼を述べるオレに向かって、順松は言った。

『おれに礼なぞいらねえよ。恩なら、別の誰かに返してやんな。いつかおめえがでかくなったら、いまのおめえみてえに難儀な目に遭《あ》う者を、助けてやんな。それが本当の恩返しってもんだ』

何度も思い返しては唱《とな》えたから、一言一句違《たが》わず覚えている。

立てた耳を傾けながら間合いと方角を計り、すばやく辺りを見回す。

――よし、あれがいい。

オレが見つけたのは、ひときわでかい欅《けやき》の木だった。よく葉の茂った梢《こずえ》は、こんもりと丸くふくらんでいる。迷っている暇はねえ。一目散に幹を駆け上り、木のてっぺん近く、横に大きく張り出した枝にとび乗った。折れねえよう足場を確かめながら、行けるぎりぎりまで枝先に寄った。葉叢《はむら》に身を潜《ひそ》め、そして目を閉じた。

オレたち猫は、目が悪い。夜目《よめ》は利くんだが、昼間は人よりも役に立たねんだ。オレたちはもともと、犬と同様、夜に狩りをする種族だ。暗闇で獲物を捕らえるのに、もっとも適した目をもつ。てめえの手の届く場所で、動くものは確実に仕留める、そのための目だ。それより遠くはぼやけちまうし、夜だと闇一色になっちまうから色にも疎《うと》い。

目の代わりに、耳と髭《ひげ》を引きしめた。耳は仔猫の声と鳥の羽音を、髭は翼が起こす気の乱れを感じとる。──駄目だ、やっぱり遠すぎる。

相手の飛ぶ先を見極めたつもりだが、こんな広い大空を飛んでる奴が、そううまくこっちに近づいてくれるはずもない。──仕方ねえ、奥の手を使うか。

傀儡師の修業として習ったものの、実で使うのは初めてだ。うまくやれるだろうか──心配が頭をもたげ、つい髭がこわばっちまったが、やってみるより他に策はない。羽音が頃合に近づいたとき、オレはその声を発した。

「クワァ、クワッ、クワァ」

鳥というより、鴨《かも》の鳴き声に近い。鳥の雛《ひな》の真似だった。

この辺りを飛ぶ鳥は、川向こうに塒《ねぐら》をもつ。こんなところに、巣などあったろうか

――？　頭がいいからこそ数寄心《すきごころ》にあふれ、仲間意識もひときわ強い。見過ごしにはできないはずだ。

　案の定、黒い鳥は、欅の手前で方向を変えた。

　――してやったり！

　頃合を見計らい、ぱっと目をあけた。よし、相手がオレの狩場に入った。大きく広げた黒い羽と、その足許の白い毛玉がはっきりと見える。すかさず枝からとび上がった。相手はよほど驚いたようで、一瞬、空で立ち上がるような形で、オレに腹を見せた。その腹にしがみつく格好で、奴のからだに組みついた。ギャギャッ、と叫びざま、オレの重みに耐えかねたように、みるみる高さを失う。それでも白い仔猫を離そうとせず、鋭いくちばしがオレの目を潰《つぶ》そうとする。すんでのところを、首をひねって辛《かろ》うじてよけながら、相手の顔をまともに見た。

　――こいつ、あのときの三日月か！

　黒い眉間《みけん》にくっきりと、赤い三日月形の傷がある。間違いねえ。オレを襲おうとしたときに、順松につけられた傷だ。

　そうと知っちゃ、何がなんでも負けるわけにはいかねえ――。目の前の黒い腹にがぶりと噛《か》みつき、同時に後ろ足で、思いきり奴の足を蹴った。ギャッ、と耳障りな悲鳴とともに、白い毛玉から爪が離れた。そのまま真っ逆さまに、地面へと落ちていく。オレもすかさず奴から離れ、からだを捻《ひね》った。本当はムササビみたいに手足を広げれば、落ちる速さがやわらぐんだが、それじゃ間に合わねえ。あのくらいの仔猫は、まだ落ち方を知らない。さっきよりは地面に近いとはいえ、それでも二階屋の屋根より二、三倍は高い。このまま地面に叩《たた》きつけられれば、それこそ命が危《あや》うい。オレは線のようにからだを細め、矢のように地を目指した。見込んだとおり、オレの重みが、軽い仔猫のからだを追い越した。目の前いっぱいに地面が迫り、ぶつかる瞬間に尻尾《しっぽ》を、ぶん、とふり回しながら一回転して、仔猫と地面のあいだに滑り込んだ。背中で毛玉がはずみ、道に放り出される。

「おい、チビ、しっかりしろ！」

落ちるとき、気を失ったようだ。目をつむったきり呼びかけにも応じないが、ちゃんと息はある。ほっとしたのも束の間、背中から不穏な気配に襲われた。

「おれの獲物を横取りするたぁ、度胸だけは買ってやる。だが、よけいなことをしたな」

塀の上から、三日月がオレを見下ろしていた。

「まあ、餌《えさ》がもう一匹増えたと思やいいか……。だいたい猫は、てめえのことで手一杯のはずだ。仲間を救おうなんざ、らしくないことをした罰だ。両の目ん玉を、えぐり出してやる」

黒い羽で覆われた太ったからだいっぱいに、殺気がふくらんだ。本気でかかってこられちゃ、こっちも厄介だ。すかさず口で応酬した。

「この猫町で、オレとやり合おうってのか？　そいつはやめときな。オレのひと声で、数十もの仲間が駆けつける。オレの目玉を潰すころには、その汚え背中に、五、六匹は組みついてるはずだ」

「でまかせもたいがいにしやがれ。言ったろう、猫は所詮、勝手者だ。どんなに数が多かろうが、てめえのひと声で集められるわけがねえ」

「オレがこの町の、傀儡師だと言ってもか？」

「傀儡師、だと？」

こちらに据えられた黒い目が、たちまち表情を変えた。こいつらも、傀儡師については知っている。どんな猫よりも、用心しなければならない相手だと、頭に刻みつけている。

「オレはミスジ。猫町の傀儡師だ」

烏の目が、ゆっくりと細められた。

「そうか、てめえがあの順松の代わりか……こんな小僧に跡目を継がれたとあっちゃ、順松もあの世で浮かばれねえな」

「順松の兄《あに》さんは、死んだわけじゃねえ。ちっとこの町を離れているだけだ」

「何だ、おめえら、知らねえのか！　こいつは傑作だ」

カーアカーアと、腹を抱えるようにして笑う。

「傀儡師とはいっても、所詮は猫だな。この狭い町から外のことは、何も摑《つか》めねえ。猫の額とは、よく言ったもんだ。江戸の町中をとび回るおれたちからしてみれば、おめえらはほんの隙間《すきま》で縮こまっている鼠《ねずみ》と変わりねえ」

ばっさばっさと、不愉快な羽ばたきが止まらない。とびかかって八つ裂きにしてやりたい心持ちを必死で抑え、オレは用心深くたずねた。

「兄さんのことを、何か知っているのか？」

「さあな。腸《はらわた》垂らしてのたれ死んだことより他は、知らねえよ。死に際を見られたかねえ猫が、あんなみっともない骸《むくろ》をさらすとは……おれにとっちゃ仇《かたき》同然の野郎だったが、積年の恨みさえ忘れるような惨《みじ》めな姿だったよ。まったく笑いが止まらなかったぜ」

「嘘《うそ》だ！」

「嘘じゃねえよ。おれはちゃあんと、この目で見たんだ。高い空から、虫さえ見分けられるこの目でな」

大事な兄貴分を貶《おとし》められて、なのに返す言葉がない。こいつの言うとおりだ。並の猫の何倍も動きまわる傀儡師でさえ、縄張りは決して広くない。一歩町内から出れば、たちまち不案内になる。悔しいが、外をもち出されては、確かめる手立てはない。オレはただ歯を食いしばり、三日月をにらみつけた。

その顔で、溜飲《りゅういん》が下がったのだろう。烏はぱっと黒い羽を広げた。

「順松の情けない姿に免じて、今日のところは引いてやる。あんな惨めな末期《まつご》を辿《たど》らねえよう、せいぜい気をつけるんだな」

黒い点が空に吸い込まれても、むかつく高笑いはいつまでも執拗《しつよう》に降り注いだ。


「何だ、ミスジか。おまえさんも、ご苦労だな」

家の前に寝そべっていた姿が、むっくりと起き上がる。開け放たれた戸口からは、酒と薬の混じったにおいが流れてくる。オレはくわえていた仔猫を、そっと地面に置いた。

「いつもすまねえな、タロ先生。こいつを、ちょっと診《み》てやってくれねえか」

黒く湿った鼻先を、白い毛皮に近づけて、くんくんとにおいを嗅《か》ぐ。

タロ先生は猫ではなく、茶色い毛並の犬だった。歳は人に直せば、五十くらいか。猫町に住まう犬は概《おおむ》ね行儀がいいが、中でもタロ先生はしごく温厚で、何より医術の心得がある。この町では犬猫を問わず信頼されていて、こうして患者をもち込まれることも少なくない。先生と呼ばれるのもそれ故だ。

「まだ小さいな。生まれてふた月といったところか……うん？　この傷からすると、鷹か烏にでもやられたか」

「さすがは先生、そのとおりだ」

オレは三日月烏から、こいつをとり戻した経緯《いきさつ》を手短に語った。茶色い耳だけそばだてながら、仔猫のからだを鼻先で器用に返し、腹の傷を確かめる。

「どうやら、くちばしでつつかれた傷はなさそうだ。足で摑まれているあいだ、もがき続けていたんだろう。爪の傷はあるが、ごく浅い。嗅いだところ、内臓《なか》に障《さわ》りはないようだ」

タロ先生の見立てなら、間違いはない。そうか、とオレは安堵した。

嘘でも方便でもなく、先生は病のにおいを嗅ぎあてられる。犬猫にとどまらず、人の病すら見抜くのだ。

「タロ先生は、人の腹ん中にある腫《は》れ物のにおいがわかるんだろ？　いったい、どんなにおいがするんだい？」

「腫れ物そのものがにおうわけでなく、内臓《なか》の瘤《こぶ》が大きくなると、汗や息のにおいが変わるのだ」

腹とか胸とか頭とか、病の場所によって、においも違うのだそうだ。たいした眼力、もとい鼻力だと、改めて感心したが、先生は残念そうにうなだれた。

「いくら病を当てたとて、救えるわけではないからな。においで判じられるころには、すでに手遅れだ」

すまなそうに、肩を落とす。人の役に立てないことを気に病むあたりは、やはり犬だ。

「少なくとも飼い主は、先生のおかげで飯が食える。十分に役目を果たしているよ」

そう伝えると、嬉しそうに尻尾を揺らした。

「医者としてはぼんくらだが、仔犬のころからわしを可愛がってくれた。その恩くらいは返さんとな」

タロ先生の飼い主は、浪人崩れの町医者で、かなり怪しげな腕に加え、大酒飲みだ。それでも酒代に事欠かないのは、すべて飼い犬のおかげだった。重い病を見つけると、先生はやたらと患者に張りついて、しきりににおいを嗅いでみせる。そのたびに飼い主は、身内にだけこっそりと告げるのだ。

「すでにわしの手では、どうにもならぬ。せめて残りの余生を、つつがなく送らせてやりなさい」

たとえ病が軽かろうと、ここの藪《やぶ》医者じゃ、たいしたことはできない。それでも重病の見立てだけは、まず外さない。それを有難がる者もいて、そこそこ繁盛しているのだ。

「そう日を置かず、傷は癒《い》えるだろう。目を覚ましさえすれば、大丈夫だ」

仔猫の腹の傷を舐《な》めてやりながら、先生が言った。その声がきこえたように、桃色の鼻先がぴくりと動き、白い毛に覆われたまぶたがうっすらとあいた。

「お、気がついたか。大丈夫か、痛えところはないか？」

話しかけても、黒曜石に似た黒味の強い瞳は、ぼんやりとしたままだ。その瞳が虚《うつ》ろにオレをとらえ、か細い声がもれた。

「……より、まつ……さん……」

たちまち全身の毛が、さあっと逆立った。嚙みつくような勢いで問う。

「おい、チビ助、おまえもしや、順松の兄さんを知ってんのか？　どこで会った！　話してくれ！」

しかし眠りに引き込まれるように、黒い瞳はすぐに閉じた。ぺしぺしと頰《ほお》をたたくオレの前足を、先生が止めた。

「よさんか。高いところから落ちたばかりだ。無闇に揺さぶるものではない」

「だけど……」

いまさっき烏の野郎から、肌が粟立《あわだ》つような話をきいたばかりだ。殴《なぐ》ってでも根掘り葉掘りきき出したいところだが、傀儡師の立場を思い出し、どうにか堪《こら》えた。しばし毛繕《けづくろ》いをして気を落ち着け、それから言った。

「先生、しばらくのあいだ、このチビ助を頼めねえか。ひとつ、仕事が入っちまってな」

仔猫をここへはこぶ途中で、使いの猫に行き合った。大福屋《だいふくや》という帳面問屋の飼い猫から、すぐに来てほしいとの言伝《ことづて》だった。売り買いの仔細《しさい》、客の覚え、銭の出し入れなんぞを記すための、商家にはなくてはならない帳面を大福帳といって、それを商うのが帳面問屋だ。

「ああ、かまわんよ。二、三日で傷も癒えよう。それまではわしが介抱しよう」

「毎度のことながら、すまねえな、タロ先生」

「なんの。わしへの気遣いは無用だが、ただしチビ助はいただけないな。この子はメス猫だからな、助はよけいだろう」

仔猫のうちは、雄雌の見分けがつきにくい。へえ、と感心するオレに、タロ先生は尻尾をひとふりした。


「ちょいと、遅いじゃないか！　うちの子が一大事だってのに、ちんたらしてんじゃないよ！」

大福屋の縁《えん》の下を訪ねたとたん、いきなりがみがみと怒鳴られた。

おトラという黒っぽいトラ縞のメス猫で、すでに子供を五回も産んでいる大年増である。

ただ、おトラは、子育ての上手にかけては評判の猫だ。子供たちは人によく懐《なつ》き、また鼠取りもうまいから、大福屋を通して方々に引き取られていった。いまは五度目の子育ての最中で、六匹の仔猫がいる。そのうちの一匹が、いなくなったという。今日はよほど、仔猫に縁があるようだ。

「クロ助はとにかく怖《こわ》いもの知らずでさ、他の子たちは縁の下から出ようともしないのに、あの子だけは、ちょっと目を離すと、ひょこひょこと出ていっちまうんだ」

クロ助は真っ黒な毛に、鼻先と耳の先だけに白い模様があるという。

六匹の仔猫は、生まれてひと月。ようやく舐めてもらわずとも、自力で下《しも》の世話ができるようにはなったが、まだ母親からお乳をもらっている。こうして話をしているあいだにも、縞に斑《ぶち》、白茶に灰色と、それぞれまったく違う毛並みの五匹の仔猫がおトラの腹に張りついて、一心におっぱいを吸っている。

こんなふうに、生まれた仔猫がすべて育つなんて、それこそあり得ねえ話だ。オレのような野良育ちには、そう思える。半分が育てば御《おん》の字で、オレも親の顔なぞ覚えていない。

――たかが一匹ごとき、そう目くじらを立てることはねえのにな。

浮かんだ台詞《せりふ》を口にしなかったのは、傀儡師のわきまえばかりじゃない。母子の姿をながめるうちに、ちょっと腹立たしいような、そのくせ鼻の奥がくすぐったいような、妙な思いにかられたからだ。

「今朝いなくなって、きっといまごろはおなかを減らして鳴いているに違いないよ。とにかく、一刻も早く探し出しておくれな。手がかりなら、ちゃんとあるんだ」

「手がかりとは、何だい？」

「今朝――ちょうど人の子たちが、手習いに通う時分でね、いつものとおり塀越しに子供たちの声がしたころだから間違いないよ――となりのお嬢さんが縁の下を覗《のぞ》き込んで、クロ助を呼んだんだ」

「となりのお嬢さんてのは？」

「菱垣屋《ひがきや》っていう両替商の娘さ。おけいという、七歳になる女の子がいるんだよ。大福屋《うち》の裏塀の隅に破れがあってね、子供なら通り抜けられる。おっかさんの目を盗んでは、前々からこっそり縁の下を覗きに来ていたんだよ。菱垣屋のおかみってのは犬猫が大嫌いでね、前にいっぺんだけ、おけいがクロ助を家に連れ帰ったときなんざ、もう大騒ぎだったよ。もちろんあたしだって、最初はおけいを追い払っていたんだよ。しつけも済まないうちに人に触れさせて、傷でもつけちまった日にはこっちが悪者にされちまうからね。大福屋《ここ》の家の者は、その辺も心得ているからさ、あたしが子育てしているあいだは、そっとしといてくれるんだがね」

かみさんの話ってのは、何だってこんなに長えんだ……。並みの猫なら、話の本筋さえ摑めやしねえ。ため息を堪えながら、オレは頭の中にこさえた棚に、せっせと話の中身をふり分けていた。

「七つの小娘じゃまだわからなくて、たまたま這《は》い出していったうちのクロ助に、大喜びしちまってさ。ここんとこ毎日、通ってきていたんだよ。まあ、おけいは不憫《ふびん》な子だからね、邪険《じゃけん》にばかりするのも可哀想に思えてさ」

「両替商といや、金持ちの娘じゃねえか。どこが不憫だというんだい？」

ようやく割り込む隙を見つけて、オレはたずねた。

「おけいのおっかさん、菱垣屋のおかみがね、どういうわけだか妹ばかりをえこひいきして、姉のおけいには、そりゃあ酷《ひど》い当たりようなんだよ」

「酷いってのは、怒鳴ったり叩いたりかい？」

「それが、逆なんだよ。おけいをまるで、いない者のようにあつかうんだ。話しかけても見向きもしない。おけいがたまに、まとわりつこうとしようものなら、思いきり突きとばして、『汚《けが》らわしい、触るんじゃない』と、塵《ごみ》でも払うみたいにさ。それから、『おまえなんて、産むんじゃなかった』って……あたしも二、三度見かけたことがあるが、あの目にはぞっとさせられたよ」

まるで虫けらを見るような、蔑《さげす》みに満ちた冷たい目だったと、おトラはぶるりと身を震わせた。

まだ暑い盛りだってのに、オレも思わず、すうっと背骨が冷たくなった。

「そのはね返りみたいに、妹のことはべたべたと猫可愛がりするんだからね」

「何か、わけでもあるのかい？」

姉娘だけがなさぬ仲だとか、ありきたりなことが浮かんだが、どちらも己《おのれ》の腹を痛めて産んだ実の子だという。おけいが特に不器量だとか、性根が悪いとか、そういうこともなさそうだ。

「まあ、強いて言えば、おけいが生まれてからしばらくは、おかみさんは加減を悪くしてね。おけいの世話は、別の者に任せていたそうなんだ。あたしが大福屋《ここ》にもらわれてくる前の話だから、それ以上は知らないがね……実の子に何だってそんな酷い真似ができるのか、あたしにはさっぱりわからないよ」

おトラは鼻息も荒く大いに憤《いきどお》ったが、人だけじゃなしに、犬猫でもたびたび見かける。誰も彼もが、おトラのように親になる才にあふれているわけじゃない。子供の方はいい迷惑だ。勝手に産んどいて、産むんじゃなかったなぞと言われても、子供は親をえらべねえ。まあ、いちばん悪いのは、種付けだけして、あとは放ったらかしの雄だから、うかつな口は慎んでおいた。

「クロ助の方も、おけいに懐いちまってね。くれぐれも爪は立てぬよう、それだけは言いきかせて、遊ぶのを許していたんだ。今朝もいつもどおりおけいに呼ばれて、クロ助は塒から出ていった。遊ぶ場所はどうせ、うちの裏庭だけだ。それであたしも、つい気を抜いちまって……他の子たちに乳を与えながら、うとうとしちまったんだよ」

「そのあいだに、となりの娘と一緒にクロ助がいなくなっていた。そういうことかい？」

目を覚ましたときには、おけいとクロ助の姿がなかったと、おトラはそのときばかりは神妙な顔でうなずいた。

「もちろん、すぐに探しにいったんだよ。子供の世話は、お向かいの猫に頼んでさ。菱垣屋は隅から隅まで確かめて、近所の目ぼしいところは残らず見てまわった。だけどどこにも見当たらなくて、最後にもう一度、菱垣屋の縁の下に潜り込んだんだ。そうしたら、とんでもないことになっててさ」

「何が、あったんだい？」

「おけいがかどわかされて、身の代銀をよこせと、脅し文《ぶみ》が届いたんだよ！」

「……つまりクロ助は、両替商の娘と一緒にさらわれたということか」

おトラがどうして傀儡師を頼ったか、ようやく合点がいった。人が絡んでいる以上、人を絡めねえと始末のしようがない。

人を操り、人を使い、猫のために働かせる。それがオレたち傀儡師だ。事は一刻を争う。オレは菱垣屋で餌を拝借してから、急いでおっとり長屋へと向かった。

おっとり長屋には、オレの傀儡たる阿次郎《あじろう》が住んでいる。二十四になる狂言作者だが、いまだ親の金で暮らす放蕩者《ほうとうもの》だ。人としちゃ、しょうもない野郎だが、猫にとっては逸材だ。

壱《いち》、とにかく暇で、弐《に》、察しがよく、参《さん》、何にでも興を示し、肆《し》、猫が好き。この傀儡四箇条を満たし、先日めでたく、傀儡師の頭領によってオレの傀儡にえらばれた。とはいえ当人抜きで決まった話だから、肝心の阿次郎は何も知らない。

こいつをうまあく動かして、役に立つよう仕向けるのが、オレたち傀儡師の腕の見せどころだ。

オレが菱垣屋からもち帰った餌に、阿次郎は案の定、すぐに気がついた。

「おい、ミスジ、さっきからころがしてるそれ、ちょっと見せてくれねえか？」

前足や鼻先でつついていたのは、ちょうどオレの前足に隠れるくらいの、小さな銅の塊《かたまり》だった。「はい、どうぞ」とすぐさま見せたい気持ちを抑え、遊んでいるのを邪魔されて不服だと言わんばかりに、しばしつんけんしてから嫌そうにさし出した。

「おいおいおい、こいつは後藤分銅《ごとうふんどう》じゃねえか。おめえ、こんなもの、どこの銭屋からくすねてきやがったんだ」

繭形《まゆがた》の銅は、銀の重さを量《はか》る分銅だった。両替商の看板も同じ形だから、出所《でどこ》はすぐに知れる。

「いいか、ミスジ。この分銅はな、銭屋六百軒の元締めたる、金座《きんざ》の後藤家でしか製しちゃならねえ決まりなんだ。色んな場所で作ったら、ごまかしが横行するからな。それを避けるために、御金改役《ごきんあらためやく》を担う後藤家が拵《こしら》えて、本両替と脇両替に配っているんだ。失くしたとあっちゃ、大事《おおごと》なんだぞ」

分銅を手にして、とっくりとオレに説教を垂れる。狂言作者を気取るだけあって、この手のどうでもいい知恵はたんとある。そんな謂《いわ》れはまったく知らないが、こいつが菱垣屋にとって大事なものだということだけは、おトラからきいて知っていた。それぞれ重さの違う分銅は、二十個近くもある。手代《てだい》の隙をついて、そのうちひとつをいただいてくるのは造作《ぞうさ》もなかった。

「仕方ねえ。おれが返しにいくしかねえか」

やれやれと腰を上げた阿次郎を見上げ、しめしめとほくそ笑んだ。

「この町の銭屋といえば、二軒しかねえからな。大方、そのどちらかだろう」

両替商は六百軒もあるが、そのうち本両替と呼ばれる大店《おおだな》は十六軒のみで、あとは銭屋と称される脇両替だと、往来を行きながらも阿次郎の講釈は続く。町人が金銀を銭に替えるために通うのは、もっぱらこの脇両替で、猫町にある二軒も、やはり銭屋だった。

おっとり長屋から近いのは、菱垣屋ではない別の両替商だ。先に寄ったそこでは空振りに終わり、目論見《もくろみ》どおり阿次郎は、次に目当ての暖簾《のれん》を潜《くぐ》ってくれた。

「すいやせん、近所の野良猫が、こんなものをくわえてきて……もしやこちらさんの物ではねえかと、お返しにあがったんですが」

阿次郎が分銅を見せると、手代が仰天する。すぐさま帳場に知らされたが、初老の番頭は、分銅と阿次郎の顔をためつすがめつしてから奥へと駆け込んだ。

まもなく奥から出てきた旦那の顔は、明らかに青ざめていた。問答無用で阿次郎を、菱垣屋の奥の間へと引っ張っていく。

「銭屋にとっては何より大事なものと心得てますが、見たところ傷もついちゃいませんし、何とかご勘弁願えませんかい」

阿次郎はあくまで分銅の始末だと思っているが、旦那は嚙みつくように問いただした。

「もしや、おまえか？　おまえが、うちの娘を……」

「娘？　いったい、何のことで？」

「とぼけるな！　脅し文は知らぬ間に、店先に置かれていた。客のふりをして文を置き、ついでに分銅をかすめ取ったんじゃないのか！　こうして返すふりで、こちらのようすを窺《うかが》いにきたのじゃないか？　白状しろ、おけいをどこにやった！」

阿次郎も時折、銭屋を使うが、菱垣屋には出入りしていない。身の証《あか》しを立てるために、おっとり長屋の大家までが呼ばれて、オレが思う以上にすったもんだしたが、どうにか騒ぎは収まった。疑いが解け、大家を先に帰すと、旦那は阿次郎の前に紙の包みを置いた。

「疑ったりして、申し訳ありません。娘の心配が先に立って、歳甲斐《としがい》もなく頭に血が上ってしまいました。どうかこれで、気持ちを収めてもらえませんか。その代わり、かどわかしのことは、きかなかったことに……」

脅し文には、御上《おかみ》に訴えたら娘の命はないと書かれていた。外にもれるのを恐れ、主人夫婦を除けば、ごくわずかな使用人にしか明かされていない。一の番頭と、奥に仕える三人の女中だけだ。

「詫《わ》び料は、お断りしまさ。こいつがご迷惑をかけたのは、間違いありやせんし」と、阿次郎がオレを見下ろす。「もちろん、他言は決して致しやせん。ただ、やっぱり番屋《ばんや》に届けた方が、いいんじゃねえですかい？」

阿次郎の勧めに、旦那はしばし考えて、しかし結局は首を横にふった。

「身の代銀は百両です。大金とはいえ、すぐに用立てられる額ですし、これで娘が戻るなら安いものです」

「……百両、ですかい」

阿次郎が、ちょっと腑《ふ》に落ちない顔をする。

「それで、金はいつ、どこで渡すんで？」

「時は、五日後の宵五ツです」

「五日後？　そんなに遅いんですかい？」

「はい……文には確かに、そうありました。五日後の宵五ツまでに、名護《なご》神社の境内《けいだい》にある、大楠《おおくす》の根方《ねかた》に金を置いて去れと……金を確かめたら、翌日の朝におけいを帰すと」

阿次郎が腕を組み、じっと考え込んだ。それから旦那を見詰め、用心深く口を開く。

「旦那さん、このかどわかしは、どうもおかしい。文のとおりに五日も待っちゃ、とり返しのつかねえことになる。あっしには、そう思えまさ」

「……おかしいとは、どこが？」

ごっくりと唾《つば》を呑《の》み込んで、旦那はおそるおそるたずねた。

「まず金目当てにしちゃ、身の代銀が安すぎる。わざわざ銭屋の娘をさらったんだ、もっとふっかけてきそうに思えます」

「ですが、うちは所詮、脇両替で、構えも銭屋にしてはささやかな方です。懐《ふところ》具合は、本両替には遠くおよびませんし」

「それでも、やはり銭屋となれば、そんじょそこらの商家より懐は重いはず。たいがいの者はそう見当しまさ。百両なら、すぐに用立てられると仰《おつしや》いましたね？　娘さんが戻るなら、安いものだと」

「はい……懐は痛みますが、どうにか商いには障りなく、やりくりできる金高です」

「あっしには、百両はただの方便のように思えます。旦那さんを、五日ものあいだ留め置いて、番屋に届けを出されぬための」

「それは、どういう……？」

「相手の思惑までは、察しが利きやせん。ただ向こうには、金を受けとるつもりは端《はな》からねえような気がします」

「それならおけいは、娘はどうなるんですか！」

よけいな口を出して、父親の不安を煽《あお》ってしまった。阿次郎が、面目なさげにうつむいた。

「ひょっとしたら、あの子の狂言ではありませんか？」

すらりと奥の襖《ふすま》があいて、ひとりの女の顔が覗いた。身なりからすると、この屋のおかみのようだが、その顔はまるで能面をかぶったように、ひと筋の乱れもない。とても子をかどわかされた母親には見えず、焦《あせ》りと不安に押し潰されそうになっていた、父親の癇に障ったようだ。菱垣屋の主人が、いきなり怒鳴りつけた。

「お常《つね》！　おまえはまだそんなことを……。おけいはまだ、七つだぞ！　脅し文なぞ、書けようはずがないじゃないか！」

「あの子は性根が曲がっていますから、誰か唆《そそのか》して書かせたのかもしれません。あたしたちを脅かして、面白がっているんですよ」

「いい加減にしないか！」

旦那の怒鳴り声より、つるりと動かぬおかみの面の方が、よほど怖《こわ》かった。おけいはずっと、こんな親の顔を見て育ったのか——。おトラが語った不憫な生い立ちが、改めて胸に迫った。

腹立ち紛れに、ついニャアゴと声をあげる。おかみがオレに気づいて、さも嫌そうに顔をしかめた。

「おお、嫌だ、猫じゃないの。そんなもの、座敷に上げないでくださいな」

たとえ嫌がられても、能面よりはよほどましだ。オレのささやかな仕返しだった。

「お常、もういいから、おまえは下がりなさい」

耐えかねたように、主人は女房を追い出したが、いまの短いやりとりで、阿次郎は母子の間柄を察したようだ。けれど何も口にせず、別のことをたずねた。

「旦那さん、もうひとつだけ、教えてもらえやせんか？　お嬢さんは、どこでさらわれたんです？」

「おけいはこの家から、連れ出されたんです。というより、気づいたら、いなくなっていた……女中たちからは、そのように」

「そのお女中らと、話をさせてもらえやせんか？」

どうしてそんなことをと、旦那の顔は言っている。それでも阿次郎の滅多に見せぬ真顔《まがお》が、功を奏したのかもしれない。旦那は承知して、三人の女中を呼んだ。

このところ、おけいに変わったところはなかったか？　今朝はどんなようすだったか？　最後に娘を見たのは？　そんな問いを、女中たちに投げた。

三人ともに、あたりさわりのないこたえで、手がかりにはなりそうもない。いずれも十代の娘ばかりで、かどわかしなんて大それたことなぞ、しでかしそうにも見えない。

それでもオレは、すぐにわかった。タロ先生の鼻にはおよばないが、オレにも嗅ぎ当てられるにおいがある――嘘のにおいだ。

病人と同じに、嘘を口にしている者は、汗やからだのにおいが変わるのだ。

――この女だけ、嘘をついている。

オレはそのお女中の横に並び、じっとその顔を見詰め続けた。

「なあ、ミスジ。おまえどうして、ひとりのお女中の顔ばかり見てやがったんだ？」

菱垣屋を辞すと、すでに日は落ちていた。暗い道を並んで歩きながら、阿次郎がオレに問うた。何も言わず、阿次郎を見詰めかえす。

猫はもともと、口ではしゃべらない。眼差《まなざ》しや尻尾、気配なぞで語る生き物だ。色々な声音で鳴くようになったのは、長いこと人の傍《そば》にいて、声を発しないと伝わらないと学んだからだ。

ただ、このときは、あえて猫の言葉を使った。理由《わけ》は、てめえでもよくわからねえ。何となく、その方が相手に伝わるような気がしたんだ。

「わかったよ、ミスジ。おめえを信じて、あのお女中に的を絞ってみるよ」

お、通じた！　ぞくりとするほど嬉しくて、つい尻尾の毛がふくらんじまった。

翌日からオレと阿次郎は、菱垣屋からほど近い、細い路地の口を張った。表通りとの境に潜り戸がついていて、菱垣屋の奉公人は外に出るとき必ずここを通る。

一日目と二日目は、棒にふった。目当てのお女中は見かけたものの、買物や用を済ませて何事もなく菱垣屋に戻った。動きがあったのは三日目だった。

おなえというその女中は、ひどく急《せ》いた足取りで、猫町の外れにかかる橋を渡った。

何という町か、オレは知らない。

橋を渡ってから、四、五町は過ぎた辺りで、おなえは裏長屋の木戸を潜った。知った先なのだろう、迷うことなく中ほどの一軒に入っていく。

阿次郎と並んで戸口に立ち、オレは耳をぴんと立てた。入口障子の向こうから、ぼそぼそと言い交わす低い声がする。人の耳では、中身までは捉えようがなかろうが、オレにはまるぎこえだ。おなえと、もうひとり、中年と思《おぼ》しき女の声だった。

「お嬢さんの具合はどう？」

「今朝ようやく、熱が引いてくれてね。このまま治まってくれれば、何とか明日には立てそうだよ」

「よかった！　五日の日限《ひぎり》が過ぎたらどうなることかと、気が気じゃなかったわ」

「心配かけて、すまなかったね。だけど、言ったろう？　万が一のときは、罪はすべて、あたしが引き受けるって。いいかい、おなえちゃんは、知らぬ存ぜぬを通すんだよ」

「そんなこと、とてもできそうにないわ。いまですら、怖くてならないのに」

話の途中で、阿次郎はほとほとと入口障子を叩いた。井戸端に出てきたかみさんに、胡乱《うろん》な目を向けられたからだ。とたんに中の声が、ぴたりとやんだ。

「ごめんよ」

阿次郎が、戸をあけた。ふり返ったおなえが、あっ、と声をあげる。

「あなたは、この前の……」

おなえの向こうに、小太りの中年の女が座り、その奥に床《とこ》が敷かれている。寝かされているのは女の子、おけいに違いなかった。

すべてを見てとって、阿次郎はすばやく戸を後ろ手に締めた。

卒倒しそうなほど青ざめて、口すらきけない女たちに、穏やかな声で告げた。

「驚かせてすまねえな。だが、あんたらの気持ちを、無下《むげ》にするつもりはねえんだ。あんたらはただ、お嬢さんを守りたかっただけなんだろ？」

おなえが、わっと泣き出して、中年女も目に涙を浮かべた。

その声が届いたのだろう。眠っていた女の子が、目を覚ました。

「お寅《とら》、さん……どうしたの？」

オレの頼み人と同じ名の女は、伸ばされた小さな手を、厚ぼったい両手で握りしめて涙をこぼした。

ニイ、ニイと、細い声がする。布団の中から、黒い仔猫が顔を出した。

「あたしは、三年前まで、お嬢さんの乳母《うば》をしていたんです」

お寅は、そう語り出した。なるほどと、阿次郎がうなずく。

おけいを産んで以来、おかみのお常は病がちになった。乳の出も悪く、お寅が乳母として菱垣屋に呼ばれた。

「あたしが産んだ子は、たった七日しか生きられなかった。遅くにようやく授かった子供だのに死なせてしまって……気落ちしていたあたしに、菱垣屋に行ってみてはどうかと、亭主が勧めてくれたんです」

おけいに乳をやることで、お寅は生きる気力をとり戻した。おけいが可愛くてならず、乳離れが済んでも一年ほどは、通いで菱垣屋に奉公した。

「でも、お嬢さんが数え四つになったころには、おかみさんの病もすっかり良くなって、あたしはお役ご免になりました。お嬢さんと別れるのは、身を引き裂かれるほどに辛《つら》かったけれど、このままではお嬢さんがおかみさんに懐かない。それもわかっていましたから」

後ろ髪を引かれる思いで、泣く泣く暇をもらったと、お寅は洟《はな》をすすった。

「だけどまさか、おけいお嬢さんが、こんな酷い目に遭ってるなんて思いもしなくて……」

「あたしたち女中も、痛ましくて見ていられませんでした！　三つになる妹は可愛がるくせに、どうして上のお嬢さんにだけ、鬼のような仕打ちをなさるのか。おかみさんの胸の内が、まったくわからないわ！」

　話の途中で、おなえが憤然《ふんぜん》と割って入る。おなえはお寅がやめてから、菱垣屋に入った。たとえ顔馴染《なじ》みではなくとも、子供に無体《むたい》を働くことが許せない。その思いは同じだったのだろう。

「お寅さん、何か、心当たりはありやせんかい？　おけいお嬢さんが、母親よりあんたを慕ってた。あの冷たさは、そればかりじゃ得心《とくしん》しきれねえんだが」

「もしかしたら、あのことかもしれません」

「あのこと、とは？」

　ちらりと、枕元をふり返る。おけいにはきかせたくないのだろう、まだ少し熱があるのか、さっき一度目を覚ましてから、ふたたび寝入ってしまった。いまは浅い寝息を立てているのを確かめて、お寅は話し出した。

「お嬢さんを産んで一年ほどは、おかみさんはほとんど寝たきりで……そのあいだに旦那さんが、外に女を作ったんです」

「……なるほど」

「あのころは夫婦仲も目に見えて悪くて……ある日、おかみさんがお嬢さんをながめて、ぽつりと言いました。『こんな子供、産むんじゃなかった』って……」

おけいを産んだことで、夫も、健やかなからだも失った。一切の恨みを、小さなおけいに向けたのかもしれない――。

けれど本当は、理由なぞないのかもしれない。

子をこうまで憎むのは、どう斟酌《しんしゃく》しても尋常じゃない。あのおかみの中には、己ではどうにもならない、物狂いの種が潜んでいる。抱えたのは、きっとずっと前だ。嫁入るより前、もしかしたら、おけいくらいの歳だったかもしれない。それがからだを壊し、亭主を奪われたことで芽吹き、一気に枝葉を広げ、心の内に真っ黒な影を拵えたんだ。

それでもやっぱり、子供にとっちゃ、何の謂れもないとばっちりだ。

おかみが床上げし、やがてもうひとり娘を授かった。それがきっかけで夫婦仲はもとに戻り、外の女とも手が切れた。長女とは逆に妹は、おかみにとって福の神になった。そうきかされて、ますますやりきれなさが募った。

「あたしはこの春に亭主を亡くして、どうにも寂しくなっちまってね……こっそりお嬢さんの姿を拝みに行ったんです。何日も通ったけれど、見ている限り、お嬢さんは一度も笑わなくて、それがたまらなく心につかえて……おなえちゃんと出掛けた折に、思い切って声をかけたんです」

おぼろげながら、おけいはお寅を覚えていた。そして温かく大きな胸に抱きとられたとたん、おけいは声を放って泣き出した。

「あのときは、本当にびっくりしました。お嬢さんは、まるでおかみさんを真似るように、人前で気持ちを露《あら》わにすることはありませんでしたから」

己の心をわざと錆《さ》びつかせて、おけいは自身を守っていたんだろう。お寅に触れたとたん、錆びた扉が開いて、溜め込んでいたものがひと息にあふれたに違いない。

『もう嫌だ！　菱垣屋に帰りたくない！　おっかさんとは一緒にいたくない！』

おけいは叫びながら、お寅の胸で泣き続けた。

七つの子が、初めてさらした痛みであり、たったひとつの願いでもあった。

それがお寅とおなえの心に、どうしようもなく響いたんだ。

「おなえちゃんから、おかみさんの仕打ちを詳しくきいて、これ以上放ってはおけませんでした。お嬢さんを連れて、江戸を出ようと腹を決めました」

「五日という日限は、ふたりで江戸を離れる時を、稼ぐためだったのか」

ようやく合点がいったと、阿次郎が深くうなずいた。おけいが熱を出し、思わぬ足止めを食らったが、それでもお寅は愛おしそうにその頭を撫《な》でた。

「ずっと辛い目を見てきて、ようやく気が抜けたんでしょう。熱を出すのもあたりまえですよ」

「だが、お寅さん。このまま逃げたら、あんたは人さらいになっちまう。一生、重い罪を背負っていくことになるんだぜ？」

「それはもう、覚悟しています。お嬢さんさえ幸せなら、あたしはそれで……」

「でもな、お寅さん。そんな気負いは、長くは続かねえ。もしもこの先、暮らしが生き詰まったら、もしもお嬢さんが、あんたの恩を足蹴にするようなことがあったら、どうなると思う？　悪くころがれば、菱垣屋のおかみさんと、同じ台詞を口にするかもしれない」

「あたしは、そんなこと決して……」

抗《あらが》いながらも、お寅の顔に、初めて憂《うれ》いの影がさした。

「だからよ、どうせ腹を据えるなら、正面からかかってみねえか？」

「正面からって、まさか……」

「たとえ旦那さんにお話ししても、突っ返されるだけですよ。おけいお嬢さんを案じてはいても、結局はおかみさんの言いなりなんですから」

黙り込んだお寅に代わり、おなえが声を張る。

「お寅さんだけを、矢面《やおもて》に立たせたりしねえよ。強い助《すけ》っ人《と》を呼んで、一緒に菱垣屋に挑むんだ」

「助っ人って、誰です？　もしや、おまえさんとか……」

「半端者《はんぱもの》のおれじゃあ、足軽《あしがる》ほどにもならねえ。ちゃんとした侍大将を、連れてきてやるからよ」

任せておけと、阿次郎は胸を張る。ひとまず人の方の悶着《もんちゃく》は、落着が見えてきたようだ。さっきからオレの尻尾にじゃれついている、黒い仔猫に声をかけた。

「坊主、おまえはどうする？　オレと一緒に、おっかさんのもとに帰るかい？」

「おれはおけいを守ってやると、決めたんだ。おけいはいつも泣いてばかりいたから……涙はこぼさなくとも、おれを抱きながら、いっつもいっつも泣いてたんだ。おれにはちゃんとわかってたんだ」

母親と同じ名のお寅に、ちゃんと世話をされていたようだ。すこぶる達者で、口ぶりだけは一人前だ。

「無理強いはしねえよ。クロ助は二度と戻らねえ、乳も要《い》らなくなったと、おっかさんには伝えておくよ」

「……おっかさんのおっぱいだけは、もういっぺん飲みてえな」

小さなからだいっぱいにみなぎっていた負けん気が、みるみるしぼむ。ガキはやっぱりガキだ。笑いを堪えながら、もっともらしく助言した。

「あの娘もどのみち、明日には菱垣屋に戻される。そのとき一緒に帰ってくりゃあいいさ」

「おけいは菱垣屋に戻されるのか……また毎日、泣くことになるのか」

生意気そうな短い髭が、塩でもふったようにしゅんと垂れる。

「オレの傀儡を信用しろ。そんな垢抜《あかぬ》けねえ始末になぞ、しやしねえよ」

阿次郎と同じに、黒い仔猫に向かって胸を張った。


「まあったく、まだ鼠も獲れない子供のくせに、生言《なま》っててんじゃないよ！　今度黙っていなくなったら、ただじゃおかないからね！」

おトラがクロ助の頭を、ぺしりと叩く。

「いってえな、母ちゃん。そんなにぺんぺん殴らなくとも、もうわかったって」

「その顔は、ちっともわかっていないじゃないか！」

「おトラさん、その辺にしてやったらどうだい。こうして事なきを得たんだし」

オレがいさめると、おトラはようやくふり上げていた前足を下ろした。

「クロ坊は、やっぱりとなりのお嬢さんより、母ちゃんのおっぱいが恋しかったのか？」

「違わい！　おけいがそうしろって言ったから、仕方なく帰ってきたんだい！」

「仕方なくとは、何て言い草だい！　親にこんなに心配かけといて」

ふたたび問答無用でげんこつが落とされて、いてえ！　とクロ助が頭を抱える。

阿次郎が仕立てた助っ人とは、猫町の名主《なぬし》だった。

お寅の長屋を出たその足で、阿次郎は名主の家に行き、経緯とともに己の腹づもりを語った。

「そうは言っても、実の親子を引き離すというのは、どんなもんかねえ」

ひとまず阿次郎とともに菱垣屋へ足を運んでくれたものの、名主は渋い顔を崩さなかった。名主の考えをひるがえしたのは、他ならぬ菱垣屋のおかみだった。

「あたしも、それがいいと思います。あたしにはどうしたって、おけいが可愛く思えない。たぶんこの先も同じです。おけいがいなくなって、はっきりとわかりました。あの子の顔を見ずに済んで、このいく日か、どんなに清々《せいせい》したことか」

能面みたいなあの顔で、お常は淡々と言ってのけた。名主の手前、外聞が悪いとか、親としてあまりに情けないとか、そんな恥すら、お常はとうに失くしていた。

名主も度肝《どぎも》を抜かれたようだ。しきりに恐縮する主人に、その方法を勧めた。

大人になるまで、おけいを然《しか》るべき親戚に預け、世話役としてお寅をつける。

阿次郎は、名主を通して菱垣屋に、そう進言した。

「おけいはさ、昨日おれに、さよならを言いにきてくれたんだ。『遠くへ行くことになったけど、やさしいお母さんができたから、もう寂しくない』って」

「そうか、おけいがそんなことを……」

「うん。だからおれも、おっかさんのもとにいた方がいいって、おけいが言ってくれたんだ」

父親の顔からは、最後までためらいが消えなかったが、おかみの冷たい面にはねつけられて、名主に向かい承知した。内藤新宿《ないとうしんじゅく》とかいう江戸の端っこに、主人の従兄《いとこ》がいる。数日のうちに、おけいはその家に引き取られることになり、お寅と一緒に猫町を立った。

「おけいが最後に抱いてくれたとき、おれ、わかったんだ。おけいはもう泣いてないって。嬉しい望みでいっぱいで、おけいの胸はふくふくしてた」

「そうか……そいつは何よりだ」

おけいの門出を祝うように、クロ助がとびはねる。

「ほら、いつまでも遊んでないで、今日から鼠獲《と》りをみっちりと仕込むからね」

も一度、ぺん、と叩かれる。

クロ助は痛そうに頭をさすり、兄弟たちのもとに走っていった。

「鳥から助けてくれて、ありがとうございました。おかげさまで、すっかり傷も癒えました」

タロの傍《かたわ》らで、白い仔猫がていねいに頭を下げる。同じ子供とはいえ、クロ助より半月以上は育っているし、雄雌の違いもあるかもしれない。クロ助にくらべると、ずいぶんと落ち着いており大人びて見えた。

「礼なら、タロ先生に言ってくれ。すまなかったな、先生。ここんとこ、頼み人が重なっちまってな。気にはしていたんだが、預けっ放しにしちまった」

「構わんよ。ユキはいい話し相手に、なってくれたからな」

「おまえ、ユキってのか。そういや、肝心なことを忘れてた。ききたいことがあるんだ。順松を、知っているか？　寝言みたいにして、確かにおまえがそう言ったんだ」

黒毛がわずかに混じった、鼈甲色《べっこういろ》の立派なオス猫だと、順松の毛並みなぞも説いてみたが、返ってきたのは意外なこたえだった。

「順松は、あたしの母さんです」

「……母さん？」

「猫ではなく、人の母さんです。あたしを拾って、育ててくれました」

「順松ってのは、男の名じゃあねえのか？」

「ユキの飼い主は、芸者をしていたそうだ。芸者はときに、男のような名を使うこともあってな、おそらくはそのたぐいだろう」

首をひねるオレに、タロ先生がそのように説いてくれた。猫町には色街や盛り場がないから、オレも知らなかった。

「そうか、順松違いか……」

兄弟子に唯一繋《つな》がりそうだった糸を絶たれ、つい大きなため息を吐いた。オレのがっかりにつき合うように、ユキが尻尾を垂れる。

「あたしも、順松母さんを探して、町をさまよっていたんです……そのときに烏に捕まっちまって」

「おまえの母さんも、いなくなったのか？」

「はい……三日経っても四日経っても、帰ってこなくって。そんなこと一度もなかったんです。どんなにお座敷で遅くなっても、あたしはまだ餌を獲れないからって、必ず帰ってきてくれました」

ふうむと、またため息が出たが、こればかりは返しようがない。

「それよりおまえ、この先どうする？　本当は、住んでた町に帰してやりたいところだが」

烏に連れ去られてここまで辿り着いたとなれば、猫はもちろん、犬でもお手上げだ。方角の見当すらつかない。

「母さんがいないなら、もとの町に帰っても仕方ありませんし……ご迷惑じゃなければ、ミスジさんとご一緒させてもらえませんか？」

「オレは野良だからな。飼い猫だったおまえには、野良暮らしは無理だろう」

「そうですか……」

目に見えて、しょんぼりと白い肩が落ちる。

ユキはきれいな猫だから、うまく顔繋ぎさせれば、飼い主くらいは見つけてやれる。そう励まして、ひとまず名護神社の神主猫《かんぬし》に預けることにした。

なのにわずか二日後、おっとり長屋を訪ねると、阿次郎の長屋の内に白い仔猫がいた。啞《あ》然《ぜん》として、しきりに目をしばたたくオレを、阿次郎が上機嫌で迎え入れる。

「どうだ、ミスジ。可愛い仔猫だろう？　めずらしく名護神社に詣《もう》でてみたら、この猫がずうっとついてくるんだ。どうやら気に入られちまったみてえでな。抱き上げて、うちに来るかとたずねたら、可愛い声でミャアと鳴いたんだ」

だらしない顔で、でれでれと語る。すっかり骨抜きにされちまったようだ。

「すみません、この人から、ミスジさんのにおいがしたもので、つい後を追ってしまったんです……やっぱり、迷惑でしたか？」

いまさら迷惑と言ったところで、この調子じゃ阿次郎は離しやしねえだろう。

「いや、飼い主としちゃ悪くねえ。こいつも喜んでるし、仲良くしてやってくれ」

ユキの顔が、ぱっと明るくなった。白い仔猫を抱き上げて、さらに舞い上がっているのは阿次郎だ。

「せっかくだから、狂言作者の心意気にかけて、うんといい名をつけてやらねえとな」

仔猫をためつすがめつしながら、うーんとしばし知恵を絞る。

「よし、できた！　雪舞如吹雪花弁桜姫《ゆきまうごとくふぶくはなびらさくらひめ》ってのはどうだ！」

「長《なげ》えよ」

尻尾のひとふりで退《しりぞ》けて、鼻を鳴らした。

十市と赤

その日、懐《なつ》かしい顔がオレを訪ねてきた。

「久しぶりだな、ミスジ。おれを覚えてるか？」

「デンじゃねえか！　よく訪ねてきてくれたな、何年ぶりだい？」

小さいころ、同じ野っ原で育った野良《のら》仲間だった。

猫町《ねこちょう》のとなり町——オレたちは尻尾《しっぽ》町と呼んでいる。猫町を猫の胴に見立てると、となり町は長い尾のように五町も続いているからだ。

その尻尾町の先っぽに、大きな鍛冶屋《かじや》があって、その裏手に鍛冶《かじ》っ原《ぱら》と呼ばれる空き地があった。オレもデンもそこで生まれ、乳離れもそこそこに親はどこかに行っちまったから、その後は勝手に育った。デンの方が少し生まれが早く、血は繋《つな》がってねえが兄弟みたいなもんだ。

くすんだ黒ブチに、鼻がちょっと潰《つぶ》れたみたいに寸足らずで愛敬がある。

「かれこれ、二年は経《た》つんじゃねえか？　ミスジは三月《みつき》ほどで、猫町に移ったからな」

「そんなになるか……すっかり無沙汰《ぶさた》をしちまったな」

「猫同士なら、めずらしくもねえや。てめえの通う餌場《えさば》より外には、滅多《めった》に出ねえからな。それより、おめえが本当に傀儡師《くぐつし》になったときいて、それっぱかりは驚いたよ。おれも昔なじみとして、鼻が高《たけ》えや」

デンは心から喜んで、遅まきながらと祝儀《しゅうぎ》までくれた。なかなかに立派な鰹節《かつぶし》の欠片《かけら》を、オレはありがたく頂戴した。

「鍛冶っ原の皆は、達者でいるかい？　赤爺《あかじい》なんぞはどうだい？」

と、デンの顔が急に曇った。赤茶に中途半端な縞の入った猫で、赤爺と呼んでいたくらいだから、すでに当時からけっこうな年寄猫だった。

「もしかして、くたばっちまったのか？」

「いや、まだ長らえちゃいるが、そろそろ危ねえ」

「そうか……あの爺さんも、いい歳だからな」

「実はな、ミスジ。今日、おめえを訪ねてきたのは、赤爺のためなんだ」

デンはらしくない神妙な顔つきで、そう切り出した。

猫は人や犬と違って、群れを作らない。一匹狼《おおかみ》って言葉があるそうだが、狼も犬の仲間だ。むしろ一匹猫にすべきだと、猫仲間のあいだではよくささやかれる。

野良ならなおのこと、同じ原っぱに住んでいても、てめえのことで手一杯だし、よけいな構い立てはかえって迷惑がられる。我関せずを決め込むのが常だったが、赤爺だけは違った。

決してあからさまに、世話をするわけじゃない。ただ赤爺は、オレたちのことを気にかけてくれていた。オレもデンも、仔猫のうちに親がいなくなった。あのまま放っておかれたら、てめえで餌をとれなくて飢え死にしていたかもしれない。

たとえば、こんなことがあった。

大きな蛙《かえる》を見つけたものの、食い物だなんてとても思えなくて、オレとデンは恐れをなして陰からようすを窺《うかが》っていた。そこへ赤爺がやってきて、さっさと蛙をしとめ、オレたちの前で旨《うま》そうに食いはじめた。よだれを垂らしながらながめるオレたちを尻目に、食い終えると満足そうに立ち去ったが、後にはちゃんと蛙の後ろ肢《あし》が一本ずつ残されていた。蛙が食えるということも、その仕留め方も、赤爺から教わったようなものだ。

虫やトカゲや雀《すずめ》の捕まえ方も、店先からの魚のくすね方も、そんなふうにして赤爺は、わざわざオレたちの目の前で披露《ひろう》してくれた。

それが爺さんのやさしさで、野良猫には滅多に見られない温情だったと気づいたのは、大人になってからだ。いたって無愛想な爺さんで、ろくに口をきくこともなかったが、一度だけオレは爺さんのところに行って、その問いを投げた。

「なあ、爺さん。傀儡師ってのは、どうしたらなれるんだい？」

「傀儡師だと？　なんだってそんなことをきく？」

「オレ、ずっと前に傀儡師に助けられたんだ。親がいなくなってすぐのころ、烏《からす》に襲われたときにな」

そのとき助けてくれたのが、猫町の先代傀儡師、順松《よりまつ》だ。順松がどうしてあのとき、となり町にいたかはわからない。となりと言っても、尻尾町はとかく横に長い町だから、鍛冶っ原から猫町までは軽く五町は離れている。ただ傀儡師は、並みの猫にくらべれば、かなり遠くまで出歩くことができる。それはたしかだ。

オレはまだ新米だから、たまに遠出をしても十町ほどがせいぜい――この神田米町《かんだよねちょう》から、日本橋《にほんばし》の袂《たもと》くらいのものだが、順松はそれより三倍は歩を稼いでいたと、修業時分に傀儡師の師範代からきいたことがある。北は上野《うえの》や浅草《あさくさ》、南はお城の庭が途切れる辺りまで、大川《おおかわ》すら越えていたというからたいしたものだ。

もちろん、そんな仔細《しさい》なぞ何も知らなかったが、あの雄々しい姿だけはしきりとオレを駆り立てた。

「オレもあんなふうになりてんだ。いつか他の猫を助けられるような、そんな奴になりてんだ。なあなあ、どうすりゃ傀儡師になれるんだ？」

「この町には、傀儡師はおらんからな。ここにいても、傀儡師にはなれんよ」

「んなこと知ってらあ、だからきいてんじゃねえか」

「間違いなく傀儡師がいるのは、猫町くらいか……」

「猫町に行けば、傀儡師になれるのか？　猫町って、どこにあるんだ？」

しつこい問いに閉口するように、赤爺はやれやれとため息をこぼした。

江戸には多くの傀儡師がいるが、それでも八百八町《はっぴゃくやちょう》と言われる各町にいるわけではない。

もともと人が線引きした町と、猫の縄張りにはずれがある。実はオレたちが猫町と呼んでいる場所も、一丁目から三丁目まである米町とはぴたりと重ならず、ちょうど横に長く伸びた猫の、髭《ひげ》や尻尾や前脚みたいに、ぴょこぴょことはみ出ている。便宜上、髭町とか尻尾町とか、仲間内では呼ばれていた。鍛冶っ原は町の端っこにあたり、猫町へは横に長い尻尾町を何町も越えなくてはならない。大人ならまだしも、仔猫では辿《たど》り着くのも楽ではないと赤爺はまず言った。

「たとえ猫町に首尾よく辿り着いたとて、容易《たやす》く傀儡師になれるものではないしな。まずは傀儡師の頭領に会い、才があるかどうか見極めてもらわねば。それからようやく修業を許される」

「ずいぶんと、面倒なものなんだな」

「まだまだ序の口だ。修業は何年も続き、修業したからといって、必ずなれるというものでもない。むしろ傀儡師になれるのは、ほんのひと握りだ」

「うへえ、きいてるだけでかゆくなってくらあ。ミスジ、おれはそんなのご免だぞ」

赤爺のもとに一緒につき合ってくれたデンは、たちまち悲鳴をあげた。それでもオレは、あきらめたくなかった。あのときの順松の背中が、目に焼きついていたからだ。

「赤爺、猫町への行き方を教えてくれ。ひとまず、行ってみるだけ行ってみる」

「本気か？　ミスジ。下手《へた》をすりゃ、二度と鍛冶っ原には戻れねえんだぞ」

デンは止めたが、オレの決心は変わらなかった。赤爺はオレの覚悟を量《はか》るように、目玉を線のように細くして、じっとオレの顔を見詰めていたが、やがて南の方角を顎《あご》で示した。

「この原からあっちの方角へ、道を三本行くと、大きな魚屋がある。知っているか？」

「オレの餌場より遠いが、二、三度、行ったことがある」

「魚屋の前の広い道を、日の沈む方角にまっすぐ行けば、やがて猫町に入る」

「わかった。魚屋の前の広い道だな？」

「猫町へ首尾よく辿り着いたら、まず名護《なご》神社へ行け。傀儡師の頭領は、そこにいる」

思わず尻尾が、ぴんと立った。

オレは翌朝、デンや赤爺に別れを告げて、鍛治っ原を後にした。

赤爺の知恵は、あちこちの猫からききかじった噂《うわさ》の、寄せ集めだったのだろう。細かなところは違っていたが、おかげで名護神社には辿り着けた。ただし頭領に会えたのは、ふた月も経ってからだ。

傀儡師の頭領は、東国各地を渡り歩いている。猫町に来るのは、せいぜい年に一、二度だときかされて、最初はがっかりした。気をとりなおしたのは、恩人の順松に出会えたからだ。

順松はオレに礼を言われても、きょとんとしていたが、鳥ときいて思い出した。

「そうか、あのときのチビか。あんな些細《ささい》を覚えてるなんて、猫らしくねえが、傀儡師には向いてるかもしれねえな」

そのひと言が、後々までオレの支えになった。

やがて頭領が猫町にやってきて、弟子志願の者は十四ほどもいたが、オレともう一匹だけがえらばれた。頭領はひとつの場所に長居できない。そのかわり猫町には、人でいう師範代にあたる者がいる。オレは兄弟子のテツなんかとともに、師範代のもとで修業に明け暮れたが、オレと一緒に入った奴は、一年もせぬうちにやめていった。

引き止めようとするオレに、そいつは言った。

「おれにはとても務まりそうにないし、何よりもあの定めはきつい。あんな掟は、猫はもちろん、人や犬ですら耐えられっこねえよ。おれはやっぱり、あたりまえの猫として、一生をまっとうしたい」

春爛漫《らんまん》、真っ盛りのころだ。だからよけいに止めようがなかった。

傀儡師は、子を生してはならない――。

それが傀儡師に課せられた、たったひとつの、重い枷《かせ》だった。

子を生すためには、雌を射止めねばならないが、これにはとんでもなく多くの力を注ぎ込むことになる。洒落《しゃれ》ではないが、そっちに精を出せば、どうしても仕事はおろそかになる。

傀儡師は、一時たりとも気を抜けない。盛りにうつつを抜かしているようでは務まらない役目だった。これは何も、雄ばかりじゃない。数は少ないが、傀儡師には雌もいる。雌もやはり、子を産み育てることをあきらめねばならない。

人で言えば、出家と同じだ。ただ坊主や尼さんにも、掟破りはいくらでもいる。実を言えば兄弟子のテツは、師範代に隠れて、ちょこちょこつまみ食いしている。オレがテツをさし置いて傀儡師になった理由《わけ》には、たぶんそれもある。頭領の眼力は、一切を見逃さないと評判だからだ。

けれど若いオスならなおさら、てめえの盛りを抑えるなんて至難の業だ。オレも未《いま》だに、春先になると尻がむずむずして落ち着かない。誰にでもできることではなく、またオレの同輩みたいに、まっとうな人生、もとい猫生を送りたいと願う者もいる。それも道理だ。

そういう一切を含めて、オレが修業に耐えられたのは、やはり順松がいたからだ。

オレは決して、順松から直《じか》に、傀儡師の技を教わったわけじゃない。ただ、身近に順松という何よりの手本があったからこそ、迷いや不安を払いのけ、修業に打ち込むことができたんだ。

そして、順松への——傀儡師への道を開いてくれたのは、赤爺だ。

餓鬼のころ世話になったばかりじゃなく、オレは何よりそれを有難いと思っている。

赤爺の難儀なら、何としても力になりたいと、オレはデンに請け合った。

「実はな、難儀な目に遭《あ》ったのは、猫じゃなく、人なんだ」

「人だと？」

「十市《といち》って男で、爺さんの馴染《なじ》みだ。それだけじゃなく、十市の難儀には、爺さんも絡んでいてな」

「詳しく、話してくれ」

オレはデンに、仔細を促した。

「つまり、尻尾町の風呂屋の主人が大怪我《おおけが》を負って、その咎人《とがにん》として、鍛治っ原の近くに住む、十市という男が捕まったということか」

猫はもともと、順序立てて語れねえ性分だ。あっちこっち回り道をしながら、デンの話の筋道がようやく見えてきた。

「ミスジはこの話、知ってたか？」

「かわら版に出たからな、阿次郎《あじろう》が長屋で読んでいた。阿次郎ってのは、オレの傀儡でな」

阿次郎は、かわら版のたぐいは欠かさず手に入れる。狂言作者の話種《はなしだね》としちゃ、何よりだとのたまっているが、まだひよっ子以前の卵に過ぎない。ただ、傀儡師のオレですら、字はほとんど読めない。阿次郎はかわら版を片手に、べらべらと中身を語ってくれるから、なかなかに重宝《ちょうほう》していた。

尻尾町の風呂屋、『三島湯《みしまゆ》』の主人が、寺の境内《けいだい》で襲われたのは三日前、夜五ツをだいぶまわったころだった。人は猫のようには刻《とき》を計れないから、日没を過ぎてから鐘を六つ撞《つ》き、それから一刻して鐘を五つ鳴らすのだ。

騒ぎをききつけた寺男が番屋《ばんや》に届け、一日経った昨日、かわら版に書き立てられた。阿次郎の能書きによると、そのとき旦那と一緒に境内にいた男がお縄になったというから、それが赤爺の見知りの十市のようだ。

十市が咎人なのは、ほぼ間違いなしとされているが、調べはいまひとつ進んでいない。

「なにせ奴は、間抜けの十市と称されている。知恵は十の子供にもおよばねえし、言葉も覚《おぼ》束《つか》ない。何をたずねても、やってねえの一点張りで、泣きわめくばかりだそうだ」

ふうん、とそのときは、気のない返事をした。

「赤爺は、半年くらい前からからだが利かなくてな、獲物がとれなくなっちまった。おれはもちろん、気づいたときには爺さんの塒《ねぐら》の前に餌を運んだりもした。けど、毎日とはなかなかいかねえし、爺さんにもよけいな世話だと、いい顔をされなくてな」

これも猫だから、仕方ない。爺さんを気にかけちゃいても、餌を前にすると、うっかり忘れてぺろりと食っちまう。何より猫は、弱った姿を悟られるのを何より嫌う。家猫ですら、飼い主から身を隠しちまうほどだ。

猫の誇り高さを示すものだと、勘違いする者もいるが、ただの昔の名残に過ぎない。オレたちはもともと、一匹だけで狩りをする生き物だ。己《おのれ》が弱っているとまわりに知れれば、たちまち餌食《えじき》にされる。的にならないよう隠れているのが賢いやり方で、傷や病が治らなければ、塒としたその場所で死に絶えることになる。

赤爺もまた、老いか病か、その両方か。自らの衰《おとろ》えを感じて、鍛冶っ原の外れにある藪《やぶ》の中に、籠《こ》もることが多くなった。

「ところがな、おれ以外にも爺さんを気遣う者がいてな」

「それが十市というわけか」

「毎日欠かさず、ちょうど日暮れから二度目の鐘のころにやってきて、爺さんに餌をくれていた。最初はな、たれをつけた焼き魚だったり、甘辛い煮つけだったりしたんだが、辛《から》すぎると言って、爺さんはほとんど口をつけなかった」

「あれでけっこう、食い物にはうるせえからな」

つい、苦笑いが出た。猫は塩辛い味を好まないし、爺さんに限らず、食い物にこだわりをもつ猫は多い。野良は飼い猫ほどは奢《おご》ってねえが、赤爺は気に入らぬ餌は食べなかった。

「そのうちな、十市も学んだみたいでよ、出汁《だし》をとった後の鰹節とか、焼く前の生の魚の頭なんぞを運んでくるようになった」

十の子供におよばない知恵で、十市は懸命に考えたのだろう。年老いた野良など、構っても無駄だとか、大人らしいあたりまえにも気づかずに、ただ弱った赤爺に、少しでも食べてもらいたいと、十市はあきらめずに鍛冶っ原に通い続けた。

「あまりにしつこくて根負けしたと、爺さんはぼやいていたが……案外、嬉しかったんじゃねえかな」

デンは妙にしんみりとした顔で、そう語った。

ともあれ、半年近くのあいだ赤爺が長らえたのは、紛れもなく十市のおかげだった。

「猫らしくねえが、恩に報いるために、十市を助けたいということか」

「いや、それっぱかりじゃねえんだ。風呂屋の一件には、爺さんも絡んでいてな」

「そういや、さっきも言ってたな……どういうことだい？」

塒から、ろくに出歩くことさえままならない赤爺では、絡みようがなかろうと、オレは首をひねった。

「風呂屋が襲われたあの日、十市より前に、赤爺を訪ねてきた別の者がいた」

「別の者って……」

「人だ。十市とは別の奴が、赤爺を呼んだんだ。十市のいつもの呼び声とまったく同じ調子で、『赤、赤、出ておいで』とな」

いつもの声とは、少し違うような気がする——。赤爺もそれくらいは感じていたが、なにせ耳もだいぶ遠い。ひとまず藪の中から出てみたが、いきなり後ろから首根っこを押さえられて、身動きがとれなくなった。

「そいつはな、赤爺の首に紐《ひも》を巻いて、立ち去った」

「紐、だと？」

「どうやらその紐に、十市宛ての文《ふみ》がくっついていたようだ」

文は爺さんの首の裏、背中側に結《ゆ》わえられていた。十市が来るまで、爺さんは文が括《くく》りつけられていることすら気づいていなかった。

『といちさま……これ、おれ宛てだ』

赤爺が紐をつけられてから、ほどなくして、いつもどおり五ツの鐘が鳴った後、十市は現れた。赤爺の首に巻かれた紐にびっくりしたが、紐を解《ほど》いてやり、結ばれていた文に気づいた。文を広げ、十市はそれを声に出して読んだ。

「文には、何て書いてあったんだ？」

「おれたちは傀儡師と違って、人の言葉はあまりききとれねえ。爺さんにわかったのは、ひとつだけ。『亀寺《かめでら》』だ」

亀寺は尻尾町にある寺で、本当はちゃんとした名があるが、人にも猫にも亀寺で通っていた。本堂の脇の池に、亀岩という大きな岩があって、そこにお札《ふだ》を貼《は》ると、病に効《き》くという謂《いわ》れがあるからだ。風呂屋の旦那が襲われたのは、亀寺の境内だった。

「つまり十市は、誘い文に釣られて寺に行き、咎人に仕立て上げられた。本当の咎人は、赤爺に紐をつけた奴だと……そういうことか？」

「少なくとも赤爺は、そうに違いねえと言ってきかねんだ」

デンがわざわざこんな遠くまで、オレを訪ねてきた理由がようやく呑《の》み込めた。

たしかに、こいつを始末できるのは傀儡師だけだ。ただ正直なところ、オレですらどうすりゃいいのか、うまい考えが浮かばない。それでも赤爺の無念と、デンの志《こころざし》を無下《むげ》にはできない。

「デン、赤爺に伝えてくれ。爺さんの頼みは、猫町の傀儡師ミスジが、たしかに引き受けたとな」

精一杯の見栄《みえ》だったが、デンは嬉しそうにニャアと応じた。

「さて、どうしたもんか……唯一の利は、阿次郎が風呂屋の件を知っている。それだけだが、それだけじゃなぁ……」

何の策も思いつかぬまま、ひとまず阿次郎の暮らす、おっとり長屋へと足を向けた。

「こんにちは、ミスジさん……何か、心配事ですか？」

こうまで難儀に思えたのは、傀儡師になって初めてだ。それが顔に出ちまったんだろう。長屋で迎えてくれた白い仔猫にすぐに気づかれたが、子供に愚痴《ぐち》を言ってもはじまらねえ。

「いや、たいしたことじゃねえ。それより、阿次郎はいねえのか？」

「お父さんなら、さっき朝餉《あさげ》を食べに出かけましたから、すぐに戻ると思いますよ」

「朝餉って、あと一刻で昼じゃねえか。相変わらずのぐうたらぶりだな」

「でも、あたしのご飯は、忘れずに食べさせてくれます。今日はお向かいのおかみさんから、猫まんまをいただきました。鯵《あじ》の尻尾つきです」

飼い主の阿次郎を、お父さんと呼ぶようになったユキが、嬉しそうに語る。ユキがここに来て、まだ十日も経ってないが、おっとり長屋の者たちからも可愛がられているようだ。

「そういえば、ミスジさん。ひとつ、ききたいことがあるんです。先代の傀儡師の方は、あたしのお母さんと同じ名でしたよね？」

「ああ、そうだ。おまえの元の飼い主と同じ、順松というんだ」

「その方は、どうして順松という名に？」

ふいに問われて、面食らった。名の謂れなぞ、きいていない。

「そいつはわからねえが、たぶん、飼い主からもらったもんだろう。人みてえな名だし、順松の兄貴は、てめえの傀儡と一緒に住んでいたからな」

順松も生まれは野良だが、傀儡師になってからは、その方が便が良かったのだろう。傀儡とされた男の、飼い猫になった。

「その飼い主は、どういう方ですか？」

「どうって、ごくあたりまえの隠居でな。ただ、隠居にしては、ずいぶんと若かった。歳のころは、まだ三十半ばってとこか。名は時雨《しぐれ》といった」

「しぐれ？　変わったお名ですね」

「本当の名じゃなく、何だっけ……ああ、たしか号というやつだ。人には本当の名の他に、仕事や芸道にちなんだ別の名をもつ者もいてな。順松の傀儡は、根付師《ねつけし》をしていたんだ」

職人ではなく、あくまで隠居の楽しみの域だが、隠居後は根付師として、時雨と名乗っていた。家業の店は、別の町にあるそうだが、時雨は名護神社からほど近い小さな一軒屋に、ひとりで暮らしていた。家を訪ねたことはないが、傀儡と一緒に町歩きする順松の姿はたびたび見かけていたし、いっぺんだけ、時雨に話しかけられたこともある。

『順松の仲間かい？　額の三筋《みすじ》が見事だねえ。ひとつ、おまえを写した根付でも、拵《こしら》えてみようかね』

野良には手を出してはいけないと、心得ているのだろう。オレをしげしげとながめ、にこりと微笑した。順松の兄貴は侠気《おとこぎ》にあふれていたが、時雨は逆に線が細く、やさしい面差《おもざ》しをしていた。

時雨もまた、順松と一緒に、猫町から消えてしまった——。

つい、気落ちが肩に出ちまったが、オレの物思いはユキのひと言であっけなく破られた。

「もしかしたら、その時雨さんは、あたしのお母さんの思い人かもしれません」

「何だって？　どっからそんな突拍子もねえ話に……」

「はっきりとは言えませんけど……時雨という名は、きいたことがないし」ユキはそう、前置きした。「ただ、お母さんのもとに、文が届くことがあったんです。あたしがいたあいだに、たしか三べんくらい」

ユキは生まれて半月もしないうちに実の母親とはぐれ、順松という名の芸者に拾われた。ユキが母さんと呼ぶのは、その順松だ。ユキが一緒に暮らしたあいだに、三度便りが届いたというなら、かなりマメに文をやりとりしていたのだろう。

「お母さんは、その人が好きなんだなって思いました。文を開くとき、とても嬉しそうに、頰《ほお》を染めてましたから」

同じ相手からの文だと感づいたのは、その理由からだとユキは言った。

「で、その文を読んでから、お母さんがあたしに言ったことがあったんです。お母さんの他に、別の順松がいるって」

「本当か？　それが順松の兄貴だってのか？」

せっかちにたずねるオレに、ユキは母親の順松の言葉をそのまま伝えた。

『うちの順松も達者にしてます、ですって。あたしと同じ名をつけるなんて、おかしいわよね』

「すみません、すぐに思い出さなくて……てっきり人だと勘違いしていたので」

オレから順松の名をきいても、ユキがすぐに思い当たらなかったのは、順松という名の別人がいると思い込んでいたからだ。

「でも、それだけじゃ、お母さんと時雨さんが本当に見知りかどうか、わかりませんよね」

たしかに、あまりに不確かな話だ。それでも、順松の兄貴に繋がりそうな、細い糸のようにオレには思えた。とっくりと考えて、ユキにたずねた。

「文の差出人のことで、他に何か覚えていることはないか？　何でもいいから教えて……」

ユキをふり返り、初めて異変に気づいた。ユキは身を低くして、何かを一心に見詰めている。オレが呼んでも、返事すらしない。目は爛々《らんらん》と輝き、日頃とは気配も一変している。ユキが見ているのは、部屋に入り込んできた一匹の蝿《はえ》だった。

止める間もなく、ユキが蝿に向かってとびついた。積んであった本の塔が、音を立ててくずれる。

男ひとりの長屋住まいらしく、この部屋には目ぼしい道具はほとんどないが、代わりに阿次郎が買いあさった書物のたぐいが、部屋中のそこかしこに積まれている。その何十もの塔が、ユキの後ろ肢に蹴とばされ、次々と倒されていく。

「おい、ユキ、やめろ！　てめえが潰されちまうぞ！」

叫んでも、蝿に夢中のユキには届かず、オレをめがけて降ってくる本をよけるのが精一杯だ。仔猫のうちはことに、狩りをしていた先祖の血が強くはたらく。猫の習いだから仕方がねえが、日頃は行儀よく大人しい猫だけに、その豹変《ひょうへん》ぶりには度肝《どぎも》を抜かれた。

さんざん蝿を追いかけて部屋中を走り回っても、肝心の獲物は捕まらない。ぶーんと呑気《のんき》な音を立て、土間《どま》の方へと逃げていく。入口障子の脇にあいた一寸ほどの隙間《すきま》から、蝿は外へと出ちまったが、ユキはそれを追って、えいやっ、と飛び上がった。ずぼっと音がして障子が破れ、障子の格子の中に、白い仔猫がすっぽりと嵌《は》まった。

ちょうど帰ってきた阿次郎が、障子戸の腰板《こしいた》に両手をかけるようにしてぶら下がる姿に、ぎょっとする。

「うお！　ユキか。どうしたんだ、こんなところに嵌まっちまって」

ユキを障子の穴から救い出し、家の中を覗《のぞ》いてさらに仰天する。ほぼすべての塔がくずれ落ち、その真ん中で茫然《ぼうぜん》としているオレを認める。

「こら、ミスジ！　おまえがユキを追い回したのか？　ユキを苛《いじ》めるようなら、金輪際《こんりんざい》、出入りを禁じるぞ！」

それこそ濡《ぬ》れ衣《ぎぬ》だ。その場は退散することにして、阿次郎の前を通り過ぎ、外に出た。

出しなにちらと、入口障子を見遣る。腰板のすぐ上に、ユキが開けた丸い穴がある。ユキを大事そうに抱いた阿次郎の姿と見くらべながら、そうだ、とひらめいた。

「すみません、ミスジさん……あたし、小さくて動くものを見ると、見境がつかなくなって……お母さんにも、よく呆《あき》れられました」

阿次郎の腕の中で、ユキがしょんぼりする。

「子供のやることに、いちいち目くじらは立てねえよ。ただ、今晩ちょいと、手伝ってくれねえか？　おまえに助《す》けてもらえば、事が楽に運ぶんだが」

「もちろんです！　何でも言ってください！」

夜更けにもう一度来るからと言いおいて、おっとり長屋を後にした。

「さて、もう一方の下見でもしておくか……あとは夜更けに蠅が出ねえことを、祈るしかねえな」

昼間のうちに下見を済ませ、オレはその晩、もう一度おっとり長屋を訪れた。

月は南の空に、具合よく収まっている。満月には足りないが、灯《あか》りとしちゃ申し分ない。うまくいくよう空に向かって祈り、ほとほとと入口障子をたたいた。オレの前足では、かすかな音しか立たない。それでもすぐに家の中から気配がして、障子にあいた丸い穴から、白い仔猫が覗いた。手短に、手筈を告げる。

「わかりました！」とユキは張り切って請け合ったが、障子の穴から白い顔が消えると、たちまち見当以上の派手な音が、長屋の内から響いた。

「わわ！　なんだなんだ？」

阿次郎が、とび起きた気配がする。ユキが布団のまわりを駆けまわり、昼間同様、本の塔を片っ端からくずしにかかっているのだろう。

「こら、ユキ、やめねえか。あいたっ！　おい、ユキってばよ」

オレは阿次郎を起こせと、言っただけなんだが……。けれどその後は、オレの手筈どおりにユキはやってのけた。まもなく白いかたまりが、鉄砲玉のように入口障子の穴を抜けて、オレの前にひらりと降り立った。昼間は穴に嵌まっちまったが、ちょいとからだを細くすれば、たいがいの隙間は抜けられる。

「これでミスジさんの濡れ衣も、晴れるはずです」

そんなこと頼んじゃいねえのに。猫のくせに、律儀《りちぎ》な奴だ。

「ったく、昼間のご乱行《らんぎょう》もおまえだったのか。小っちぇえくせに、とんだおてんばだ」

阿次郎がユキを追って、ぼやきながら長屋の外に出てくる。しかし閉じた長屋の木戸の下から、外へと這《は》い出す姿に、たちまち慌てふためいた。

「ユキ、勝手に外に行くんじゃねえ！　フクロウや他所《よそ》の犬猫に、襲われるかもしれねえぞ。道に迷って、帰ってこられなくなるかもしれねえぞ」

たしかに仔猫のうちはことに、遊びに出たまま迷子になることはままある。加えて阿次郎のユキへの入れ込みようときたら、見ていて鬱陶《うっとう》しいほどだ。そいつを、使うことにした。

「よし、上首尾だ。オレは先に行くから、後は頼んだぞ。つかず離れず、阿次郎が見失わないよう、うまく間合いをとってくれ」

はい、とユキが返し、同時に阿次郎が木戸からとび出してきた。ひらりとオレは、白と黒のからだを闇に紛らせる。

おっとり長屋は、猫町二丁目にある。露払い役を務めながら、三丁目の方角をめざした。フクロウよりむしろ、鼠《ねずみ》や羽虫の方が気がかりだ。ユキがまたぞろ夢中になったら、手がつけられない。表通りに出れば、ほぼ一本道だから迷子の心配はなかろうが、念のため道のところどころに、オレのにおいをつけておいた。

やがて目当ての自身番屋が見えてきた。その中に、十市が捕われていた。

自身番屋は各町に必ずあり、町と町との境を示す、町木戸の脇に据えられていた。

つまりオレたちが向かっているのは、尻尾町の自身番屋で、猫町の番屋は、一丁目のとっつきにあるというわけだ。自身番屋は、いわば町内の顔役たちの寄合所だが、もうひとつ役目がある。町内で咎人が出ると、まずは自身番屋に留めおかれる。ここで役人がとり調べ、大番屋という場所に移されて、さらに吟味がなされるそうだ。

本当なら、十市もとっくに大番屋に移されてもおかしくないのだが、なにせ子供のように泣くばかりで、さっぱり調べが進まない。襲われた風呂屋の主人は、幸い命をとりとめた。話ができるようになるのを、役人は待っているようだ。

「こっちだ、ユキ」

声を立てず、猫の言葉でユキを呼んだ。少し遠くに、追ってきた阿次郎の気配も感じる。

町境には木戸があり、柵で隔てられている。番屋は木戸の向こう側になるが、柵は商家までは届いていない。つまりは番屋と商家の壁のあいだには細い隙間があるということだ。

オレはユキを伴って、人ひとりがやっと通れるほどの、壁と壁の隙間に入り込んだ。

隙間に入ってすぐ、番屋の後ろっ側にあたるのだが、高いところに格子の嵌まった明かりとりがあいていた。昼間のようすからすると、ユキは並みより足腰が達者なようだが、それでも仔猫では届きそうにない。

オレはユキの、首の裏をくわえた。猫の襟首のあたりは、ほとんど痛みを感じない場所なのだ。親猫が仔猫をはこぶ折も、もっぱら使われる。そのせいか、ここをつままれると大人しくなっちまう猫は多い。ユキもやはり、大人しくオレにぶら下げられている。

ユキをくわえたまんま、小窓に向かって後ろ足を蹴った。最初はしくじったものの、二度目はうまく小窓にとび乗ることができた。

「知らねえ奴だから怖えだろうが、猫好きで気のやさしい男だ。頼んだぞ、ユキ」

「平気です。ちゃんとお役に立ってみせます」

ユキが健気《けなげ》に請け合って、格子の隙間から、小屋の中にひらりと降りた。

中にいる男は、眠っていなかったのかもしれない。ニイ、とひと声鳴いただけで、すぐにユキをふり返った。それを確かめて、オレはとなりの商家の瓦《かわら》屋根にとび移った。ここからなら、中のようすがよく見える。見越したとおり、かすかだが、月明かりが番屋の中にさし込んでいる。猫と違って、人は夜目《よめ》がきかない。わずかでも大事な明かりになる。

「こら、おったまげた。おめ、どっから入ってきた？」

やや舌ったらずで、声も鈍重だが、耳を傾けるとどうにかききとれた。

「よしよし、こっち来い。怖《こわ》くねえからな」

舌を鳴らして、右手をさしのべてユキを呼ぶ。十市の左手首には、鉄の鐶《わ》が嵌められて、鎖で壁に繋がれていた。ぴんと鎖を伸ばしても、ユキのいる場所には届きそうにないが、十市は犬猫を寄せる術《すべ》を心得ていた。ユキはそろそろと近づいて、厚ぼったい手に抱きとられた。

「よおしよし、いい子だな……おめ、小っちぇえな。それにふわふわだ。まだほんの子供だな」

首の下をくすぐられ、ユキは気持ちよさそうに目を細めた。

「赤はどうしてるかな……」

思い出したのか、ぽつりと十市が呟《つぶや》いた。

「赤は、おれの仲良しでな。おめと違って小汚ねえ年寄猫だが、何とも可愛い奴でな……かわいそうに、いまごろきっと腹をへらしてる。もう餌もろくに獲《と》れねえからな。おれが行ってやらねえと……もういっぺん、赤に会いてえなあ」

昼間、オレが下見にここに来たときも、同じ繰り言をきかされた。オレは中には入らず、小窓の向こうから十市をながめていただけだったが、十市はオレを認めると、やっぱり赤爺の話ばかり語っていた。

——こいつを、赤爺のもとに返してやりてえな。

昼間と同じに、そう思った。そのためには、オレの傀儡にひと働きしてもらうしかない。

「おーい、ユキー、どこへ行ったー」

阿次郎が小さな声で、懸命にユキを呼ぶ。十市から板戸を隔てた座敷には、自身番屋の番衆が詰めている。道を隔てた木戸番小屋にも人がいるから、声だけは精一杯はばかっている。たぶんどちらの番衆も、眠っているんだろう。幸い中からは、こそりとも音がしない。

「ひょっとして、木戸を越えて、となり町に行っちまったのか？」

町木戸に張りついて、途方に暮れる。オレはできるだけ意地の悪い声で、ニアーゴと大きく鳴いた。

「……もしや、ユキが他所の猫に苛められているんじゃ……」
二、三度鳴いて、うまく阿次郎を、壁の隙間へと誘うことができた。
「ユキ、いるのか？　いたら返してくれ。ユキー」

オレの合図で、十市の膝《ひざ》にいるユキが、ニイ、と初めてこたえた。阿次郎がユキのために、からだを横にして、蟹《かに》のようになって壁のあいだに身を入れる。細い隙間にユキの姿はなく、やがて阿次郎は明かりとりに気づいた。爪先立ちをすれば、どうにか目が窓の上に出る高さだ。格子を両手でつかみ、伸びをして、中を覗き込んだ。

暗い番屋の内は、阿次郎には見通せないのだろう。声をすぼめるようにしてユキを呼んだが、中にいる男がごそりとうごめくと、阿次郎の肩がびくりとした。

「この仔猫、おめさんのか？」

かわりにこたえるように、ユキがニイと鳴く。目が慣れて、ようやく中のようすが見えてきたのだろう。相手が番屋に捕われている咎人と察し、阿次郎はごくりと唾《つば》を呑んだ。

「あ、ああ、うちの猫だ……返して、くれねえか？」

「ほれ、おめのおとっつぁんが迎えに来たぞ。行ってやれ」

案に相違して、十市の声はやさしかった。大きな手に尻を押され、ユキは窓の方へと歩いていったが、小窓にはとても届かない。窓の下から、ニイ、ニイ、と切ない声が響く。

「そうか、おめ、届かねえのか。困ったな……そうだ、もういっぺん、こっち来い」

十市はユキを大きな手にのせて、腕を小窓に向かって伸ばした。十市は、並みよりからだが大きい。手足も長く、その長い右腕を、懸命に阿次郎に向かってさし伸べる。

「ほれ、とべ。こっからなら、おとっつぁんに届く」

「ユキ、おいで。怖くねえからな、とんでみろ」

ユキは阿次郎の肩越しに、オレを見ている。オレがうなずくと、えいっと小窓に向かってとんだ。見当より、よほど速かったのだろう。阿次郎がのけぞって、背後の塗壁に頭をぶつけながら、どうにかユキを片手に抱いた。

「ユキ、よかった……心配したぞ。冗談じゃなく、寿命が三年縮んだぞ」

阿次郎がユキにほおずりする。もう一度背伸びして、世話をかけたな、と礼を述べた。なんの、と十市が笑った気配がした。

「……あんた、何やらかして、ここに入れられたんだ？」

「おれ、何もしてねえ」

「何もって、何かしたから、番屋に籠められてんだろ?」

「おれ、何もしてねえ。風呂屋の旦那を、殴《なぐ》ったりなぞしてねえ」

「風呂屋……ああ、かわら版に載っていた、あれか。咎人の名は……たしか十市だ」

「おれ、何もしてねえ。旦那を殴ったりしてねえよ」

もう何十ぺんも、役人の前でくり返したのだろう。言葉が舌に貼りついてるみたいに、十市は同じ台詞《せりふ》だけをくり返す。

「だが、おめえさん、となり町の亀寺で、旦那と一緒にいたんだろ?」

「一緒になぞ行ってねえ。おれは赤のために、亀岩に札を貼りに行ったんだ」

え? と思わず、耳がぴんと立った。そいつはオレも初めてきく。デンの話には、お札なぞ出てこなかった。

「アカってのは?」

「おれが毎日会いに行ってた、赤茶の猫だ。もうよぼよぼの年寄猫で、でも本当に可愛い奴なんだ」

十市がまた、ひとしきり赤爺について語る。十市は毎日、三島湯で薪割《まきわ》りをして、日暮れに仕事を終える。雇い先でひとつ風呂浴びてから、飯屋に行き、飯を食って酒を呑む。それから鍛冶っ原に行く。鍛冶っ原は、長屋までの道の途中にあるからだ。まわりくどい十市の話に、辛抱強く耳をかたむけ、ひととおり終わったところで阿次郎がたずねた。

「で、亀岩の札ってのは？」

「赤の首に、結わえてあった」

「何だと？　そりゃ、どういうことだい？」

デンより何倍も長い時をかけて、オレがきいたほぼまんまを十市が語る。ひとつだけ漏《も》れていたのは、やはりお札だ。文と一緒にお札が包まれていて、亀岩に貼れと文には書かれていた。

「札を貼れば、赤が息災になるって」

「文には、そう書かれていたんだな？」

「うん。だからおれ、うんと急いで亀寺に行った。だけど亀岩には、お札を貼れなかった」

「どうして？」

「石段を上がっていると、変な声がして……境内に旦那が倒れてた。一所懸命呼んだけど、旦那は目を開けなくて……それから寺の衆が来て、それから番屋の衆が来て、おれがやったんだろうって……おれ、何もしてねえよお」

十市がぐずぐずと、洟《はな》をすする。

「もういっぺん、おさらいするぞ。馴染みの猫の首に、文と札がついていた。それであんたは、あの晩、亀寺に行った。三島湯の旦那が来ていたことは、まったく知らなかった。そういうことだな？」

「うん」

「旦那のもとに駆け寄ったとき、他に誰かいなかったか？　誰か逃げる人影なぞは見なかったか？」

「んーん」

からだのでかい十市が石段を上れば、足音が響く。十市が駆けつけるより前に、逃げちまったんだろう。一方の十市も、倒れている旦那の姿で頭がいっぱいになって、まわりには気がまわらなかったようだ。

「お札貼ってねえから、赤が心配でならねえ……もういっぺん、赤に会いてえなあ……」

十市が泣きながら、心残りをくり返す。

「会わせてやる」

ふいに阿次郎が言った。その背中は、ひどく怒っている。

「あんたをこっから出して、もう一度、赤に会わせてやる」

「兄さん、ほんとか？」

「できるとは、言わねえ。だが、そうしねえと収まらねえ。こんな子供みてえな奴を騙《だま》して、濡れ衣を着せるたあ、理不尽にもほどがある」

さすが頭領がえらんだ傀儡だ。猫のためだろうが人のためだろうが、てめえ以外の者に懸命になれる。そういう奴でなければ、傀儡は務まらない。まあ、それだけ暇だとも言えるが――。

「おい、誰かいるのか！」

話し声か、十市の泣き声か。番屋の見張り番に感づかれたようだ。自身番屋からふたりの張り番が出てきて、壁と壁の隙間を覗き込んだ。

いけね、と阿次郎が首をすくめ、ひとまず十市に別れを告げる。

「お騒がせして、すいやせん。うちの猫が、この隙間に入り込んじまって」

ことさら明るい声を出し、ユキを抱いた阿次郎が、入った方とは逆の側に這い出してへいこらする。

「猫だと？」

「へい、こいつでさ」と、ユキを見せる。

「ほう、可愛いじゃねえか」と、片方の張り番が、はずんだ声をあげた。

「へへ、そうでござんしょ？　うちの自慢の娘でさ」

ひとくさり猫自慢をして、張り番の機嫌が直ると、阿次郎とユキは木戸を開けてもらって自身番屋を後にした。

「ちっきしょう、見てろよ。弱い者いじめなんてしやがって。きっと真の咎人を、見つけ出してやるからな」

おっとり長屋へ戻る道すがら、阿次郎の背中はやっぱり怒っていた。


「へえ、大家さんは、三島湯の旦那とお見知りですかい」

意外にも、すぐ近くに三島湯の事情通がいた。おっとり長屋の大家である。

「さほど親しくはないがね。まあ、あんな大怪我を負ったんだ。知らんぷりもできないからね、見舞いの品は届けに行ったよ」

「で、どういうお知り合いで？」

「実はね、店子《たなこ》の中に、三島湯の旦那から金を借りた者があってね。ここじゃあなく、もうひとつの長屋でね」

おっとり長屋の近くに、店主《たなぬし》を同じくする別の長屋がある。大家はいわゆる雇われ者で、ふたつの長屋を任されていた。

「三島湯は、金貸しをしてたんですかい！」と、阿次郎がびっくりする。

「御上《おかみ》の札は受けちゃいないから、内緒だがね、けっこう手広く貸しているようだ。取り立てもかなりやかましい」

金を借りた店子は、日限《ひぎり》までに金を用立てられなかった。あげくに大家に泣きついてきたが、大家とてない袖はふれない。結局、店子ともども詫《わ》びを入れにいき、三島湯の旦那も大家の顔を立てて、半月だけ待ってくれたという。

「こっちの頼みをきいてもらって、こう言うのも何だがね。ねちねちと嫌味ばかり並べられて、散々な思いをしたよ。ここだけの話だが、襲われたときいたとき、因果応報って文字が浮かんだね。てっきり咎人は、金貸しの客だと思っていたが、当てが外れたよ」

ふむふむと話を拝聴し、阿次郎はあることを大家に申し出た。

「こっちの懐《ふところ》が痛むわけじゃなし、構わないがね。何だってまた、そんなことを？」

「へへ、狂言作者の血がうずくんでさ。この一件には、何か裏があるってね」

「おまえさんも、とことん暇だねえ」

大家のあきれ顔に見送られ、阿次郎は長屋を出た。昨日の今日だから、心配なのだろう。念のため、ユキは長屋の者に預けてきた。

「さてと、まずは三島湯だ。その前に、菓子屋だな」と、オレを見下ろす。

「何でかおめえは、こういうときは必ずついてくるな。おめえにも、狂言作者魂てのが、宿っているのかもしれねえな」

「んなもん、ねえよ」

素っ気なくこたえて、阿次郎の後を追った。阿次郎は三丁目の菓子屋に寄り、けっこう値の張る菓子折を買った。昨夜閉まっていた町木戸を通り過ぎ、自身番屋をちらと見遣る。そのときだけは屈託を露《あら》わにしたが、三島湯へ着いたころには、きれいに剝《は》がれていた。

「御酉《おとり》長屋の、阿次郎と申しやす。大家さんから、見舞いの品を預かって参りやした」

風呂屋の裏手にある玄関先で、阿次郎が口上を述べる。さっき申し出て、名を使うことは大家の許しを得ている。やがて内儀《ないぎ》が、玄関先へと出てきた。夫の看病疲れか、ずいぶんとやつれて見えた。

「先日も、お見舞いをいただいたばかりですのに」

「大家さんは、たいそう案じておられましてね。旦那さんの具合はいかがです？」

家に上がり込むつもりはないと断りを入れてから、阿次郎は加減をたずねた。

「おかげさまで、だいぶ落ち着きました。粥《かゆ》も食せるようになりましたし」

「あの晩のことは、何か言ってますかい？　咎人は、見てねえとききましたが」

「やはり後ろから殴られたもので、何も見ていないと申しておりました……ただ、十市と一緒に出かけたわけではないと、それだけはお役人にも語りました」

「それじゃあ、あの日、旦那はどうして亀寺に？」

女房の額に、一本筋が浮いた。きいてほしくないと、顔に書いてある。

「何でも寄合へ行くついでに、急に思い立ってお寺に詣《もう》でたと……」

「あんな時分にですかい？」

問われた女房が、困り顔をする。やはり腑《ふ》に落ちないが、旦那が言い張ってる以上、仕方がない。そんな顔つきだ。

「もうひとつだけ、いいですかい？　十市はどういう経緯《いきさつ》で、こちらの厄介《やっかい》に？」

「十市の祖父が、うちで釜焚《かまたき》をしていたんです。十市はふた親を早くに亡くしましたから、孫を案じていたのでしょう。歿《なくな》る前に、義父《ちち》に十市を頼んでいたようです」

「なるほど、そういうわけですかい」

「あのとおり知恵は遅いのですが、力もあって働き者ですから、障《さわ》りはなかったのですが……やはりお酒ばかりはいけなかったようで」

「酒、とは？」

「日頃はごく大人しいのですが、お酒が過ぎると、人が変わったように暴れることがあって……一度などは、飯屋で酔客に怪我をさせたことも」

「本当ですかい？」

「そのときは、先に喧嘩《けんか》をふっかけたのは向こうだと知れて、どうにかお咎めなしになりましたが……それからは通いの飯屋に、二本以上は呑ませないよう頼んでいたのですが」

こんなことになってと、肩を落とした。疲れ切ったようすが哀れに見えたのか、くれぐれも大事にしてくれと言いおいて、阿次郎は暇《いとま》を告げた。玄関を出ると、ぶつぶつと呟く。

「そうか。十市の酒癖の悪さを知っていて、こんなやり方を思いついたんだな……問答無用でお縄になったのも、たぶんそのためだ」

その後は、湯番や釜焚など、雇い人からも話をきいた。やはり見舞いの名目で小銭を握らせると、案外ぺらぺらとしゃべってくれたが、ほとんどは女房からきいた話と同じだった。

ただ、二階にいた客のひとりから、耳寄りな話種《はなしだね》が拾えた。三島湯の二階は大きな座敷になっていて、碁盤や将棋盤がそろえてあり、男たちが世間話をする場所でもあった。

「内緒だがな、もとはこの座敷でも、色を売っていたんだよ。御上の目が厳しくなって、一年ほど前にやめちまったがね」

残念そうに、中年の職人が語る。阿次郎と男の話からすると、湯女《ゆな》を置き、売色させる湯屋はめずらしくないようだ。

「でな、やめさせた湯女の中に、なかなかの上玉《じょうだま》がいてな。実はここの旦那が、えらくご執心だったんだ」

「へえ、そいつは聞き捨てならねえな」

「おれもその女だけは、もういっぺん拝みてえ気持ちがあってな、湯島《ゆしま》の門前で酌婦をしているというから、数寄心で行ってみたんだ。そうしたら、店の中に三島湯の旦那がいたというわけさ。どうやらたびたび、通っているようすだった」

日に焼けた顔を、にんまりとさせる。なめらかな口ぶりからすると、同じ話を何べんも語っていそうだ。三島湯を出ると、阿次郎が考えを口に出す。

「三島湯の旦那は、その女を口実に、亀寺に呼び出されたのかもしれねえな」

偽の文は、十市にも使われた。女の名で文を書けば、旦那は喜んで亀寺に向かうはずだ。

阿次郎の見当に、オレもうなずいた。

「そういや、昼飯がまだだったな。ミスジ、おまえも腹減ったろ。ちょうどいい、腹拵えしていこうや」

足を向けたのは、小さな一膳飯屋だった。

阿次郎はいちばん奥の、板場《いたば》に近いところに席を占めた。

「十市さんのことだろ。あたしらも、そりゃもうびっくりしたよ」

三島湯へ見舞いに行った帰りだと告げただけで、飯屋の女房はよくぞきいてくれたと言わんばかりに、べらべらとしゃべり出した。煮魚と野菜の煮つけで飯をかっこみながら、阿次郎は相槌《あいづち》を打つ。

「どうやら、酒癖が悪かったそうだな。ここでも一度騒ぎを起こしたとか」

「一度っきりじゃないよ。そうだねえ、四、五へんはあったかねえ。ねえ、おまえさん」

と、板場の亭主に声をかける。女房とは逆に、口の重そうな亭主は、そうだな、と無愛想にこたえた。

「そのたびに他のお客に、いちゃもんをつけるんだよ。あのとおり子供みたいな人だからさ、勘弁してやってくれって、お客にあやまって事なきを得ていたんだがね」

たまたま喧嘩っ早い男に当たって、店先で派手にやらかした。番屋に知らせが行き、御用になったと、さっき三島湯の女房からきいた話を、さらに詳しく語り立てる。

「三島湯からも頼まれてさ、以来、銚子二本と決めてね、それ以上は出さなかった。初めは十市さんも不満そうにしていたがね、そのうち酒より良いものを見つけてね」

「ひょっとして、猫かい？」

「なんだ、知っていたのかい。うちで猫の餌を見繕《みつくろ》っては、せっせと鍛冶っ原に運んでいたよ。『鍛冶源《かじげん》』て、鍛冶屋の裏にある空き地でね。野良猫が住みついてるんだ。五ツの鐘が鳴ると、『そろそろあいつの飯時だ』なんて言って、嬉しそうに帰っていったよ」

「五ツの鐘か……それは、毎日欠かさずかい？」

「まるで判で押したようにね。もう半年くらいになるかねえ」

なるほどと、足許のオレを見下ろす。

「なんだよ、ミスジ。ちっとも食ってねえじゃねえか」

阿次郎はオレにも、煮魚の尻尾と頭をくれたが、口をつける気にはなれなかった。この店は醤油がきつい上に、オレが苦手な生姜《しょうが》もたっぷりだ。赤爺が最初のうち、十市の餌に見向きもしなかったのもうなずける。

「そういや、猫は塩や醤油を嫌うんだったね。十市さんが言ってたよ。板場に行けば、何かあるだろ、ちょっと待っておいで」

「ご厄介かけやす。ついでに、少し多めにもらえやせんか。うちにもう一匹、いやしてね」

出汁がらの鰹節と煮干しを分けてもらい、その分の代銀も置いて店を出た。しかし店を出ると、家とは逆の方角に向かう。

「鍛冶源なら、おれも何度か店の前を通りかかった。裏に原っぱがあるとは知らなかったが、どうせなら赤にも、挨拶《あいさつ》しとこうと思ってな」

猫にくらべれば、人はとんでもなく広い場所を行き来する。阿次郎にとっては、となり町も猫町も変わりはないんだろう。

「にしても、手がかりは拾えたものの、決め手に欠けるな。今日会った者の中で、怪しいとにらんだ者すら何人もいるしな」

三島湯の内儀、風呂屋の二階にいた職人の男、そして飯屋の夫婦を、阿次郎はあげた。

「まず、あの職人が言った女の話が本当なら、内儀が旦那を恨《うら》んでいてもおかしくない。一方で職人は、旦那とはいわば恋敵《こいがたき》になるだろ？　こいつも除《の》けるわけにはいかない。だが、十市と赤の関わりに、誰より詳しいのは飯屋の夫婦だ」

阿次郎の読みは、外れていない。オレもやっぱり、いま名のあがった者たちが、くさいと思っている。

「よう、ミスジ。この前のお女中みたいに、こいつだ、と目星をつけられねえのか？」

それを言われると、情けなさが募る。オレの得手《えて》は、人の嘘《うそ》を鼻で嗅《か》ぎ分けることだ。けれど今日に限っては、さっぱり役に立たなかった。三島湯の内儀は香《こう》のにおいがきつくて、職人はひっきりなしに煙管《キセル》をふかしていたし、飯屋では醤油と生姜のにおいに邪魔された。

オレも阿次郎と同様、決め手がなくて参っていた。

やがて見覚えのある街並みにさしかかり、阿次郎とオレは鍛冶屋の裏手にまわった。

――こんなに、狭かったのか……。

子供のころは、広々とした草っ原に見えていた。

二年と幾月ぶりの生まれ故郷は、懐かしく、少しだけ寂しかった。

「おおっ、ミスジじゃねえか！　わざわざ来てくれたのか」

オレを見つけたデンが、大喜びでとびついてきた。猫は忘れっぽいから、昔馴染みを懐かしむような真似もしない。それでもオレのことは、デンからきいていたのだろう。鍛冶っ原中の猫の目が、興味津々《きょうみしんしん》にこちらに向けられていた。

「そういや、この前頼んだことは、どうだった？」

問われたデンが、きょとんとする。

「赤爺につけられていた文だよ。もし原っぱに残っていたら、とっておいてくれって……」

話の途中で、ああっ！　とデンが大きな声をあげる。

「すまねえ、すっかり忘れてた！　なにせあんな遠出をしたのは初めてで、帰り道を間違わねえよう、そっちばかりに気が行って……いや、何とも面目ねえ」

デンがすっかりしょげ返り、尻尾を股《また》の下でくるりと巻いた。デンを責める気持ちは、端《はな》からなかった。猫はそういう生き物だ。鶏は三歩で忘れるそうだが、猫も十歩がいいところだ。

「気にするな。本当ならデンと一緒に、真っ先にオレがここに来るべきだったんだ」

そうしなかったのは、古巣に戻るのに、ちょっとばかし気後れしたからだ。照れくさいような切ないような。何ともいえない心地がして、傀儡師の仕事に障りそうで怖かったからだ。

「おーい、赤ー、どこにいるー。おまえの好きな飯、もってきてやったぞー」

阿次郎はさっきから赤茶色の猫を探している。飯屋から携えてきた鰹節と煮干しを撒《ま》いてみたが、寄ってくるのは違う野良猫ばかりだ。

「あれがおまえの傀儡か。能天気《のうてんき》な顔してんな」

「あれくらい能天気じゃねえと、務まらねえんだよ」

「へええ、そういうもんかい。お、そうだ。赤爺に会ってくだろ？　いまはほとんど、塒の藪から出てこねえからな」

赤を探す阿次郎を尻目に、オレとデンは原っぱの隅っこにある、大きな藪の方へ行った。

「爺さん、いるんだろ？　ミスジが来てくれたぜ、顔出してくれや」

デンが呼びかけると、少し間を置いて藪が揺れた。

「ミスジか……でかくなったな」

「長いこと無沙汰をして、すまなかったな。それでもくたばる前に、会えてよかった」

「生意気ばかりは、相変わらずだな」

爺さんはちょっと笑ったが、オレは返せなかった。十市が捕まって、ろくに食えないせいもあろうが、骨と皮ばかりのからだには、逃れようのない老いがしみついていた。

明日にでも、赤爺は死んでしまうかもしれない――。目の前に突きつけられて、堪えてねえと泣けてきそうだ。

「十市に会ったよ。爺さんのことばかり案じていた。十市は何としても助けると、オレの傀儡が請け合った。もうちっとの辛抱だから、爺さんも待っててくれや」

「犬じゃあるまいに、待つほど気の長い猫なぞおらんよ」

爺さんは昔と同じに素っ気ない体《てい》で返したが、そういえば、と言い出した。

「わしではどうにもできんが、おまえなら役立てることができるやもしれん」

ちょっと待っていろ、と、いったん藪の中に戻り、ふたたび出てきた。くわえてきたのは、丸めた紙切れだった。

「わしに結わえ、十市の騙《かた》りに使った文だ」

オレとデンの目ん玉が、これ以上ないほどでかくなった。

「それならそうと、言ってくれりゃあいいのによ。焦《あせ》っちまったじゃねえか」

デンは見当違いの文句をぶつけたが、その気のまわりように、オレはひたすら感心した。

「よもや爺さんが、とっておいてくれたとは……いや、たいしたものだ」

「においがな、残っておったからだ」

「におい？」

「あの日やってきた奴と、同じにおいが、しみついていた。十市の着物からも、やはり同じにおいがした」

「……咎人と十市から、同じにおいがしたと？」

ひとまず、紙くずに鼻を近づけた。かすかだが、オレも嗅ぎ当てた。

——そうか！　咎人はあいつか！

今日、嗅いだばかりのにおいが、その紙にしみついていた。

「なんだ、ミスジ。こんなところにいたのか、探したぞ……あれ、ひょっとして、赤か？」

阿次郎が藪の前にやってきて、オレのとなりにいる赤爺に気づいた。

「うわ、きさしにまさる爺さん猫だな。よぼよぼじゃねえか……と、それ何だ？」

オレの足許にある紙くずに目を止めて、阿次郎が拾い上げる。開いたとたんに阿次郎の顔つきが、ひとまわりほども引き締まった。

「こいつは、十市に使われた誘い文じゃねえか……あれから幾日も経っているってのに、雨にも濡れず、よく残っていたな……赤、おまえが残しておいてくれたのか？」

ぷい、と赤爺は横を向いたが、阿次郎は妙にしんみりとした顔で語りかけた。

「赤、ありがとうな。おめえのおかげで、十市を陥《おとしい》れた咎人がわかったよ」

え？　と思わず阿次郎を見上げた。

においが決め手になったはずはない。人の鼻には届かねえほど薄いし、紙切れを嗅ぐ仕草もしなかった。何を拠所《よりどころ》に、阿次郎は咎人を判じたのだろう？

「おれはこれから番屋に走る。この文と真の咎人を明かせば、ひとまず大番屋送りは日延べされよう。赤、おまえも一緒に来ないか？　おれは十市に、おめえを会わせてやりてえんだ」

阿次郎は赤爺を、両手でひょいと抱き上げた。野良の習いで、赤爺はしばしじたばたしていたが、「頼むよ、爺さん」とオレも目で訴えると、赤爺は嫌そうにそっぽを向きながらも、大人しくなった。

「ようしよし、すぐに十市のところに連れていってやるからな」

赤爺を片手で抱き上げ、文を懐に仕舞《しま》うと、阿次郎は立ち上がった。

「面白そうだ、おれも！」

鍛治っ原を後にするオレたちを、デンが勇んで追いかけてきた。


ほとんど駆けるような足取りで、阿次郎は今日辿《たど》ってきた道を戻る。その肩に顎を載せた格好で、赤爺が大人しく収まって、オレとデンもその後ろに続く。

けれど鍛治っ原を出てほどなくして、異変が起きた。

ぐるる、と赤爺が、低い唸《うな》り声をあげた。たちまち阿次郎の腕の中で暴れ出す。

「うわ！　どうした、赤！　おい、待て、赤！　どこへ行く！」

阿次郎が、止める暇もない。オレたちですら、追いつけなかった。

まるで五つも歳が返ったかのような、信じられない素早さで、赤爺は矢のようにいま来た道を戻り、その店にとび込んだ。

暖簾《のれん》の下から流れてくる、きつい醬油のにおい——。

最後にオレたちが立ち寄った、飯屋だった。

毎日通っていた十市の着物にも、そのにおいはしみついていた。阿次郎がその前を通り過ぎたとき、そいつが赤爺の鼻を刺したんだ。

オレとデンが店内にとび込むと、総身の毛を逆立《さかだ》てた赤爺が、板場から出てきた主人と対《たい》峙《じ》していた。飯時を外れているせいか、店内に客の姿はない。女房だけが、真っ青な顔で棒立ちになっていた。

赤爺が、やはり思いもかけない速さで、主人目がけてとびついた。とっさに顔をかばいながら、主人が右手を思いきりふった。ぎゃっ、と叫びざま、赤爺は土間にたたきつけられた。横に倒れた姿に、主人の顔がさらに色を失くす。

「こいつ……やっぱり、十市の猫か……」

近づこうとする主人をさえぎって、オレとデンが赤爺を背にして立ちはだかった。

牙《きば》を剝《む》き出したデンは、いまにも飛びかからんばかりの物騒な気配だ。脅しにかけては、オレよりよほど上をゆく。デンの耳障りな声に、女房は耳をふさいだ。

「なんでえ、こいつら……気味悪いな。まとめてたたっ斬ってやる」

言いざま主人は板場に入り、包丁を手にして戻ってきた。

「おまえさん、店ん中でやめとくれ」

「この猫は、いわば唯一の生き証人だ。生かしておいちゃ、後々厄介だ」

「およしよ！　猫は祟《たた》るっていうじゃないか」

「祟られる方がまだましだ。せっかく奴が番屋送りになってくれたんだ……風呂屋の旦那は始末し損《そこ》ねたが、こいつさえ殺《や》っちまえば、おれたちと旦那の関わりも消える」

「――やっぱり、あんたらの仕業だったんだな」

暖簾を分けて入ってきた阿次郎の姿に、飯屋の夫婦は息を呑んだ。

「すべてこの耳で、きかせてもらったよ。三島湯の旦那を亀寺で殴り、十市を罠《わな》に嵌めたのはあんたたちだ」

阿次郎は店の外で、しばし中のようすを窺っていたようだ。落ち着き払った声音で告げた。

「おそらく、三島湯の旦那が岡惚《おかぼ》れしてる女の名を騙って、あの晩、旦那を亀寺に呼び出した。刻限は夜五ツ。あんたは十市がここを出るより前に、最初は鍛冶っ原に、それから亀寺に向かった。ところが肝心の旦那がなかなか来ねえ。あんたはさぞかし焦ったろうよ」

にやりとされて、包丁を握ったままの主人が、阿次郎から目を逸《そ》らした。

「実はあの日、三島湯の内儀は、亭主のようすがおかしいと何かしら感づいていたんだ。出かけようとする亭主を問い詰めた。家の外で、ふたりがすったもんだしている声を、釜焚が耳にしていてな」

それでも旦那は無理に出かけていったが、刻限はかなり遅れた。見込み違いは、もうひとつあった。十市が見当よりもよほど早く、亀寺に着いちまったことだ。十市は鍛治っ原で、四半刻《しはんとき》ほど赤爺と一緒に過ごすのが常だった。多少遅れても、十市はまだ来ないと踏んで、三島湯の旦那を後ろから殴りつけた。なのにとどめを刺すより前に、十市が石段を上ってきた。慌ててその場を離れ、寺を退散した——。

阿次郎がそう語ると、女房はへたりと土間に座り込んだ。しかし主人の方は、あきらめちゃいない。

「へ、何の話だい……下手な言いがかりはよしてくれ。だいたい、どこにそんな証しがある？　てめえみたいな半端《はんぱ》な若造が、何を言ったところで……」

「証しならあるさ。ここにな」

阿次郎が懐から文を出して、広げて見せた。さすがにふたりが顔色を変える。

「どうして……文は燃やしてくれって、ちゃんと書いたのに……」

「仕舞いまで読まずに、十市が一目散に亀寺へ駆けつけたからだよ。赤の息災を願って、う、い、い、んと急いでな。あんたらの見当より早かったのは、そのためだ」

「いい加減にしろ！　その文だって、おれたちが書いたなんて証しはどこに……」

「証しなら、あるって言ったろう？　ちょいと邪魔するよ」

包丁を握ったままの亭主の脇を、阿次郎が平然とすり抜ける。板場との境にある台の上から、何かをとり上げた。ちょうど阿次郎の掌《てのひら》ほどの大きさの、鉄のかたまりだった。

「見てのとおり、梅型の文鎮《ぶんちん》だ。この文の右隅にも、ちゃんと重石《おもし》の跡が残ってる。この文鎮と、まったく同じ紋様だ」

仕入れの品やら、注文が立て込んだ折の、覚えのためだろう。幾枚かの紙が、台の上に置かれていた。梅型の文鎮は、その押さえに使われていた。

なるほど、阿次郎が咎人を絞った理由が、ようやく呑み込めた。

「若造がべらべらとえらそうに……こうなったらひと思いにてめえを……」

包丁を握る手に力が込められて、主人の手の甲に血の筋が浮いた。阿次郎は、素早く板場の中に身を入れた。だがその目はいつになく血走って、主人をにらみすえている。

「おれは今度に限っちゃ、あんたらに情けをかけるつもりはない。子供同然のあんな男に、てめえらの罪を被《かぶ》せやがって……非道にも程があるだろうが！　風呂屋の主《あるじ》がどんな阿漕《あこぎ》を働こうと、あんたら夫婦のあくどさには到底かなわねえ！　いますぐ板場の裏口から出て、往来で叫んでやる。風呂屋の旦那を殺《あや》めようとした下手人《げしゅにん》が、ここにいるってな！」

がらん、と音がして、主人の手から包丁が落ちた。がくりと膝をつき、両手で顔を覆う。

「仕方ねえじゃねえか……金を返せなきゃ、この店をとられちまう……苦労して苦労して、ようやく店を持てたのに……そんなの、我慢できるかよ」

女房がわっと泣き伏して、亭主の声をかき消した。

オレの背中で、かすかな気配がした。赤爺が、ゆっくりと起き上がった。

「おい、赤爺。無理するな」

オレの声などきこえぬように、よろよろと歩き出す。

客か、あるいは泣き声が届いたか、数人の男が、店の暖簾を分けて中を覗いた。その脇をすり抜けて、店を出た。オレとデンが、急いで後を追う。

「赤爺、どこへ行くつもりだ？　十市のいる番屋は逆の方角だぞ」

「鍛治っ原へ、帰る……」

ふり返りもせず、それだけ告げた。オレたちが何を言っても、耳すら貸さない。

「デン、頼めるか？」

「ああ、ちゃんと原まで、連れて帰る」

デンが請け合って、赤爺を追った。

心許ない足取りで、痩《や》せた赤茶色の背中が遠ざかる。

それがオレにとって、赤爺の最後の姿になった。


「赤、赤、出ておいで」

夕日で燃えるように染まった鍛冶っ原に、十市の声だけがこだまする。

あれから、まる一日経っていた。その日のうちに、飯屋の夫婦は番屋にしょっぴかれ、昨晩から今日にかけて、役人から厳しい調べを受けた。入れ替わりに、十市は解き放ちになるはずが、当てが外れ、番屋を出たのはつい先刻だった。夫婦の罪には、十市も深く関わっている。改めて証し人として、夫婦と一緒に詮議《せんぎ》を受けていたからだ。

人の世は、かくも手間がかかる。そんな面倒さえなければ、赤爺は最後に十市と会えたかもしれない――。

赤爺は今朝、塒の藪の中で冷たくなっていた。

解き放ちになった十市は、阿次郎が整えてやった餌を片手に、まっすぐに鍛冶っ原に駆けつけた。それでも、間に合わなかった――。

「最後にひと目、会わせてやりたかったな……」

「爺さんは、あれで本望だったのかもしれねえ……そんな顔の、仏だった」

オレの横で、デンがらしくない慰めを口にする。

赤を呼ぶ十市の声は、日が暮れても、いつまでもいつまでも原に響いていた。

三日月の仇

コオロギ、雀《すずめ》、池の蛙《かえる》——。

俳句の季語じゃなく、今日のオレの昼ごはんだ。

こんな立て続けに、狩りが首尾よく運ぶなんて、そうそうあるもんじゃない。野良《のら》は下手《へた》をすると三、四日食えないことなんてざらだから、食えるときに食っておく。ただ、さすがに腹がくちくなって、眠たくなってきた。役目で忙しいから、オレは猫町《ねこちょう》一、眠らない猫だと自負しちゃいるが、よく晴れたこんな昼下がりは、さすがにまぶたが暖簾《のれん》みたいに下がってくる。

つい木の上でうつらうつらしていたが、甲高《かんだか》い声が、まどろみを破った。

「助けて！」

びくりと身を起こし、両の耳をぴんと立てた。

いつぞや、白い仔猫が発したような、可愛らしい声じゃない。むしろ、耳の中をひっかき回すみたいな、ギャーギャーと耳障《みみざわ》りな叫び声だ。

子供の声ではなく、だいいち猫じゃない。だいたい、あれを助ける義理はねえ。知らんぷりを通すこともできたが、木の上にいたから、その景色が丸見えだった。

「助けて！　助けとくれ！　痛い、痛い、頼むから、やめとくれ！」

オレもまた、他所《よそ》さまの命を食って、生き延びている。食うか食われるかの世界ではあたりまえ、仲間以外の災難に首を突っ込むことはまずしない。ただ、食うためではなく、慰み物にして面白がっているのはいただけないし、明らかな弱い者いじめにも、でっかい毛玉を吐き出す前みたいに、ムカムカしてきた。

猫だってよく、小鳥や鼠《ねずみ》をなぶり物にしているだろうって？　そいつは違う。あれはいわば、狩りの修練みたいなものだ。猫じゃらしに飛びついちまうのも、同じ習い性のためだ。

バサバサッと、大きな羽音がした。黒い塊《かたまり》が空へと向かい、けれどすぐに引き戻される。その哀れな姿に、オレはとうとう腰を上げた。

「仕方ねえ、行くとするか。何より、昼寝の邪魔だ」

てめえに言い訳して、木の上からとび降りた。一丁目から三丁目まで、細長い猫町の南側を縁取《ふちど》るように、狭い堀が通っている。この辺の者たちには、鼠堀《ねずみぼり》と呼ばれていた。オレのいた木からほど近い、鼠堀の低い土手《どて》に、三人の男の子がたむろしていた。

たぶん手習所に通い立て、七、八歳の歳頃《としごろ》だろう。伸ばしはじめた髪を頭の天辺《てっぺん》で結び、裾短かな着物姿だ。その頭上で暴れているのは、一羽の雌の烏《からす》だった。

猫にとって、鳥は天敵だ。手を貸す謂《いわ》れはねえが、さすがにこれはひどい。

雌烏の首には縄が巻かれ、その端はひとりの子供がしっかと握っている。

「うわあい、凧《たこ》だ！　烏凧だ！」

「行け、行け、もっと飛べ！」

「正月に上げる凧より、ずっと面白えや！」

子供ってのは酷《むご》いもんだ。人の傍《そば》にいる犬猫は、誰よりよく承知している。耳や髭《ひげ》や尻尾《しっぽ》を引っ張るし、からだごと伸《の》し掛かってくるし、べしべしと遠慮なく叩《たた》きやがる。それでも子供のやることだから、オレたち大人はたいていは大目に見る。というより、とにかくじっと堪える。ことに飼い猫に至っては、頭に『忍』の一字を張りつけているがごとく、まことに涙ぐましい。連中は、知っているんだ。一度でも爪や歯を立てれば、安住の住処《すみか》を失うことを。オレみたいな野良には、とても真似できない。

「痛い、痛いったら！　そんなに引っ張らないでおくれ、首がもげちまうよ！」

そんな悲鳴さえも、子供には面白くてならないし、風がないのに自在に飛びまわる凧は格好の玩具だ。子供ってのはしつこいから、放っておけば小半刻《こはんとき》は続く。この雌烏も、弱って死んじまうかもしれない。

妙な仏心がわいて、後ろから走り寄り、縄を握った子供の手にとびついた。もちろん爪は立てぬよう、十分に気をつけた。

わっ、と叫んだ子供は、驚いた拍子にぱっと手を開き、するりと縄の端が上から抜けた。慌てて捕まえようとする別の手をさえぎって、ひらりと地面に降りた。

「こいつ、邪魔するな！」

また別の手が、オレの方に伸びてきたが、捕まるようなへまはしない。あくまでじゃれている風を装って、子供たちの着物の裾にとびつきながら、足止めを図った。

「あーあ、行っちゃった……」

子供たちは名残り惜しそうに空をながめているが、縄つきの黒い点は、すでに町屋の屋根、三つ四つ分は離れている。ただ、飛び方がおかしい。右の羽がうまく動かなくて、よたよたしている。

「まったく、バカ猫のせいで、せっかくの凧が飛んでっちまった」

「罰として、今度は猫を結《ゆ》わえて堀を泳がせようぜ。猫河童《かっぱ》だ」

「凧よりつまらねえが、仕方ねえ。って……あれ？　あいつ、どこに行った？」

ガキに捕まるほど間抜けじゃない。隙《すき》を見て、とっとと草むらに潜り込んだが、もういっぺん空を仰ぐと、縄付きの黒い染みが、みるみる高さを失っていくのが見えた。

この辺だろうかと見当をつけ、二階屋の屋根に飛び乗ってみると、果たして数軒先の瓦《かわら》の上に、縄つきの烏がうずくまっていた。

やっぱり、どこか怪我《けが》してるようだ。仲間の多いこの猫町では、今度は猫に捕まるのが落ちだ。我ながらおせっかいだとは思ったが、気になってようすを見にきた。

「おい、かみさん、大丈夫か？」

声をかけたとたん、ギャッ、と叫んで羽ばたいた。けれど飛び方がおぼつかない上に、縄つきだ。屋根にとぐろを巻いた縄の端をくわえただけで、楽に捕まえることができた。

「ひーっ、助けてえ、殺される！　この人殺し！」

「てめえは、人じゃねえだろうが」

「こっちへ来るんじゃないよ、バカ猫が！　あたしゃ見かけより旨《うま》くないからね。それ以上近づいたら、両の目ん玉をくり抜いて食べてやる！」

威勢がいい上に、声がかしましい。ギャーギャーと、遠慮会釈《えんりょえしゃく》なしにわめかれて閉口した。この声で仲間でも呼び寄せられたら、こっちの身が危《あや》うくなる。烏は覚えがいい分、執念深い。恨《うら》みを買ったあかつきには、二度と屋根の上で昼寝なぞできなくなる。

面倒を嫌い、手早く済ませることにした。えい、と飛びついて、からだを押さえる。本当にオレの目を狙《ねら》ってきたくちばしを、右の前足で慌てて押さえつけた。声を塞《ふさ》がれても、いっこうにあきらめない。黒い翼は激しくオレをたたき、ジタバタもがく両足が、オレの後ろ足を引っかく。そりゃもう、尋常じゃない暴れようだ。

足の下に敷くと、思った以上に肥えた雌鳥だった。よほど腹ぺこなら、考えなくもねえが、鳥は正直、旨くない。餌《えさ》としては、そそられない代物《しろもの》だった。

「頼むから、じっとしていてくれ。別にあんたを、とって食やしないよ。オレはすでに腹いっぱいだからな」

言葉でなだめても効き目がない。オレは構わず、黒い首筋に嚙《か》みついた。足の下の羽で覆われたからだが、ひときわ大きくもがく。両の前足を踏ん張って、辛《かろ》うじて堪《こら》えながら、オレは鳥の首めがけて何度も歯を立てた。

ぶちり、と音を立てて、鳥の首に巻かれていた縄が切れた。

「ほらよ、これで少しは、まともに飛べるだろ」

さすがに精も根も尽きていたんだろう、オレがどいても、しばしぐったりしていたが、やがてそろりと首を起こした。ちぎれた縄と、オレの顔を交互にながめる。

「ひょっとして、助けてくれたのかい？」

「まあな、たまたま目についちまったからな」

「猫が烏を助けるなんて、きいた例《ためし》がない。いったい、どうして?」

「この猫町で、死なれでもしたら厄介《やっかい》だからな。あんたらは仲間大事な上に執念深い。末代まで祟《たた》られちゃ、こっちの方がいい迷惑だ」

「祟るのは、猫の方だろ。よくそう言うじゃないか」

「あれは人の作った絵空事《えそらごと》だ。祟るほどのしつこさは、オレたちにはねえよ」

そういうものかい、と言いながら、どっこらしょ、と重いからだを起こす。くちばしで毛《け》繕《づくろ》いをはじめたが、すぐに痛そうに顔をしかめた。

「やっぱり、怪我をしたようだな。さっきの子供らか?」

「あんなガキにやられるほど、あたしらは間抜けじゃないよ」

たしかに。烏はとびきり頭がいい。たとえ罠《わな》を仕掛けても、餌だけいただいてさっさとんずらしそうなものだ。

「橋の上で羽を休めていたら、いきなり後ろから刺されたんだよ」

「刺された?」

「細長い、見たこともない飛び道具でさ。急に後ろから飛んできたんだ。慌てて飛び上がったけれど間に合わなくて」

「細長い、飛び道具だと？」

「弓矢とは違うけれど、弓矢みたいな勢いで飛んできてさ、右の肩にぐっさりだよ……あいたたた、まったくひどい目に遭《あ》ったもんだ」

右の羽を動かしてみて、また痛そうに短い声をあげる。

「なあ、烏のかみさん……」

「あたしゃ、たまっていうんだがね」

「ああ、おたまさんか。オレはこの猫町に住まう、ミスジってもんだ」

「ミスジ……どっかできいたような気がするねえ」

名のとおり、玉のように肥えた烏の女房は、ちょっと考える仕草をしたが、オレは構わずたずねた。

「その飛び道具のことを、もっと詳しく教えてくれねえか？」

「じっくりと、ながめたわけじゃないからねえ。必死で羽をばたつかせている間に、抜けちまったからさ。地面に落ちたのを、上からちらりと見た限りじゃ、団子の串に似ていたよ。串の片端だけが山型に広がって、そこだけは藍色《あいいろ》だった……藍の山の天辺から、串がまっすぐ突き出しているような形だよ」

遠目でそこまで見てとれるとは、さすが烏だ。説き方も、しごくわかりやすい。

「なるほど、団子の串か……」

オレが考え込むあいだにも、かみさんは羽をバタバタさせながら具合を見ている。

串のように細長い得物《えもの》には、オレも心当たりがある。狙われたのは、烏じゃなく猫だ。

思い出すと、気分が悪くなった。あれは酷《むご》い死にようだった。

月の加減からして、七日前のことだ。

とある顔なじみの野良猫が、オレのところに注進に来た。

「野良仲間のスケが死んだんだが……死に方が妙なんだ。たくさんの野犬にでも嚙まれたみてえな、そりゃもうひでえ仏でな。念のため、傀儡師《くぐつ》のおめえには、知らせておいた方がよかろうと思ってな」

「わかった、仏を拝ませてくれ」

その野良に案内されて検分に向かったが、ひと目見るなり言葉を失った。

「こいつは、ひでえ……」

ようやくそれだけ絞り出したが、後の言葉が続かない。

スケは町屋の隙間にあいた路地に、倒れていた。人が通れねえくらい狭いから、人は気づいてなさそうだが、ここは猫にとっては立派な往来だ。死に際を見られることを何より嫌う猫が、こんな場所で死ぬはずがない。つまりはスケは、何者かに殺されて、ここに捨てられたということだ。

それればかりじゃない。スケの骸《むくろ》は、これ以上ないほど陰惨《いんさん》だった。

スケは毛が白っぽく、背中だけ薄茶色の猫だ。そのからだ中に、無残な赤い斑点が散っていた。

たくさんの野犬に嚙まれたみてえな――知らせてくれた野良が、そう言ったのもうなずける。無数の傷跡が、そんなふうに見えたんだろう。ただ、よくよく見ると、獣の牙《きば》じゃない。ちょうど五寸釘《くぎ》か、それこそ鳥のくちばしで、総身を滅多《めった》刺しにされたような、そんな傷だった。

釘じゃあなく、串に似た得物だったのか……。鳥のかみさんからきいて、初めて得心《とくしん》した。

スケの顔をながめ、さらにやり切れなくなった。苦悶のために、大きく歪んでいる。

たぶんスケは、生きたまま串刺しにされたんだ。何度も、何度も、何度も――。

思い出すだけで、腸《はらわた》が煮えくり返る。なのに、事はスケだけでは済まなかった。別の猫が襲われたのは、わずか二日後だった。骸を見つけたのは、今度は人だった。低い生垣《いけがき》に囲まれた庭の中に、投げ込まれていたのだ。

その屋の住人は、濃鼠色《こいねずいろ》の縞柄の仏を知っていた。三軒先で飼われていた猫だからだ。

見つけた女房の金切り声に、何だ何だと人が集まり、またたくまに猫町内に広まった。人の口づてに小耳にはさみ、オレは一目散にその場に駆けた。おかげで始末される前に間に合ったが、見るんじゃなかったと、少しばかり後悔した。

死んだ飼い猫は、ネズという。濃い縞柄のおかげで、スケよりは目立たなかったが、やはりからだ中が、細い得物の刺し傷で覆われていた。そればかりじゃねえ。骸には、首がなかった。下手人《げしゅにん》は、ネズの首を斬り落としたのだ。

「こいつはあんまりだ……いってえ誰が、こんな酷いことを」

集まった野次馬の中には、いつになく青ざめた阿次郎《あじろう》もいた。となりには、おっとり長屋の大家がならぶ。

「悪ふざけにしちゃ、度が過ぎる。この猫町の住人は、こんな罰当たりはやらかさないよ。おそらくは、他所者の仕業だろうよ」

大家の言に、阿次郎が急に慌て出した。

「こうしちゃいられねえ！　早いとこ帰って、ユキの張り番に立たねえと。こんな物騒な輩《やから》がうろついてるとあっちゃ、しばらくは外にも出せねえ」

「張り番て、一日中、猫を見張っているつもりかい？」

あたぼうよ、と叫びざま、とっとと長屋にひっ返す。大家が呆《あき》れたため息をつく。

「まったく、とことん暇な男だねえ」

以来、阿次郎は本当に、ユキの傍を離れなかった。長屋では障子をかたく閉め、飯なぞに出かけるときには、蓋《ふた》つきの籠《かご》に入れていくという念の入れようだ。

見てるこっちとしては、なんとも馬鹿馬鹿しくも思えたが、存外、ユキのためには良かったのかもしれない。その後も、野良が一匹危うい目に遭ったからだ。ひときわすばしこい奴だったから、鳥のかみさん同様、かすり傷を負ったものの大事には至らなかった。

スケとネズが死んでまもなく、名護《なご》神社で寄合が開かれ、各々《おのおの》十分気をつけるように、万一、賊に襲われた際は、速やかに名護神社へ知らせるようにとの達しがあり、用心していたせいもあるだろう。猫ばかりでなく町内の住人も、怪しい者には目を光らせている。それが功を奏したのか、それ以来、現れてはいない。

最後に襲われた奴にたずねてみたが、猫はあまり目が良くないから、今日、鳥のかみさんからきくまで、得物の仔細《しさい》はわからなかった。

「どちらにせよ、下手人は人に相違ない。傀儡師たるおまえが頼りだ」

「くれぐれも頼んだぞ、ミスジ」

長老猫と神主《かんぬし》猫から直々《じきじき》に達せられ、オレも気合を入れなおした。

人を遣い、人を操り、猫のために働かせる。それが傀儡師たるオレの役目だ。

ただし、肝心の傀儡があの調子では埒《らち》があかない。阿次郎がユキの傍を離れない限り、下手人探しもおぼつかない。

「ちょいと、どうしたのさ。ぼんやりしちまって」

いつのまにか、てめえの考えに気をとられていた。烏のかみさんに声をかけられ、我に返った。

「いや、ちょいとな……それより、羽の具合はどうだい。塒《ねぐら》まで戻れそうかい？」

「飛んでいくのは、まだ無理だね。せいぜい、このくらいかね」

パタタ、と羽ばたいて、けれどすぐに屋根の上に落ちた。

「蛙みたいにぴょんぴょん飛びながら、屋根や塀《へい》を伝っていけば、骨は折れるがどうにか……ただ、大川《おおかわ》だけは難所になるがね。橋を使うとなると大回りになる」

「おかみさんの住まいは、川向こうかい」

「ああ、川を渡った先の林だよ。この辺じゃ、とびきりの大所帯でね」

川向こうの大きな群れというと、心当たりがある。オレの天敵の住処だが、よけいな悶着《ちゃく》を引き込むつもりもない。あえて口にせず、かみさんに言った。

「せめて猫町を出るまでは、露払いの役を務めさせてもらうよ。この町を外れれば、少しは凌《しの》ぎやすくなるだろう」

「おや、いいのかい？　色々とすまないねえ。猫と鳥は敵同士なのに、こんなに世話になるなんて……何かお礼ができるといいんだがね。受けた恩を、仇《あだ》で返すような真似はしないよ。あたしらは猫と違って義理堅いんだ」

礼だか皮肉だかわからない言いように、苦笑を返す。

「礼は無用だが、ひとつだけいいかい。おかみさんが襲われたのは、どの辺りだい？」

「鼠堀にかかる橋の上さ。たしか橋のたもとに、八百屋があったよ」

「八百屋ってえと……三ツ目《みつめ》橋か」

猫町に面した鼠堀には、四つの橋がある。西から順に、一《ひと》ツ目《め》、二《ふた》ツ目《め》なぞと呼ばれていた。八百屋があるのは、二丁目と三丁目のあいだにある三ツ目橋だ。

「欄干《らんかん》から川をながめてひと息入れていたら、後ろからいきなり飛んできたんだよ」

「で、刺さった得物は、抜けちまったと……そいつがどの辺かは、わかるかい？」

「うーん、はっきりとは覚えてないけれど、橋から少し東に行った、土手の辺りだと思うよ。橋のこっち側じゃなく、向こう側だよ」

堀向こうは、別の町名になるが、オレにとっては馴染《なじ》んだ場所だ。

三匹の猫が襲われたときには、得物は見つからなかった。たぶん下手人が、もち帰ったに違いない。けれど鳥なら、少し羽ばたくだけで結構な道程を稼ぐことができる。下手人から相応に離れていれば、得物が残っているかもしれない、そう踏んだのだ。

「そういや、思い出した……悪さをしたのは、あの子供かもしれない」

「あの子供？　って、あんたを爪にしていた三人か？」

「違う違う、別の子供だよ。飛び道具で傷つけられて、まともに飛べなかったから、あんな洟《はな》たれ小僧どもに捕まっちまったんだ。あの連中より、二つ三つ歳嵩《としかさ》だったかね」

「てこたあ、おかみさん、あんた、下手人を見たのか！」

思わず声がでかくなり、毛が逆立《さかだ》った。猫に歯をむき出して詰め寄られて、びっくりしたんだろう。かみさんは、ギャッと短く鳴いて、身をのけぞらせた。

瞬間、オレの背中を、嫌な気配が覆った。後ろじゃない、頭の上からだ。黒い弾丸《たま》が、オレ目がけて空から降ってくる。既《すんで》のところでかわしたが、正面からとらえた相手の額に、三日月形の傷がはっきりと見えた。

「てめえか、傀儡師！　よりにもよって女房を襲うとは、この前の意趣《いしゅ》返しのつもりか！」

「……女房、だと？　それじゃ、このかみさんは……」

まさかこの雌鳥が、オレの仇敵《きゅうてき》のかみさんだったとは。因縁にもほどがある。

ひと月はまだ経《た》ってない。ユキを助けたときに、やり合った三日月烏だ。こいつとの悪縁は、オレばかりじゃない。オレの先代の傀儡師、順松《よりまつ》が、あいつの額を裂いた。それがあの三日月傷だ。よくよくこいつと傀儡師は、反《そ》りが合わない宿命《さだめ》なんだろう。

その三日月が、この前の比じゃねえ、腹ん中いっぱいに火薬を詰め込んで、いまにも弾《はじ》けそうな勢いでオレを襲ってくる。

何を言う暇もない。ギャギャギャ、と殺気立った声がとび、大きな黒い羽が容赦《ようしゃ》なく叩きつけられる。合間に鋭い爪とくちばしがくり出され、オレは必死でよけた。

「ちょいと、おまえさん、違うんだよ！」

女房のとりなしも、まったく功を奏さない。まるきり頭に血が上っているようだ。

「こいつに手出ししやがったんだ、百遍死んでも文句はあるめえ。その安いとんぼ玉みてぇな目ん玉を両方くり抜いて、からだ中穴だらけにしてやる！」

腹に溜めた殺気が、オレ目がけて弾けようとしたとき、額の三日月が横にひしゃげた。かみさんの見事な蹴りが、真横から亭主の頭に決まったのだ。

「違うって言ってんだろ、この唐変木《とうへんぼく》！　少しはこっちの話もおききよ」

「てめえ、おたま、何しやがる！」

「この猫はね、あたしを助けてくれたんだ。恩を仇で返すなんて、そんな恩知らずな真似をさせられるものかい」

「恩……？　こいつがおめえを、助けただと？」

「行きがかりだ」

かみさんが、亭主に向かって仔細を語ってくれた。首にかかっていた縄は、しょぼくれた蛇《へび》のように屋根の上にのびている。

「まさかてめえの女房だとは、夢にも思わなかったがな」

「こっちこそいい迷惑だ。言っとくがな、恩を返す義理なぞ、これっぽっちもねえからな！　てめえはこの前、おれの獲物を横からかすめ取ったんだ。あんときの恨みからすりゃ、いいとこちゃらで……」

「いい加減におしよ、男らしくもない」

ふたたび三日月の頭が張られた。ただし今度は蹴りじゃなく羽でだ。

「ってえな！　そうぽんぽんと、亭主の頭をはたくんじゃねえよ」

「おまえさんが、いつまでもぐちぐちと鬱陶《うっとう》しいからだろ。葛ケ森《くずがもり》の若頭《わかがしら》の名が泣くよ」

「傀儡師への恨みは、こいつばかりに留《とど》まらねえ。おれにこの三日月傷を刻んだのは、こいつの先代の傀儡師なんだぞ！」

「なに言ってんだい。いわばその傷のおかげで、若頭になれたんじゃないか。傀儡師とさしでやり合ったと箔《はく》がついて、仲間から一目《いちもく》置かれる身になった。だからこそ名も三日月に変えたんだろ」

オレが勝手にそう呼んでいたが、三日月は本当にこいつの通り名だった。

葛ヶ森というのは、大川の向こうにあるかなり大きな林のようで、数百羽もの烏が群れをなしていた。

「やい、おたま、よけいなことをべらべらと、しゃべり散らすんじゃねえやい」

「おまえさんこそ、何てわからずやだい！　このお人、じゃないお猫は、あたしの命の恩人なんだよ」

「こいつは、おれの仇《かたき》だ！　あ、てめえ、傀儡師！　何をにやにや笑ってやがる！」

途中からどうもくすぐったくなって、思わず顔がにやけちまった。

「いや、なんとも、仲がいいなと思ってよ」

亭主の方は、馬鹿にされたと感じたようで、両の羽をバサバサさせて怒ったが、女房は誇らしそうに胸を張った。

「そりゃそうさ。あたしら烏は、一生同じ相手と添い遂げるんだ。こうして言いたいことを言い合っていかないと、とてももちゃしないよ」

「へえ、烏は一生、同じつがいで暮らすのか。そいつは知らなかった」

「人は鴛鴦《おしどり》夫婦なんて言うがね、とんだ勘違いさ。鴛鴦はしょっちゅう相手を変えるんだからね」

「節操なしは、てめえら猫も同様だろ。おまえらには、所詮《しょせん》わからねえだろうがな」

三日月の皮肉に、確かにと、オレはうなずいた。猫では滅多にきかねえ話だが、ちょっとばかりうらやましくもあり、微笑《ほほえ》ましくもある。不思議なもので、猫の天敵と、死ぬほど毛嫌いしていたはずの鳥が、それまでと少し違う生き物に見えた。

「なあ、三日月の、ちょいとおかみさんに、たずねたいことがあるんだが……おかみさんを襲った下手人のことだ」

「ああ、そういや、うちの人が勘違いしたおかげで、話が尻切れトンボになっちまったね」

「なんだっててめえが、嬶《かかあ》のことに関わりをもちたがる？」

「実はな、たぶん同じ得物に襲われたのは、おたまさんが初めてじゃねえんだ」

と、猫町で起きた、殺しについて語った。おたまもまた、改めて自身の災難をきかせる。

話の途中から、三日月の顔色が明らかに変わった。いや、真っ黒な顔のままだから、色は変わっちゃいねえんだが、剣呑《けんのん》な気配が、獰猛《どうもう》そうなその顔に確かによぎった。

「それじゃあ、おめえは、後ろから飛んできた尖《とが》った得物にやられたってのか？」

「そうなんだよ。まったくひどい目に遭ったもんさ」

「おれの女房にまでこんな真似をしやがるとは……もう許せねえ！　きっととっつかまえて、仇を討ってやるからな」

　女房にまで、という言い方に、オレは引っかかった。

「おい、三日月、もしやおたまさんの他にも、襲われた者がいるのか？」

「……ああ。うちの群れの若いのも、三日前に殺《や》られた。おめえんとこの二匹目とおんなじだ。体中に穴を穿《うが》たれて、首を斬り落とされていた」

「本当かい、おまえさん！」

「あれほど酷い死にざまは、お目にかかったことがねえ……女子供を怖《こわ》がらせちゃいけねえと、群れの中でも限られた者しか知らされてなかったんだ。未《いま》だに続いているとなると、仲間中に触れた方がよさそうだ」

　亭主の話に、いまさらながら恐ろしさがよみがえったのか、女房がぶるりと羽を震わせた。

「おめえらの仲間が、殺られた場所は？」オレは三日月にたずねた。

「ここから北東に、七、八町も離れた辺りで、武家の屋敷が多い場所だ」

「武家屋敷だって？」と、おたまが大きな声をあげた。「だったらやっぱり、悪さをしたのはあの子かもしれない……」

「そういや、おたまさん、下手人は子供だと言ったな？」

「おい、おたま、どういうことだ！」

オレと亭主にせっつかれ、女房は沈鬱《ちんうつ》な面持ちで語り出した。

「刺さった串が肩から抜けて、地面に落ちたのを確かめたとき、橋の上からこっちを見つめる子供が見えたんだ」

猫の目ではとうてい判じられないほど、すでに遠く離れていたが、鳥の目ならはっきりととらえられる。

「武家の子供でね、身なりは悪くなかった。年はそう、十歳くらいかね。いまにも泣き出しそうな顔で、じいっとこっちを見てたんだ」

「なんだって、やった方が情けねえ面《つら》なんだよ？」

「それはわからないけれど……ただね、おまえさん、死ぬまであたしらをいたぶるような、そこまでの悪童には見えなかったがね」

「ふん、人のガキなんて何だってやりやがる。現におめえだって、別の子供らに縄で括《くく》られただろうが」

「まあ、そうなんだがね……」

「おかみさん、他には？　その武家の子供は、何か得物らしきものをもっていなかったか？」

「得物ではないけれど、笛を一本、手にしていたよ」

「笛、だと？」

「たぶん……あたしには笛に見えたんだ。漆塗《うるしぬ》りの横笛さ」

漆塗りの笛では、さすがに刺したり斬ったりはできない。それとも、仕込み杖みたいな仕掛けだろうか？　ふうむと考え込むと、三日月から野次がとんだ。

「おめえがここで、いくら考えたって埒があかねえよ。猫町の周りには、町屋しかねえからな。おたまが見た武家の子供が咎人なら、そいつの住処は別の町ってことになる」

確かに、三日月の言うとおりだ。だが、オレにも傀儡師の役目がある。せっかく手掛かりを摑《つか》んでおきながら、指をくわえて待つわけにもいかない。

「なあ、三日月の。ここはオレと、手を組まねえか？」

「何だと、三筋《みすじ》野郎」

「おそらく下手人は、同じ相手だ。昔のことを水に流せとは言わねえが、いっとき棚に上げて、一緒に咎人《とがにん》探しをしねえか？」

「ふん、猫なんぞと馴れあうつもりはねえよ。だいたい空も飛べねえんじゃ、ただのお荷物だ」

「だが、オレは傀儡師だ。空は飛べねえが、人は使える。咎人が人ならなおさら、オレの傀儡はきっと役に立つ」

「そうだよ、おまえさん、そうおしよ。悪い話じゃないじゃないか」

かすかに食指は動いたようだが、女房の後押しに、かえって意地が先に立ったようだ。

「傀儡師には、恨みがある。なおさら手なぞ組むつもりはねえよ！」

ばっ、と両の羽を広げ、三日月は高く飛び上がった。

「どのみち武家屋敷を探すとなると、猫の縄張りには遠過ぎる。おめえらには無理だろうよ」

ごていねいに捨て台詞《ぜりふ》を残し、三日月は行ってしまった。

「まったく、ああなると子供と一緒なんだから。すまないねえ、わからずやの亭主で」

「いや、おかみさん、気にしねえでくれ。オレたちのあいだに因縁尽《いんねんずく》があるのは本当だし、無理を頼んだのはこっちの方だ」

義理堅いからこそ、恨みも深くなる。人よりもさらに覚えがいい鳥なら、折れてくれないのも仕方ない。

「あたしからも、折を見てもういっぺんとりなしてみるからさ。あんたには、本当に世話になったね。いつかあらためて、お礼をするよ」

律儀《りちぎ》に頭を下げて、おたまが飛び立つ。やはりおぼつかない羽の動かしようだが、その辺で待っていたのだろう、すかさず亭主がとなりに寄り添う。やはり飛び方はよろよろしているが、時々休みながら、夫婦は葛ヶ森へと帰っていく。

夕焼け空に並ぶ姿は、悪くない風情《ふぜい》があった。

少々残念だが、仕方ない。傀儡師の、本来の役目に戻ればいいだけのこと。

オレたちが遣うのは、カラスではなく人だ。

おっとり長屋へ行くのは明日にして、オレは鼠堀に架かる三ツ目橋へと急いだ。


「ミスジさん、来てくれたんですね！」

翌日、閉めたまんまの障子戸を開けると、ユキがいつも以上に嬉しそうに迎えてくれた。たぶん、遅い朝餉《あさげ》から帰って、昼寝を決め込んでいるのだろう。座敷中に築かれた本の塔の真ん中で、阿次郎は大の字になっていた。

「阿次郎のようすはどうだい？」

「相変わらずです。出掛けるときは必ずあたしを籠に入れて……狭いのは嫌いじゃないんですけど、抱えられて揺られていると酔っちまって」

「そいつは難儀だな」

「長屋にいるときもこんなふうに閉めきりだし。あたしはまだ開けられませんから」

障子を開けるには、力というよりこつがいる。この家《や》の入口障子は立てつけが悪くて、オレですら開けられねえが、狭い縁《えん》に面した障子なら造作もない。

「それよりミスジさん、それ、何ですか？」

オレが口にくわえているものを、ユキは不思議そうにながめている。猫同士なら声や言葉がなくても、たいがいの話は通じるから、くわえたままだった。

「ああ、こいつか……スケとネズを殺った野郎の手掛かりだ」

「本当ですか！」

「首尾よく行けば、おまえも不自由とおさらばできるんだがな」

「あたし、手伝います！　それをお父さんに見せれば……」

「たぶん、見せるだけじゃ駄目だ。こいつと下手人が繋《つな》がっているとかっきりと示さねえと……ただ、うまい策がなくってな」

そうですか、とちょっとがっかりした顔で、ユキはオレが畳に置いたそいつを小さな前足でつついた。竹串の尻を支える藍色の山型の底が、ころりと畳を転がった。拍子に、串に残されたにおいが、かすかにただよった。

「この串の先についている染みは、血、ですか？」

「ああ、そうだ。猫じゃなく、鳥の血だがな」

オレたちの目は人と違って、色の違いに鈍い。特に赤という色は見分けがつかず、こいつは犬や牛馬なぞでも同じだそうだ。傀儡師の修業の折に、そう教えられた。血なのか絵具なのかはにおいで判じる。

ただし猫は、血のにおいをことさら毛嫌いはしない。オレのような野良にとっては、むしろ旨そうなにおいだが、飼い猫のユキは馴染みがないのか、白い顔をしかめた。オレもまた、スケやネズの無残な骸を拝んで間もない。やはり今日ばかりは、旨そうだとは思えなかった。

「これ、どうしたんですか？」

「どうやら猫ばかりじゃなく、同じ野郎に烏もやられているようだ。ひょんな成り行きで、烏と縁ができてな」

オレは昨日の出来事を話したが、助けた烏が三日月の女房だとは明かさなかった。あの三日月烏に、食われそうになったのは、このユキだ。あんな怖い思いを蒸し返したくはなかろうし、三日月はあのとき、ユキを生きたまま塒へもち帰ろうとしていた。てめえで食うんじゃなしに、たぶん子烏かあのかみさんに食わせるつもりだったんだろう。そう考えると、妙な心持ちがしたからだ。

「そのかみさんは、三ツ目橋の上でこいつにぶすりとやられてな、羽ばたいている間に抜けて、鼠堀の向こう河岸《がし》に落ちたと言っていた。だから昨日のうちに、その辺りを探してみたんだ。うまく草むらに残っていてくれて、助かったぜ」

烏の目はやはりたいしたものだ。その飛び道具は、おたまが語ったのと寸分違《たが》わぬ代物だった。

ちょうど串団子の串と同じくらいの長さで、串の台座の役目を果たしているのは、藍色の厚紙だった。たぶん本の表紙《おもてがみ》なぞに使われるものだろう。串に袴《はかま》でもはかせるように、山型の厚紙は、串の底をくるりと覆い隠している。

オレにはこいつが何なのか、さっぱり見当がつかない。

矢でも鉄砲玉でもねえし、黄表紙《きびようし》でしか知らねえが、手裏剣《しゆりけん》のたぐいでもなさそうだ。いたって粗末な造りで、脳天にでも刺さらない限り、獲物を一発で仕留めるのは無理だろう。無駄な知恵だけは、汲《く》み取り前の肥溜《こえだ》めみたいに溜め込んでいる阿次郎なら、わかるかもしれない。ただ、こいつが猫殺しに使われたことを証さないと、オレの傀儡は動いちゃくれない。

どうしたものかと思案に暮れるオレの横で、阿次郎が寝返りを打った。こいつのぐうたらは筋金入りだ。たぶんオレとは逆に、町内でいちばん多く眠りを貪《むさぼ》っているに違いない。呑気《のんき》さに腹が立ち、ついオレの方に投げ出された足の甲を、ぱしりと叩《たた》いてやった。

「うーん、ユキ、危ねえぞ……そっちへ行っちゃならねえ」

むにゃむにゃと寝言がもれ、ぼりぼりと尻をかく。

「まったく、阿次郎といい、鳥の亭主といい、娘や女房のこととなると見境が……」

お、とそのときひらめいた。

「そうだ、こいつを本気にさせるには、ユキを襲わせればいいんだ！」

「あたし、襲われるんですか……？」

さすがにユキが、白い毛を震わせる。

「ふりだよ、ふり。そのためには小道具がいるな……同じ長屋から借りてくるか」

阿次郎の長屋を出て、手掛かりの串をいったん草むらに隠した。それから同じ長屋の、奥まった一軒に向かう。ここには、ちょっと色っぽい長唄師匠がいる。後家だとの噂《うわさ》で、ひとり住まいだった。昼にかかるいま時分は、毎日、風呂屋に出かけていくのも承知の上だ。

やはり縁側の座敷を、前足で開けた。

阿次郎とは違い、座敷はこざっぱりと掃除が行き届いていたが、猫にとっては長居したくない場所だ。部屋に籠《こ》もった白粉《おしろい》のにおいで、鼻がむずむずして仕方ない。くしゃみを堪《こら》えながら、いちばんにおいのきつい場所を探した。

あった！　小簞笥《こだんす》に、丸い鏡がのっている。化粧台だ。小簞笥の抽斗《ひきだし》を順繰りに開けると、いちばん上に目当てのものがあった。

小皿にのった真っ赤な溜まり。女が唇に塗る紅《べに》だ。オレには黄色っぽく見える赤い溜まりは、ぬらぬらと濡《ぬ》れている。思ったとおりだ。この長唄師匠は、いつも身ぎれいにしている。朝、化粧をして、風呂から帰って、ふたたび念入りに白粉と紅を施す。たいがいの紅は水で溶いて使うから、一日おくと固まっちまう。紅皿がいつも濡れているのは、おっとり長屋ではこの長唄師匠くらいのものだ。

皿の上の紅を、ぺろりとひと舐《な》めしてから、爪の一本で用心深く紅を削りとった。爪を仕《し》舞《ま》えば、歩くのに障りはない。抽斗も開けた縁側障子もそのままにして、とっとと後家の長屋を退散した。猫町は猫が多いから、このくらいの悪戯《いたずら》は大目に見てくれるだろう。阿次郎が寝てる間に、仕度を済まさないと。ユキが待つ長屋にとって返した。

「ユキ、待たせたな。ひと芝居、頼めるか」

はい、とユキは開いた障子からとび出してきた。久しぶりの外が、嬉しくてならないんだろう、ぴょんぴょんとひとしきり跳ね回っていたが、オレが頼むと、素直にオレに背中を向けた。やっぱり目立つのは、背中から尻にかけてだろう。その辺りの毛をかき分けて、さっき紅をつけておいた爪を、ちょんと立てる。うん、まずまずだ。これなら細い得物が、刺さったように見える。仕上げに、同じ場所をべろりとひと舐めする。赤はわからなくとも、色の濃い浅いなら見分けられる。舌に載っていた紅が毛を汚し、真っ白なユキの背中の上で、よく目立った。

縁の下に潜って鼠でも捕まえた方が早かったんだが、猫の多いこの町では、鼠は大事な餌だ。「紅は血のように赤い」ときいてもいたから、ちょいと試してみたかったんだ。

「あとは……この辺でいいか。木戸の内じゃ、さすがに妙だからな」

ユキに頼んで、長屋の木戸の外に伏せてもらい、傍《かたわ》らに手掛かりの串を置いた。

「よし、ユキ、いいぞ。やってくれ」

オレの合図で、ユキが盛大に鳴き出した。ミアア、ミアア、といつになく哀れっぽい。たちまち阿次郎がすっ飛んでくるものと待ち構えていたが、長屋からはこそりとも音がしない。覗《のぞ》いてみると、相変わらず畳の上でいびきをかいていた。

「つたく、手間のかかる」

オレは外から両の後ろ足で、障子の桟《さん》を思いきり蹴った。がたん、と大きな音がして、さすがに阿次郎が目をあける。

「うーん、何だ、おれの昼寝の邪魔をするのは……あれ、これってユキの声じゃないか？」

慌ててとび起きたが、白い子猫の姿はどこにもない。きょろきょろと見まわして、オレが開けた障子の隙間にようやく気がついた。

「おいおい、いつのまに戸を開け閉めできるようになったんだ？　こいつは大変だ！」

阿次郎は裸足《はだし》のまま、縁から外にとび出した。

ひとつ言っておくと、猫は開け閉めはしない。開けるより閉める方がよほど難儀だからだ。

要《い》らぬ手間をかけぬのが、オレたちの身上だった。

「何てえこった！　ユキ、ユキ、しっかりしろ！　誰にやられた？　もしや、こいつか？

この竹串で刺されたのか！」

はた迷惑なほどの騒々しさに、おっとり長屋の大家や住人が、次々と顔を出した。

「大事に至らなくてよかったねえ。ユキはすこぶる達者なようすじゃないか」

膝《ひざ》の上で、羽織の紐《ひも》にじゃれつくユキに、大家が目を細める。阿次郎はユキを連れて、大家の家を訪ねていた。

「見たところ、傷らしきものもどこにもないし」

「血を拭ったら、毛で見えなくなっちまったんでさ」

血と紅を間違えるなんて、猫にはあり得ない。けれど知恵がまわり過ぎる人は、思い込みという勘違いをしばしばやらかす。ネズの骸を目にした阿次郎や大家なら、きっと引っかかってくれると思っていた。

「傷が浅かったのは幸いでしたが、これ以上、黙ってはいられやせん。おれはこいつを手掛かりに、必ずユキを傷つけた野郎を探し出しやす」

ぱん、と音を立てて、鳥の血がついたままの得物を畳においた。

「そいつが何なのか、わかったのかい？」

「おれが思うに、吹き矢じゃねえかと」

「吹き矢だって？」

大家が目を丸くして、外から格子越しに中を覗いていたオレの目は、逆に細くなった。

「ほら、串の手許のあたりに、厚紙で拵《こしら》えた山型の台があるでしょう？　こいつは錘《おもり》にも
風切りにもなる。いわば弓矢の羽にあたるんでさ。この矢を細い筒に入れて口で吹けば……

おそらく筒の径は、山型の裾と同じでさ。この幅からすると、横笛くらいの筒ですかね」

そうか！　武家の子供は、横笛を握っていたとおたまは言った。笛ではなく、吹き矢の筒
だったんだ。

「吹き矢とはまた、いまどきめずらしいな」

「吹き矢は含み針と同じたぐいで、流派によっては武芸十八般にも入るそうです。十八般は、
もとは唐から渡ったもので、今昔や流派によっては中身もさまざまなんでさ。十八を超える
ことも多いときぎやした」

「相変わらず、使えない蘊蓄《うんちく》だけは事欠かないねえ」

十八般とやらの正体はよくわからないが、武芸とくれば武士だ。咎人に近づけるかもしれないと大いに望みをもったが、その見当は痛いほどに外れた。

「それより、これからどうするつもりだい？　ご近所さんにきいてみたが、ユキが災難に遭ったとき、怪しい者は誰も見ちゃいないというしね。猫町中をたずねてみるつもりかい？」

オレの筋書きは、まさに大家の言ったとおりだ。阿次郎が吹き矢を手にしてきき込めば、どこかでおたまが言っていた、武家の子供の噂を拾えるはずだ。そう見越していたのだが、甘かった。

「足を棒にしてたずねまわったところで、咎人に出会える見込みは薄い。下手すりゃ、町内をうろうろするおれを見て、奴さんが雲隠れしちまうかもしれない」

「まあ、それもありなんだが……おまえさんの場合、ただの怠け癖じゃないのかい？　地道に努めるってことは、そもそもできない性分だからね」

大家の苦言は、見事なまでに芯《しん》を突いていた。阿次郎はそういう奴だ。頭《つむり》のめぐりは悪くないし、そこそこ器用だが、根気ってもんが欠けている。何かをひらめいたり、いったん興が乗ると夢中にもなるが、地味な仕事を何日も続けられる男じゃない。

思えば傀儡四箇条に当てはまる者は、おおむねそういうきらいがある。そこんところも承知の上で操るのが傀儡師の本分だってのに、番狂わせでもなんでもなく、こいつはオレの不手際だ。

親の心、子知らず。オレの嘆きなぞ頓着《とんちゃく》せず、阿次郎は大家の前で胸を張った。

「へへ、餅《もち》は餅屋っていいますし、ここはひとつ、盛り場めぐりとしゃれこみまさあ」

ユキを大家に預け、足取りもかるく長屋を出る。

今日は面突き合わせる気にもなれねえ。オレは傀儡に気づかれぬよう、後を追った。


阿次郎がまず足を向けたのは、猫町の二町先にある大きな寺の境内《けいだい》だった。

猫町には寺はない。名護神社はあるが、いたってささやかな構えだから、祭りや神事のとき以外は、ひっそりかんと静まり返っている。けれどこの寺の境内は、祭りでもないのに、えらくにぎわっていた。

参道の両脇には小屋掛けの店がひしめいて、うっかり歩くとたちまち踏み潰《つぶ》されそうなほど人が行き来する。

実はこの場所は、オレも前に、いっぺんだけ来たことがある。傀儡師の役目につく前、修業のひとつとして課せられたからだ。烏に馬鹿にされたとおり、猫はとかく縄張りが狭い。ただ傀儡師として人を使う以上、それこそ少しでも人並みに、動ける囲いを広げるのが望ましい。役目を得てからはかえって忙しく、猫町の外に出たのは二、三度に留まるが、修業ではとりあえず、猫町の四方八方、五町分ばかりは探索済みだ。

ただ残念ながら、三日月が言っていた武家町には届かない。行ってみようかとも考えたが、傀儡師の師範代によると、武家の町には猫はあまりおらず、縄張りはせいぜい屋敷の塀の内だから、ろくなきき込みもできなかろうとの話だった。

とりあえずいまは、このぐうたらな傀儡に頼るより他はない。人や物の陰から張っていると、阿次郎はやがて一軒の店の前で足を止めた。

「よう、親父《おやじ》さん。景気はどうだい？」

「いや、さっぱりだね。同じ的当てでも、楊弓《ようきゅう》にくらべると人気がないし、こちとらもそろそろ矢場《やば》に商売替えしなけりゃならないねえ」

頭巾《ずきん》をかぶった派手な身なりの親父が、本音半分、冗談半分の体《てい》で苦笑いを返す。

店といっても小屋掛けですらなく、屋根も囲いもない。奥に物干し竿が一本据えられて、洗濯物のかわりに妙なものがぶら下がっているだけだ。紐で吊るされた、菱形の薄板が五つ六つ、風にぷらぷら揺れている。こいつは何だろう？　と、首をかしげた。

「どうだい、商売替えの前に、遊んでいかないか？　五本で十二文だ」

安かねえな、とぼやきながらも、阿次郎が言い値を払う。渡されたものは、鳥に打ち込まれたものとは、違う形をしていた。

「こいつがいわば、弓矢の矢にあたるのかい？」

「そうだよ。矢抜きと呼ばれていてね、木から削り出すんだ」

言ってみれば、木でできた長い棘《とげ》のような代物だ。オレが拾った串よりも長く、大人の男の手首から指先くらいか。細い山型をしており、矢羽らしきものもついていない。

「これ、本当に飛ぶのかい？」

「ま、やってごらんな」

親父が長い竹筒を手にとった。火吹き竹よりかなり細く、うんと長い。ちょうど十歳くらいの子供の背丈と同じくらいだ。慣れた手つきで、手許の側から矢抜きを筒にいれ、阿次郎に渡す。阿次郎が両手で構え、竹筒の先を物干し竿に向ける。そうか、あの菱形の板は的だったんだ。よく見ると、板には鳥の目に似た模様が描かれている。

的は茶托《ちゃたく》ほどの大きさで、ゆらゆらと風に揺れる。阿次郎はその的に向かって、竹筒を思いきり吹いた。的にはかすりもしなかったが、棘のような矢は存外な勢いで飛んだ。的を通りこし、竿の向こう側に立てかけた板に当たって、ぱしりと小気味のいい音を立てた。

「へええ、けっこう飛ぶもんだねえ」

「だろ？　息が抜けぬよう、筒と矢抜きの底を、ぴったり同じ太さにしてあるからね」

阿次郎は面白がって幾度も試みたが、どうやら才はないらしい。的に当たったのは、五度のうちたった一度だった。

「的に当たった景物《けいぶつ》は、何かくれねえのかい？」

「五たびすべて当てたら、この立派なだるまをさし上げるよ」

張り子でできた大きなだるまが、親父の傍らに据えられていた。

「ちぇ、商売上手だな。かなわねえや」

と、苦笑いしながら、阿次郎は懐《ふところ》から件《くだん》の得物をとり出した。

「親父さん、こいつも吹き矢に使う代物じゃねえかと思うんだが」

竹串と厚紙でできたものを、親父はしげしげとながめ、うなずいた。

「ああ、間違いねえよ。こいつも吹き矢の矢抜きだ。似た形のものを見たことがある。ただし串じゃなく、五寸釘だったがな」

「五寸釘とは、物騒だな」

「矢抜きを重くして、吹き筒を長くすれば、それだけ勢いも力も増すんだよ。ただし息の力やこつが、それだけいるがね。見たところこいつは、素人《しろうと》の拵えたもんだ。子供にだって造《ぞう》作《さ》はないよ」

「なるほど、子供か……ここには子供も遊びにくるのかい？」

「ああ、案外多くてね。だから子供丈《たけ》の筒も備えてある」

と、親父は、半分ほどの長さの竹筒を見せた。横笛よりやや長いが、ぱっと見は笛に見えるだろう。おたまの話じゃ、漆塗りだったというからなおさらだ。

そいつをもった十歳くらいの武家の子供を知らないか？

親父にそうたずねたかったが、人の言葉はしゃべれない。物陰でじりじりするオレを尻目に、阿次郎は別のことを親父にたずねた。

「大人でも子供でも構わねえ、えらく的当てのうまかった客に心当たりはねえかい？」

親父は少し考えて、いや、と首を横にふった。そうか、と少しがっかりしながらも、もうひとつ別のことをたずねた。それには親父はすらすらとこたえ、阿次郎は礼を言って吹き矢場を離れた。

「ええっと、──寺の門前と、──町の盛り場だったな」

阿次郎が親父に確かめたのは、同業の店だった。その日、阿次郎は、猫町を芯に外側を大きく回るようにして、にぎやかな境内や門前町の盛り場などの吹き矢場をめぐり、同じことをたずねた。こっそりと後を追いながら、徒労ではなかろうかと大いに危ぶんでいたが、四軒目にようやく当たりを引いた。

「そういや、いたよ。なんと五本すべてが、的に当てられちまってね」

三十路《みそじ》くらいの男が、あれには参ったと両の眉を下げた。

色街なぞもくっついた、大きな門前町《もんぜんまち》だった。猫町からはほぼ真北にあたり、六、七町は離れているだろう。オレには初めての場所だ。

「たしかに風のない日ではあったがね、まさか五本とも的を射貫くとは思わねえじゃねえか。こいつを差し出さねばならねえかと、げんなりきたよ」

この店に据えられた景物は、だるまではなく大きな藁細工《わらざいく》のふくろうだった。

「そいつはいったい、どんな男だ？」

「男、ではあるが、子供だよ。十歳くらいの武家の若さまだ」

「武家、だと？」

なんてえこった。やり方は見当違いでも、阿次郎はちゃんと目当ての子供に行き着いた。妙にこそばゆいような誇らしさが、胸にふくらんだ。こいつはやっぱり馬鹿じゃねえ、人の世間じゃ半端者《はんぱもの》だが、傀儡としてはたいしたものだ。さて、ここからどうやって、当の子供にまで辿《たど》り着くか、お手並み拝見だ。

阿次郎はまず、子供の身なりや背格好などをたずねた。

「身なりからすると、たぶんお旗本《はたもと》の息子だろうね。ただ、供も連れず、ひとりで来てね」

「で、五本すべてを的に当てたと」

「そうなんだ。子供とはいえ相手は武家だろ？　よけいな悶着はご免だから、仕方なくこのふくろうをもっていくよう勧めたんだが、要らないと断られてね」

「なるほど……お忍びだったから、でかい土産《みやげ》をもち帰るわけには、いかなかったのかもしれねえな」

「ま、そんなところだろう。こいつはそこそこ値が張るから、正直ほっとしたよ。ただ、そのかわり、もういっぺん遊ばせてほしいと言ってな。驚いたことにその坊ちゃんは、てめえで吹き筒をもっていたんだ。道理でうまいはずだと、合点がいったよ」

この話種《はなしだね》に、阿次郎はたちまち食いついた。

「その吹き筒って、どんなものだい？」

「丈はちょうど子供用の吹き筒くらい、筒としちゃ短い方だ。漆塗りの立派な細工で、黒に朱の線が入っていて、横笛のように見えた。筒が立派なくせに、一緒にもっていた矢抜きはお粗末なものでね」

「ひょっとして、こんな形じゃなかったか？」

「ああ、まさにこれだよ！　矢羽にあたる紙の色も、おんなじだ！」

阿次郎が大急ぎで懐から出したものを見て、店の男は大声をあげた。子供はその矢抜きでも五本試したが、二度は外してしまい、『少し軽すぎる』とぼやいていたという。

「その武家の坊ちゃん、どこの誰だかわからねえかい？　何でもいい、小さな心当てで構わねえから思い出してくれねえかい。その子をどうしても、探し出さねえとならねんだ」

吹き矢場の男は困惑するばかりであったが、あまりに熱心な阿次郎の気迫に押し出されでもするように、後ろから声がかかった。向かいの風車売りである。

「もしかすると、畳屋の『丸傳《まるでん》』の棟梁《とうりよう》なら、わかるかもしれないよ」

「本当か！」

「あのときは的当ての見事さに、ちょっとした人だかりができていてね。その中に丸傳の棟梁もいたんだよ。人垣の後ろからながめていたんだが、もしかするとあの坊ちゃんは、おれのお得意先の若さまかもしれねえと、そんなことを口にしていた」

阿次郎は大喜びで、半町ほど先にあるという丸傳へと急いだ。

足を向けた甲斐《かい》はあった。阿次郎が吹き矢場できいた話をすると、五十がらみの棟梁はすぐに、ああ、と思い出してくれた。

「あれはおそらく、斉藤《さいとう》さまのところの、小三郎《こさぶろう》坊ちゃんだよ。斉藤家は二百五十石のお旗本でね、うちのお得意さまなんだ」

役目云々《うんぬん》の話も出たが、オレにはさっぱりだ。旗本としては小禄《しようろく》だそうだが、かなり古い家柄で、内証《ないしよう》も武家にしては悪くないと、そこだけは呑《の》み込めた。

「毎年、暮れには畳替えに行っていてね、小三郎坊ちゃんはおれたちの仕事ぶりを、ちょこちょこ覗きにくるから覚えている。歳はたしか、九つだったかな」

「棟梁、後生だから、その坊ちゃんに引き合わせちゃくれねえか」

阿次郎が後生大事に抱えていた矢抜きを見せて、事の次第を語る。棟梁は渋い顔をして、なかなか首を縦にふらなかった。

「たしかに、あの吹き矢の腕前にはびっくりしたが……だからといって、坊ちゃんが咎人とは限るまいし」

「だから、それを確かめねばならねんだ」

「万一、坊ちゃんがやったとしても、所詮は猫だろう？　たいした罪咎にはならねえし、あんまり騒ぎを大きくするのもなあ……」

大事な得意先である斉藤家から、不興を買いたくないのだろう。無理もない話だが、阿次郎は口元を引きしめて、棟梁に説いた。

「猫とはいえ、あの殺しようは酷すぎる。生き物をいじめるのは、子供にはよくあることだが、あれは違う。猫が死ぬことを、いや、苦しむのを楽しんでいる殺し方だ。明らかに、人の道から逸《そ》れている。ああいう行いは、重ねるごとに深みに嵌《は》まる。いまはまだ猫で済んじゃいるが、このままいけば、必ず矛先《ほこさき》は人に向かう」

決して脅しじゃない——。阿次郎に真顔を向けられて、棟梁がごくりと唾《つば》を呑んだ。

翌日の昼下がり、丸傳の棟梁と阿次郎は、連れ立って斉藤家を目指した。

猫町から北東に七、八町。三日月の仲間の烏が殺られたという、武家町に相違なかった。

武家町にはとんと縁がないが、町屋とはまるで趣《おもむき》が違った。見えるのは白い塀ばかり、門はどこもぴたりと閉じられて、真っ昼間だってのに人通りもほとんどない。

ふたりは屋敷の内に声をかけることはせず、斉藤家の門脇で立ちん坊をしていた。

そろそろ八ツどきだろう、手習いから子供が帰る刻限だ。オレはやはり、ふたりには姿を見せず、塀の上から見物していた。

やがて、小さな足音がきこえ、子供がひとり歩いてきた。

子供にしては、ようすが暗い。いかにも屈託ありげに、地面ばかり見て、小さな額にはしわを刻んでいる。棟梁が、阿次郎に向かってうなずいた。

「小三郎坊ちゃん」

門前で声をかけられて、子供がびくりと顔を上げた。

「あっしを覚えていやせんかい？　毎年、畳替えに来ている丸傳の者でさ」

ああ、と小三郎はちょっと気を抜いたが、棟梁の次の口上に、みるみる顔色が変わった。

「この前、門前町の吹き矢場の前で、小三郎さまをお見かけしやした。いやあ、あの吹き矢は、見事な腕前で」

棟梁はしきりに褒《ほ》めたが、ますます子供の顔が曇る。小さな両の拳《こぶし》をぎゅっと握ったまま、うつむいて唇を噛みしめる。頓着せず、となりから阿次郎も挨拶《あいさつ》した。

「お初にお目にかかりやす。あっしは、猫町に住まう阿次郎ってもんで」

「猫町……？」

不安そうに、子供が仰いだ。阿次郎は小さな顔の前に、串の矢抜きをさし出した。

「長屋の前で、こいつを拾いやしてね。丸傳の棟梁から話をきいて、もしや坊ちゃんのものではないかと、お届けにあがったってしだいでさ」

串の先にはいまだ、烏のおたまの血がこびりついている。

子供の目が、大きく見開かれ、ぶるっと胴震いした。誰にでもわかる、あからさまな変わりようだった。けれど小三郎は、阿次郎の手からそいつをぱしりと叩き落とした。

「知らない！　そんなもの、おれは知らぬ！　猫町にも吹き矢場にも、行ったことなぞないからなっ！」

大人ふたりが止める暇もなく、小三郎は屋敷の潜《くぐ》り戸を中から開けさせて、塀の中へと走り去った。門前にとり残されたふたりが、困り顔を見合わせる。

「どうやら、おまえさんの勘は当たっちまったようだが、この先どうするね？　たとえ悪さをしたのが小三郎坊ちゃんでも、あのようすではおいそれと認めやしねえだろうし」

「いや、いまの坊ちゃんを見て思ったんだが……下手人は、あの子じゃねえかもしれない」

「おいおい、ここにきて、それはねえだろう」と、棟梁が顔をしかめる。

「何ていうか、あの子はごくまっとうだ。あんな酷い仕置きとは、どうも結びつかない。ただ、どちらにせよ、小三郎さまは何か知っている。そこんところは間違いねえ……無駄足になるのも業腹《ごうはら》だ。屋敷の者に、それとなくたずねてみやしょう」

阿次郎は潜り戸を叩き、中から顔を出した中間《ちゅうげん》らしき者に話しかけた。

こんな塀も越えられないとは、人ってのは不憫《ふびん》なもんだ。オレはひらりと身をひるがえし、塀の内に降りた。


小禄ときいて侮っていたが、どうしてどうして、町屋からは考えられないほどに広い土地に、でかい屋敷が立っていた。玄関前の横に長い空き地には、中間部屋らしき小屋と、その奥には小さな稲荷社《いなりしゃ》まである。供え物がなされ、石の台座には蠟燭《ろうそく》の炎がちろちろと燃えていた。

ちょいと戸惑ったものの、耳をぴんと立てると、小さな泣き声がきこえた。白い塀の中に、さらに竹の垣根があって、枝折戸《しおりど》が開けっ放しになっている。そろりと覗くと、どうやら中は庭のようで、隅の方から、くすんくすんと子供の声がする。近づいてみると、小三郎が顔を両の膝に埋めるようにして座り込んでいた。

「もう、嫌だ……おれはあんなこと、もうしたくない。吹き矢なんて、もう二度と使いたくない。なのに、なのに――は、どうしてあんな酷いことを……」

すすり泣きの合間に、そんな呟《つぶや》きがもれる。ところどころ、オレの知らない言葉がある。たぶん、武家言葉かもしれない。耳慣れないから、うまくききとれなかった。

小三郎はいつまでも動こうとせず、このままでは埒が明かない。ニア、と小さく鳴いてみると、子供は驚いて顔を上げた。

「猫じゃないか！　おまえ、どっから入ってきたんだ？」

この子供には、猫への嫌悪も、また敵意もない。そのくらいは気配でわかる。日に焼けた細い腕にすり寄ると、小三郎はオレの頭をそっと撫《な》でた。

小さくて、熱い手だった。

触れられて、すぐに察した。スケとネズを、三日月の仲間を殺ったのは、この手じゃない――。

「ごめんな……おまえの仲間に、あんなひどいことを……おれがとなりのお屋敷の猫を、吹き矢で打ったりしなければ……」

小三郎はオレを撫でながら、ふたたび涙をこぼしはじめた。しまいにはオレを抱き上げて、べとべとの顔で頬ずりする。これにはちょっと参った。傀儡師は人に近いという役目柄、身ぎれいにするのが身上だ。たとえ野良でも、毛繕いは欠かさない。

しかし子供のやることだ、大人は我慢するしかない。オレはすぐさま毛繕いしたいのを堪え、しばしじっとしていた。その甲斐はあって、子供は誰にも言えなかった胸の裡《うち》を吐き出すように、オレに向かってあれこれと語ってくれた。

蔵の中に仕舞われていた吹き筒を小三郎が見つけたのは、今年の虫干しのときだった。小三郎はそれをねだったが、けっこう由緒のある品のようで、父親からは駄目だと言われた。女中の目を盗んでこっそりと拝借し、ひそかに修練したのは、腕前を見せれば父の許しを得られると思ったからだ。道場の師範なぞにたずねながら、矢抜きも己《おのれ》で拵えた。

「となり屋敷の猫は、日頃からうちに来ては悪戯をしていく奴だったんだ。だから、ちょっと懲《こ》らしめてやろうって、吹き矢で打ったら当たっちまって……」

「小三郎、そんなところで何をしている？」

ふいに、庭に面した障子が、すらりとあいた。若い男が、縁からこちらを見下ろしている。オレを抱いた子供のからだが、石みたいに固まった。

「あに、うえ……」

さっきから、オレがわからなかった言葉が、干上がった子供の喉《のど》から絞り出された。

あにうえとは、きっと兄貴や兄ちゃんのことだ。おそらく、血の繋がった兄弟なのだろうが、まとう気配はまるで違った。

何だ、この邪気は――？

魑魅魍魎《ちみもうりょう》なんて、人の作り出した絵空事に過ぎないが、そいつがこの世に現れたような心地がした。思わずからだの毛がすべて逆立って、もがくように子供の手から逃れた。

あにうえとやらの目が、オレをとらえ、ゆっくりと細められた。

「猫ではないか……おまえが拾ってきたのか、小三郎？」

「違います、どこからか入り込んで……しっ、しっ、あっちへお行き、外へ出るんだ！」

最前とは打ってかわって、小三郎がオレを追い払いにかかる。

「当家に忍び込んだ泥棒猫なら、見逃すわけにはいかん。小三郎、その猫を吹き矢で射よ」

「嫌です！　小三郎はもう、二度と吹き矢なぞ打ちませぬ！　兄上もあのような酷いことは、もうおやめくだされ！　いくら猫や鳥でも、かわいそうです」

「逆らうな、小三郎。おまえがとなりの吉田さまの猫を殺《あや》めたと、父上に知れてもよいのか？」

「あの猫の息の根を止めたのは、兄上ではございませんか！」

吹き矢が後ろ足に刺さり、どうにか抜こうともがく猫を、この男が捕まえて首をしめた。泣きじゃくる子供の口から、その始末が語られた。

「あれはおまえを助けんがためだ。飼い猫を傷つけたと知られれば、吉田家と当家のあいだで諍《いさか》いの種になるからな」

「でも、でも兄上は、その後も猫や鳥にあんなことを……日ごとにやり方も酷うなって……小三郎はもう、金輪際《こんりんざい》吹き矢は使いませぬ！」

子供の必死の訴えに、ふっ、と相手が笑った。一瞬、男の輪郭がぼやけて見えた。色の見分けはつかないが、人の目には映らないものをオレたちの目は感じとる。

殺気だ――。

水に墨を一滴落としたように、黒い煙のようなものが、たしかに男のからだから立ちのぼった。

「おまえがそうまで言うなら、仕方あるまい。この泥棒猫の始末は、おれがつけよう」

庭に降り、手にしていた刀を抜いた。こいつが、ネズの首を落とした得物か！　知らず知らずに総身の毛を尖らせて、相手に向かって身構えていた。からだは勝手に動いちまったが、その傍らで懸命に考えていた。

こいつが下手人だと、阿次郎に知らせないと――。塀の外まで引っ張り出すのは造作もないが、化け物じみた殺気を放つこの男なら、阿次郎や棟梁もまとめて斬っちまってもおかしくない。どのみち小三郎が大人に話せば、こいつの罪は明るみに出る。すでに狂気に憑《つ》かれた者が自棄《やけ》を起こすと、どんなことでもやりかねない。

頭の中でごちゃごちゃ考えたのが、よくなかった。

「いけません、兄上、やめてください！」

オレ目がけて降り下ろされた刀をうまくよけたつもりが、子供の側にとびのいてしまった。

とっさに小三郎が、オレを捕まえて胸にかばう。

馬鹿野郎、早く離さねえか！　いまのこいつなら、おまえまで一緒に刀の錆《さび》にしちまうぞ！

必死でもがいたが、子供とは思えぬほどの力で抱きしめ、オレをかばうように、兄に背中を向けた。小三郎の肩越しに見える兄の顔が、はっきりと笑《え》んだ。

「あくまで兄に逆らうとは……容赦はせぬぞ、小三郎」

銀色の長い光が、相手の頭上に高くふり上がる。

駄目だ――。殺られる――！

望みが絶えた刹那《せつな》、バサッ、と大きな羽音がして、黒い塊が男の顔に体当たりした。

瞬間、絶叫がほとばしった。

黒い塊が歪んだ顔から剝《は》がれると同時に、相手は刀をとり落とし、右目を押さえて地面をころげまわった。

何が起きたのか、わからなかった。小三郎も同様に、色を失った顔でぽかんと口をあけている。バササッ、とふたたび羽音がして、オレは上を仰いだ。庭の木の枝に、見覚えた姿があった。

「三日月！　おまえか！」

額に赤い三日月をもつ烏は、無様《ぶざま》に叫びつづける姿を冷たく見下ろしていた。

「いい気味だ。仲間と女房の恨み、思い知るがいい」

「三日月、おまえ、何をやった？　本当に目玉をくり抜いたのか？」

「違えよ。そいつを使ったんだ」

烏の視線を追うと、ころげまわる男の傍らに、白く長細いものが落ちている。

火の消えた蠟燭――たぶん、稲荷に灯《とも》っていたものだ。

「目玉をくり抜くかわりに、そいつを奴の右目に押しつけてやったのよ」

烏は、火さえ恐れないのか――。火鉢や炬燵《こたつ》ならまだしも、燃えている火には、オレたちも滅多に近づかない。三日月は火のついた蠟燭をひっつかみ、まっしぐらに奴の顔目がけて突っ込んだのだ。火は途中で消えたとしても、熱い蠟は、奴のまぶたと、もしかすると目玉まで焼いちまったかもしれない。

まるで煮えたぎる油地獄に落とされでもしたように、断末魔じみた声をあげるさまをながめ、オレは三日月を仰いだ。

「おかげで、命拾いした。恩に着る」

「別にてめえを助けたわけじゃねえ。仲間の仇を討っただけだ」

素っ気なく言って、羽を広げた。黒い翼は、みるみる遠ざかる。

いつのまにか力を失っていた腕から、オレもするりと抜け出して、塀にとび乗った。

門の外にまで声が届いたのか、入れ違いに、中間とともに阿次郎と棟梁が、それに屋敷の内からも、次々と人が駆けつける。

オレの背中をいつまでも追いかけてきたのは、狂った断末魔ではなく、小三郎の泣き声だった。

ふたり順松

あと五日で、中秋の名月。

暑さは未《いま》だにあがいていたが、朝晩は秋の気配が忍び寄る。傀儡師《くぐつし》を拝命してひと月余り。役目をこなすのに必死だったから、夏が終わったことすら気づかなかった。

「ミスジさん！　あの子供、変なものを食べてます。ぶつぶつして赤黒くて、何でしょう？」

「あれは山葡萄《やまぶどう》だ。酸っぱいから猫は食えねえが、人は秋の風物だと珍重がる」

「秋っていうのは、美味《おい》しいそうですね、ミスジさん。お父さんからききました」

「旨《うま》いのは秋じゃなく、たぶん秋刀魚《さんま》だろ」

「あ！　あの塀《へい》の上にとまってるの、何ですか、ミスジさん！」

「赤トンボだ、あれはわりと旨いぞ。ただ、あの場所じゃおまえには無理だから、やめておけ」

後ろを歩く白い仔猫には、すべてが物珍しくて仕方ないんだろう。問いが滅法《めっぽう》うるさいが、子供のやることだからつき合ってやる。

それよりもうるさいのが、まわりの野次だ。

猫町《ねこちょう》の表通りとはいえ、猫の習いで端っこを歩いている。なのに屋根や路地から、やたらと声がかけられる。

「よう、ミスジ。傀儡を連れて外歩きとは、おつだねえ」

「すっかり飼い慣らしたようじゃないか。何かあったら、また頼まあ」

だから嫌なんだ――。野次に生返事をして、ついため息をつく。

阿次郎《あじろう》の長屋を出ると、ユキがついてきて、さらにその後を阿次郎が追いかける。駄目《だめ》だと叱《しか》っても、ユキには無駄《むだ》だ。生まれて、ふた月半くらいか。いちばん遊びたい盛りだから、外に出たくてしょうがない。けれども飼い主が箱入り娘に育てちまった上に、何よりも、烏《からす》に襲われたときの恐さが、未だにこびりついてんだろう。ひとりで長屋の外に出るのは、気後れするようだ。

ここんとこ毎度のようにこの有様で、おかげで猫町の風物になりつつある。傀儡と傀儡師が、連れ立って歩くのはめずらしかねえが、連れて歩くのは目新しいらしく話種《はなしだね》になっていた。

阿次郎ときたら、猫町中の猫から笑われているとも知らず、二匹の猫に従って呑気《のんき》に街歩きを楽しんでいる。傀儡師としてのオレの評判は上がっているものの、どうしてだか素直に喜べない。

こいつは見かけほど阿呆《あほう》じゃないし、のんべんだらりのわりには気がまわる。傀儡としては申し分のない働きをしてくれた。それを大声で触れて歩きたい気分に駆られて、尻尾《しっぽ》のつけ根がむずむずしてくる。

たぶん、情が移ったということか——。猫らしくもねえ、オレも焼きがまわったものだ。

さっきとは違うため息をついたとき、あれっ、と背中で声がした。ユキじゃない、阿次郎の声だ。

「おいおいおい、ユキがいねえじゃねえか！　ミスジ、ユキはどこへ行ったんだ？」

「そいつは、こっちがきいてえよ。てめえの真ん前を歩いていたはずだろうが」

通じるはずもないが、ひとまず文句で返す。数寄心《すきごころ》の強さでは、阿次郎はユキに負けてない。大方何かに気をとられていたのだろうが、首をあっちに向けこっちに向けしながらおろおろしている。

やれやれ、仕方ない。犬にはおよばないが、ユキのにおいくらいなら、どうにか追えるだろう。方角を変えて、来た道を戻った。

「お、そっちか？　そっちにいるのか、ミスジ？」

そうだと応じて、二丁目と三丁目のあいだの辻《つじ》まで引き返した。阿次郎も追ってくる。四辻に来て立ち止まり、北をながめる。ユキのにおいが、そちらに曲がっていたからだ。

「おっ、いた！　ユキだ！」

背中で叫ぶなり、オレを追い越して駆けてゆく。ちょうどそのとき、ユキの前にいた女がふり返った。

猫は目が悪いから、女ということしかわからない。

ただ、ふり向いて足元の猫に気づいた女が、はっとしたのは気配でわかった。

ユキは女に向かって、盛んに鳴いている。どうやら呼び止めたのは、ユキのようだ。

「おまえ……もしや、大福《だいふく》かい？」

女ががかんで、ユキを抱き上げた。

「やっぱり大福じゃないか！　おまえときたら、こんなところにいたのかい……ずいぶんと探したんだよ」

懐かしそうに、ユキの顔に頰《ほお》ずりする。阿次郎とオレが、ほぼ同時に女のもとに辿《たど》り着いた。

「姉さん、面倒、かけて、すまないな。そいつは、うちの猫だ」

日頃のぐうたらが祟《たた》ってんだろう。阿次郎がぜえぜえ言いながら、辛《かろ》うじて絞り出す。

しかし張りのある大きな目は、きっ、と阿次郎をにらみつけた。

「いいや、この子は大福だよ!」

「……だいふく?」

「そうさ、あたしが名付け親なんだから、間違いないよ!」

端《はな》から喧嘩腰《けんかごし》だが、この女の風情《ふぜい》とは妙に合う。

ひと目で粋筋《いきすじ》とわかる、若い女だった。

猫町には盛り場はないが、近くの門前町《もんぜんまち》なぞではたびたび目にした。たぶん、芸者というたぐいだ。ただ、この辺の芸者衆とは、ちょっと違う。艶《つや》を売りにするなよやかさはなく、立ち姿はきりりとしていた。

姿に似合いのくっきりとした顔立ちで、人からすれば、なかなかの美人だろう。

「大福だと? 何でえ、その野暮ったい名は! うちの娘にはな、おれがとびっきりの名をつけてやったんだ。雪舞如吹雪花弁桜姫《ゆきまうごとくふぶくはなびらさくらひめ》ってのよ。どうだ、参ったか!」

「こんぐらかった経文みたいな名の方が、よっぽど垢抜《あかぬ》けないじゃないか!」

目くそ鼻くそ五十歩百歩。名付けの才に恵まれてないのは、いい勝負だ。

阿次郎は無闇に喧嘩を買うような性分ではないのだが、ことユキのこととなると人が変わる。親バカぶりを発揮して、万事に大げさに騒ぎ立てる。

犬猫なみのぎゃんぎゃんとした言い合いは声を増す一方で、往来の人はもちろん、屋根の上の猫や通りがかった犬までが、物珍しそうに見物している。

「お父さん、お願いだから、喧嘩しないで！　この人は私の……」

ミヤアミヤアと、ユキが必死にとりなすが、当然のことながら通じない。

「だいたい白い猫なんて、どこにでもいるだろうが。因縁をつけるほどの、何の拠所《よりどころ》があるってんだ！　それにくらべておれの方は、どこの誰にきいても証してくれる。ユキがおれの飼い猫だってことは、この猫町中の者が知ってるからな！」

阿次郎は大見得を切ったが、相手はまったく怯《ひる》むようすがない。ひょい、と抱いていたユキを裏返し、阿次郎に向かってその腹を向けた。

「目ん玉ひんむいて、ようくご覧な」

「ユキの腹が、何だってんだ？」

「腹じゃない、足だよ。足裏の肉が、他はみんな桃色なのに、右の前足のひとつだけ黒いだろ？　姉さんが三月《みつき》前に拾ったときから、そうだったんだ。この子は大福に、間違いないさね」

女が言ったとおり、ユキの右の前足の、人で言えば薬指にあたる場所の肉だけが真っ黒だった。理詰めにされて、少しは頭が冷えたのか、みなぎっていた阿次郎の意気が、しだいに鎮《しず》まってゆく。

「……三月前って、細かく言うといつごろだ？」

「たしか、五月の十日……より少し前、だったかね……思い出した！　亀戸《かめいど》天神で神楽《かぐら》があった、前の日だよ」

「亀戸天神てえと、太々《だいだい》神楽のことか？　あれはたしか、五月九日に奉じられる。てことは、拾ったのは五月八日だな」

神楽というのは、舞や音曲《おんぎょく》を神に奉じることで、その神社の神楽はかねがね評判なのだそうだ。飯の種にならないこの手の知恵だけは、大風呂敷に入りきらぬほど詰め込んでいる阿次郎が、そんな話をつけ足した。

「梅雨時《つゆどき》らしく、あのころはしょぼしょぼとよく降ってさ。この子を拾ったときも、小糠雨《こぬかあめ》が降っていた。道端でニイニイと鳴いていたのを、姉さんが拾ったんだ。まだ、生まれて十日も経《た》ってないような小ささでさ」

「……てことは、ユキはそれより前、五月頭には生まれてたってことか」

阿次郎が素早く勘定した。ユキの柄からすると、せいぜいふた月半と踏んでいたが、もう半月ほど年長のようだ。

「毛が濡《ぬ》れて泥だらけでさ、寒かったのか、ずっと震えてて……もう駄目かもしれないから、変に情を寄せないほうがって、あたしは止めたんだけど……姉さんはやさしいから、放っておけないって家に連れて帰ったんだ」

「姉さんてのは……？」

「あたしの姉芸者にあたる、順松《よりまつ》姉さんさね」

その名をきいたとたん、尻尾がふくらんで、びん、と立った。順松はいわばオレの兄貴分、先代の傀儡師だが、同じ名をもつ者がもうひとりいる。

ユキがお母さんと呼んでいた、前の飼い主だ。

どうしてユキがこの女を追ったのか、ようやく呑《の》み込めた。

「からだをきれいに拭《ふ》いてやって、重湯《おもゆ》だの砂糖湯だのを含ませながら、親身になって世話を焼いていた……何日か過ぎて、この子がもち直したときには、そりゃもう喜んでさ。あたしが名付け親を買って出たんだ」

「で、大福になったと」

「いや……実を言うと、姉さんがすでに別の名で呼んでいたものだから、あたしがつけた名は、この子が覚えてくれなくてさ……あんたと同じ、ユキって名だよ」

思いきり口を尖《とが》らせて、恨《うら》みがましい目を向ける。その顔がおかしかったんだろう、ぶふっと阿次郎が吹き出した。

「ふん、笑いたきゃ笑うがいいさ。でも、この子が姉さんの猫だってのは本当さね」

「いや、笑ったりして悪かった。あんたの話に嘘《うそ》がねえってことは、わかったよ。おれがこいつをめっけたのは、七夕を過ぎたあたりでな」

「そう、七夕！　七夕過ぎに、この子がいなくなったんだ」

「あんたの姉さんがもとの飼い主で、いまはおれが飼い主。とどのつまりは、そういうことか」

互いに納得がいったようだが、阿次郎の顔つきは晴れない。また別の心配が、頭をもたげたようだ。

「そのう……ユキを連れていっちまうつもりかい？　あんたの姉さんが、うんと可愛がってたのは察するよ……けど、おれもこいつは可愛くって仕方ないんだ」

「まあ、それはわかるよ。毛並みもいいし、前よりだいぶ大きくなったし」

「順松姉さんといったか、こいつの飼い主に、会わせちゃもらえねえか？　もうしばらく預からせてほしいって、頼みてえんだ」

雲の多い日の晴れ間のように、何故だか相手の顔がたちまち曇った。

「姉さんには、会わせられないよ」

「そこを何とか！　頼む、このとおりだ！」

拝み手をして頭を下げる阿次郎を、悲しそうに見下ろした。

「あたしだって、姉さんに会いたいんだ……でも、会えなくて……」

大きな目に、こんもりと涙が浮かび、ほろりと白い頬をこぼれ落ちた。

「まさか、あんたの姉さんてのは……」

「順松姉さんは、きっと生きてるよ！　……ただ、この子と同じに、ふいにいなくなっちまったんだ」

顎《あご》から落ちそうなしずくを、ユキの小さな舌がすくいとる。それがかえって弾《はず》みをつけちまったようで、後から後から涙がこぼれる。

阿次郎は、手拭《てぬぐい》をさし出しながら、たずねた。

「姉さん、あんた、名は？　おれは、阿次郎ってんだ」

「……春奴《はるやっこ》」

渡された手拭を受けとって、ぐずっ、と色気なく洟《はな》をすすった。

「姉さんはひょっとして、辰巳《たつみ》芸者かい？」

ユキを抱いたまま、こっくりとうなずく。ひとまず落ち着いたようだが、手には未だに阿次郎の手拭を握っている。

「どうりで……身につけているのが男物の羽織だし、何より順松とか春奴とか、男名ばかりだからな。わざわざ深川《ふかがわ》から来たのかい?」

辰巳芸者というのは、どうやら川向こうの深川という場所にいる芸者を指すらしい。城から見て南東の方角になるから辰巳だとか、芸者とはいえ、ひときわ男まさりな気風《きっぷ》だとか、いつものように阿次郎が蘊蓄《うんちく》を垂れてくれる。

「深川八幡《はちまん》の門前で、幾度か見かけたことはあるが、話を交わすのは初めてだ。噂《うわさ》に違《たが》わず、いなせだねえ」

「芸は売っても色は売らない。気風と張りが、あたしらの看板だからね」

最初の調子が戻ってきたのか、ちょっと胸を張る。

阿次郎が春奴を連れていったのは、名護《なご》神社だった。

夜にはたびたび猫のたまり場になるのだが、昼間は人気《ひとけ》もなく、ひっそりかんとしている。縁《えん》の下で昼寝をしていた神主猫《かんぬし》が片目を開けたもんで、尻尾だけで挨拶《あいさつ》した。

「おれはここで、ユキを見つけたんだ。どうしてだか、気に入られちまったみたいでな。神社から長屋まで、ずうっとおれの後をついてきた」

それで飼うことにしたと、ひときわ嬉しそうに阿次郎が語る。

「とはいえ、深川から神田《かんだ》まで来るとは驚きだ。猫は犬ほど走れねえはずなのに……誰かにかどわかされたか？」

「かどわかしたのは人じゃなく、鳥かもしれないよ」

意外にも春奴は、正しいこたえに辿り着いていた。

「方々探していたときに、白い仔猫を見たって者がいてさ。大きな鳥にさらわれちまったってきいたんだ」

「なるほど。鳥に運ばれて、途中で落ちちまったのかもしれねえな」

「違います。ミスジさんに、助けてもらったんです！」

ユキが横から口を出したものの、甲斐《かい》なく素通りされる。

「で、春奴姉さんが猫町へ来たのは、たまたまかい？」

「そうじゃないんだ。人を探していてね……時雨《しぐれ》って、根付《ねつけ》師を知らないかい？　この町にいるときいて、来てみたんだがね」

またオレの尻尾が、ぶわわん、とふくらんだ。

時雨は、順松の飼い主だった男だ。以前、ユキからきいた話が、頭の中で繋《つな》がった。

芸者の順松と時雨は、顔なじみだったのだ。しばしば文《ふみ》のやりとりをしていて、ユキの勘によれば、かなり親しい間柄だ。だからこそ時雨は、飼い猫に同じ名をつけた。

「根付師で、時雨……いや、おれはあいにくと浮かばねえが」

「そうかい……」と、あからさまに肩を落とす。

「気落ちすることはねえよ。猫町にいるなら、大家さんなり名主《なぬし》さんなりがきっと存じよりだろう。きいてみてやるよ」

「本当かい？　どうしても時雨さんに、会わないといけないんだ。もしかしたらその人が、姉さんの居所を知っているかもしれない。もうそれよりほかに、探す手立てがないんだよ！」

時雨なら知っている。住処《すみか》は名護神社の、すぐ裏手だ。

ただ、時雨もまた、順松の兄《あに》いと一緒に消えちまった——。

つまりは芸者の順松も、同時に消えたということだ。

背中の毛が逆立《さかだ》って、耳障《みみざわ》りな甲高《かんだか》い笑い声が頭の中に響いた。

——死に際を見られたかねえ猫が、あんなみっともない骸《むくろ》をさらすとは。

思い出したのは、三日月烏の声だ。ユキを連れ去った乱暴者だが、この前は図らずも奴のおかげで命が助かった。差し引き勘定で、恩の方がちっと重いくらいか。

その三日月が、はっきりと言った。順松の兄いは、死んじまったと——。

順松はオレなんぞより、はるかに優れた傀儡師だった。滅多《めった》なことで、命を落とすほど間抜けじゃない。おそらくは、よほど物騒なことに巻き込まれたんだ。それには時雨と、芸者の順松が、深く関わっているに違いない。

あれほど賢く、すばしこい猫が殺《や》られたんだ。時雨と女も、もうこの世にいないかもしれない――。

「お母さん、どこにいるんでしょう……」

心細げな小さな声で、我に返った。いつのまにか考えにのめり込んでいたが、気がつくと、不安でいっぱいの顔が、そこにあった。ただでさえこの有様だ。悪い見当なぞ、こいつには決して話せない。

「心配すんな。人はそうたやすく、くたばりゃしねえよ」

下手《へた》な気休めだが、ユキの案じ顔が少しだけ解けた。

「春奴姉さん、ひとついいかい？　時雨って男は、順松姉さんとどういう間柄なんだい？　そもそも姉さんは……いや、春奴姉さんじゃなく順松姉さんの方で……ええい、畜生、紛らわしいな。……そうだ、あんたのことは、お春さん、でどうだい？」

「なれなれしい」

ちらりとにらみつけたが、悪い男ではないと察したのだろう。構わないよ、と承知した。

「置屋《おきや》の内じゃ、まだ駆け出しにあたるしね」

「あんた、歳は？」

「十九」

「何だよ、おれより五つも下じゃねえか」

「五つも上で、その落ち着きのなさはどうかと思うがね」

まったくだ、とオレは深くうなずいた。当人は少しも気にしていないぶん、始末が悪い。

「それじゃあ、お春さん。時雨って奴の話に戻るが……いや、できれば初手《しょて》から話してもらえねえか？　姉さんは、いつ、どんな風にいなくなったんだ？」

「どうして、あんたにそんなこと」

「順松姉さんが、心配だからに決まってんじゃねえか！　きけば、ユキの前の飼い主で、命の恩人でもあるんだぜ。そんなお人が行方《ゆくえ》知れずときいちゃ、放っとけねえだろうが」

「あんた……姉さんを探してくれるのかい？」

「必ず、見つけ出す……とまでは請け合えねえが、できる限りはやらせてもらうよ。せっかくユキが繋いでくれた縁だ。無下《むげ》に手放したら罰が当たる。順松姉さんに縁《ゆかり》のある者が、この猫町にいるんだろ？　もしかしたら名護神社の神さまの、ご加護かもしれねえな」

いや、きっとこれは、順松の兄貴の執念だ――。

オレには、そう思えた。ユキが繋いだのは人の縁ばかりじゃない。遠い地で無念の死を遂げた先代の傀儡師と、当代のオレとを、ふたたび結びつけてくれた。

見てろ……きっと仇《かたき》をとってやる！

名護神社の本堂を仰いで、志《こころざし》を誓った。

神さまからは何も返らなかったが、縁の下から神主猫が、低く鳴いた。


「順松姉さんは、辰巳芸者にしては風情がたおやかで、やさしい気性でさ。あたしのことも、可愛がってくれたんだ」

くいっ、と一杯目の盃《さかずき》をあおり、春奴は話しはじめた。

夕刻にかかると、空模様が怪しくなってきた。遅い朝飯の後、何も食ってなかったから、腹もすいたんだろう。阿次郎は春奴を、神社からほど近い蕎麦屋《そばや》に連れていった。

「音曲の才にも長《た》けていてね、そりゃいい声で唄うんだ。三弦《さんげん》や太鼓も上手なんだよ。あたしは逆に踊りは得手《えて》だけれど、音曲の方はさっぱりで。他の姉さん芸者には匙《さじ》を投げられちまったけれど、順松姉さんだけは根気よく稽古《けいこ》につき合ってくれた」

顔つきはしんみりしているものの、いける口らしく、盃が乾く間もなく二杯、三杯と重ねる。最初は酌をしていた阿次郎も、つき合いきれなくなったんだろう。四杯目からは相手の手酌に任せた。

「お座敷の口には困らない、売れっ子だったからね。三年ほど前、二十三の歳に一本立ちして、置屋から二町離れた長屋で、ひとり住まいをしていたんだ。そこで小唄の師匠もはじめたけれど、お座敷にも出ていてね」

「てことは、いまは二十六か」と、阿次郎が呟《つぶや》く。

ユキは疲れたのか、阿次郎の膝の上で、心地よさそうに丸くなっている。

オレもまた、座敷より一段低い土間《どま》に寝そべって、耳だけを立てた。他所《よそ》の土地じゃ、食い物屋の敷居をまたぐだけで、追い払われる犬猫もめずらしくないそうだが、この猫町では、まず心配はない。

「それで、順松姉さんがいなくなったのは、いつだい？」

「こればかりは、忘れっこない……五月の二十八日さ」

「それって、両国《りょうごく》の川開きの日じゃねえか」

川開きなら、きいたことがある。ほかでもない、順松の兄いからだ。

『ミスジ、花火って知ってるか？　何とでっけえ火の玉が、空に向かって上っていって、天の真ん中で弾《はじ》けるんだとよ。大砲みたいなでかい音がして、真っ暗な空に咲いて、赤い枝垂《しだ》れとなるそうだ――みんな時雨からの受け売りだがな』

赤は猫には見えねえし、大砲ほどの音なら耳が破れちまいそうだ。オレたちには、甚《はなは》だ迷惑そうな代物《しろもの》なのに、兄いは愉《たの》しそうに話してくれた。川での納涼をはじめる合図で、毎年同じ日に行われる――。

柄にもなく、泣けそうになった。

花火とやらは来年も上がるのに、もう二度と兄いに会えない……。

もしも姉芸者が見つからなければ、春奴やユキもやっぱり、川開きの日が命日みたいに思えるだろう。その不安を押し込めるように、若い芸者は先を続けた。

「その晩は、大きなお座敷がかかってたんだ。辰巳芸者にとっちゃ、川開きは晴れの日だからね……なのに姉さんは来なかった。黙ってお座敷を蹴るなぞ初めてでさ。あたしはお母さんに頼まれて、姉さんの長屋に行ってみたんだ」

しかし姉芸者の姿はどこにもなく、残されたユキだけが、所在なげにニイニイと鳴いていた。

「勘定すると、ユキが拾われてから、ちょうど二十日になるな……そのユキを、置いていった……」

「おかしいだろ？　ずっと加減が覚束《おぼつか》なかったこの子が、ようやく達者な声をあげるようになったって喜んでいた矢先なんだ。どんな急な用向きがあったとしても、この子を置いていなくなるなんてあり得ないよ」

「何かのっぴきならない羽目に陥《おちい》って、戻れなくなった……そういうことか」

順松の兄いが猫町から消えたのも、やっぱり同じころだ。

ただ、日にちまではわからない。「この二、三日、順松を見てないな」誰ががそんなふうに言い出して、その噂が長老猫に伝わった。オレたち傀儡師見習いが総出で探したが見つからず、そのままひと月が過ぎて、オレが次の傀儡師にえらばれたのだ。

「ひとまず大福を置屋に連れて帰って……姉さんを待ってみたけれど、何の音沙汰《おとさた》もない。皆で探してみたり、お母さんから十手《じって》持ちの親分に頼んでみたりもしたけれど、皆目……」

勝気そうな顔が、ふたたび泣き出しそうに歪んだが、紅い唇をきゅっと引き締める。阿次郎は慰めることはせず、酒の代わりを頼んだ。

「それからひと月と少し経ってから、大福までいなくなって……置屋のお母さんもあたしらも、可愛がってたつもりなんだが、人が多いせいか、いつまでも慣れなくてさ。居心地が悪かったのかもしれないね……」

人が多い上に、芸子《げいこ》は稽古とお座敷で、日々とびまわっている。置屋の女将《おかみ》もまた、芸子の世話に贔屓《ひいき》への挨拶と忙しいからだ。馴染《なじ》む暇もなかったが、それでもいちばん面倒を見てくれた春奴のことだけは覚えていたと、後からユキにきいた。最初に可愛がってくれたお母さんを、いつまでも忘れられなかったのもそのためだ。

しばらくは足腰が頼りなく、外へ出ることもできなかったが、自在に動けるようになると、その母親を探しにいった。挙句に三日月鳥に捕まって、猫町まで運ばれたのだ。

「この子までいなくなっちまって、あんときばかりは散々泣いたよ。辰巳芸者の名折れだと、お母さんには叱られたけれど、お母さんですら張りをなくしたみたいに、ひどくしょげていた」

阿次郎は運ばれてきた酒を、春奴の盃に満たした。

「いなくなる前あたりに、何か思い当たることはないか？　些細《ささい》なことでいいから、気づいたことは？」

「置屋のお母さんにもたずねられたけれど……姉さんを探す糸口になりそうなことは、何も……」

唯一、見つけた手掛かりが時雨だとこたえた。

「時雨って男は、姉さんにどう絡むんだい？」

「たぶん、恋仲だったと思うんだ……その人からの文が、簞笥《たんす》の隠し棚から出てきてね」

すぐにでも帰ってくるかもしれない――。その思いから、姉芸者の長屋は、置屋から店賃《たなちん》を払い、しばらくそのままにしておいた。が、ふた月が過ぎて、やむなく引き払うことにした。さして多くない荷物は置屋で預かることになったが、その荷造りをしていた折に、箪笥の奥から時雨の文が出てきたという。

「何か手掛かりがないかと、姉さんの道具は前に一度改めたんだ。そのときは見落としていたけれど、箪笥の抽斗《ひきだし》をすべて引き出してみると、中ほどの段だけが短くてさ。その奥に隠し棚を見つけたんだよ」

その隠し棚の中に、時雨の文が大切に仕舞《しま》われていた。その数は百に届くほどだという。

「百を超える恋文とは、また何ともマメな男だな」

と、阿次郎が呆《あき》れる。狂言作者を気取っているくせに、文の方はからきし苦手としているからだ。「狂言と文は、まったくの別物なんだ。絵空事《えそらごと》を自在に組み立てるのが狂言だが、文や日記ってのは、日々の事実《まこと》を書かにゃならねえ。ちっともそそられねえんだよ」と、きいてもいないのに、オレに向かってそんな話をしたことがある。

時雨の文は、日付に沿って大事そうに束ねられていて、いちばん古いものは三年前だった。

「そのころはまだ、置屋にいたはずだろ？　お母さんにたずねたら、時雨という名で、確かに姉さん宛に文が届いたと、思い出してくれて」

ただ、置屋に届いたのは二通だけ。その後、一本立ちしてからは、月に二、三度と、かなりたびたび便りが来ていた。

「お母さんに断って、すべての文に目を通してみたんだがね」

「へえ、おまえさん、見かけによらず読み書きが得手なのかい？」

「得手なもんかね。子供時分の手習いすら、口実を見つけては逃げまわっていたほどだもの。おまけに書いてあることと言えば、庭先の梅が咲いたとか、となりからいただいた柿が旨かったとか、他愛《たあい》のないことばかりで、恋文らしい艶っぽさすらなくってさ」

ほんの十通ほどで早々に飽いてしまい、後はざっと検分しただけだという。正直な語りように、阿次郎が苦笑する。

「そいつはご苦労なこった。だがよ、それでどうして、恋仲なぞと思えたんだい？」

「うーん、何ていうか……まともな口説き文句こそ、どこにもなかったけれど……この人は本当に姉さんを大事に思っていたんだなって、それだけは伝わってきたんだよ。もしもあたしが恋しい男から、たびたびこんな文が届いたら嬉しいだろうなって、そう思えた」

「へえ……そういうもんかね」

阿次郎はうっすらと笑って、盃を傾けた。銭の大半は書物に化けるから、酒は滅多にやらないが、呑めない口でもないらしい。ただし春奴ときたら、さらにうわばみだ。阿次郎の倍は干しているが、面も口調もまったく変わらない。

「時雨って名より他は、住まいすら書かれてないし。ここに辿り着くまでには難儀したよ。

去年の文に、ようやく『猫町』ってくだりを見つけてね。それなら神田にある米町《よねちょう》じゃないかって、お座敷のお客さんが教えてくれたんだ」

「それで猫町に」

「どうりで猫の話がやたらと多いはずだと、合点がいったよ。姉さんと同じ名をつけた、飼い猫の話も出てきてね……そういや、ひとつだけ面白いことが書かれていたよ」

「面白いこと？　そりゃ何だい？」

三度の飯より旨いという、何よりの好物だ。阿次郎が身を乗り出した。

「『私はどうやら、猫の傀儡にされたのやもしれない』って」

「猫の、傀儡だと？」

尻尾どころじゃない、総身の毛が逆立って、そのまま固まってしまった。オレの気配に当てられて、思わずユキが目を覚ましたほどだ。

「どうしたんです、ミスジさん？　膠《にかわ》を被《かぶ》ったみたいになってますよ」

「頼むから、話しかけるな……春先に盛りのついた連中みてえに、叫び出しちまいそうだ」

ユキはきょとんとしながらも、鏡の前のガマみてえなオレを見て、大人しく口を閉じた。

「猫の傀儡とは、そいつは面白え！　いったい、何の了見でそんなことを？」

ここぞとばかりに阿次郎が食いついて、いっそう身の置き所がなくなった。逆立った毛をなだめるのが精一杯だ。

「飼い猫と一緒に歩いていると、ちょくちょく変わった出来事にぶつかるとか、まるで飼い猫に、誘い出されているように思えるとか」

「ちょくちょく変わった出来事に、誘い出される、ねえ……」

「ひとつひとつは何てことない他愛のない話だから、冗談のつもりなんだろうね。それでも何だか、愉しいじゃないか」

「ああ……まったくだ」

オレはあさっての方を向いていたが、ちらりと阿次郎がこちらをふり返った気配がする。

「すまねえ、ユキ。ここは頼まあ」

尻尾だけでそう告げて、できるだけいつもどおりのふりをして、のっそりと店を出た。すでに我慢の限りを超えていて、それ以上はいたたまれなかった。

ひとまず蕎麦屋の脇の路地に入り、あとは一心に毛繕《けづくろ》いする。

傀儡には知られることなかれ、と傀儡師の掟にあるわけではないが、向こうに露骨にばれては、やりにくくってしょうがない。足の裏から尻尾の先まで、せっせと舐《な》めて、気を落ち着かせる。

四半刻《しはんとき》ほど経ったろうか、とっぷりと日が落ちたころ、ごちそうさん、と阿次郎と春奴が蕎麦屋から出てきた。

「それじゃあな、お春さん。時雨探しは引き受けた。何かわかったら、すぐに知らせるよ」

「永代寺門前町《えいたいじもんぜんちょう》、一の鳥居傍《そば》の『雉子春《きじはる》』って置屋だ。文なら、そう宛てとくれ。頼んだよ、阿次さん」

オレの居ぬ間に、その呼び方が決まったようだ。まんざらでもないのか、酒の入ったふやけた顔で、ちょっと嬉しそうに照れ笑いする。

「深川まで、ひとりで帰れるかい」

「ちょいと、辰巳芸者を子供あつかいするおつもりかい？」

きりりといなされたが、それでも阿次郎は、堀端《ほりばた》まで一緒に行って春奴を乗合船に乗せた。

遠ざかる船に、柄にもなく名残り惜しげに手をふって、それから懐《ふところ》ん中のユキに声をかけた。

「ひとまず、おまえのおっかさんが戻るまでは、うちで預かっていいとさ。おめえを手放さずにすんで、本当に良かった……おめえも、そう思ってくれるかい？」

ミャア、とユキが懐の中から、甘えた声を返す。

「そうかそうか、おめえも嬉しいか。そうだよな、おればかりじゃなく、ミスジだって寂しがるだろうしな……そういや、ミスジはどこ行ったんだ？　ま、野良の気まぐれはいつものことだが」

と、ふいと足を止め、くくっと思い出し笑いをする。

「それにしても、猫の傀儡とは……面白え狂言種《だね》を拾ったもんだ」

夕闇に紛れてゆく背中を見送りながら、「笑えねえ」と呟いた。


翌日、阿次郎は、ユキを大家さんに預けて、おっとり長屋を後にした。

「やっぱり、久々の酒は効いたなあ。またお春さんときたら、半端《はんぱ》ねえ呑み方をしやがる」

辰巳芸者は伊達《だて》じゃねえな、などとひとり言を呟きながら、鼠堀《ねずみぼり》を渡った。

鼠堀の向こうは別の町で、オレたちは足町《あしちょう》と呼んでいた。横に長い猫町を猫に見立てると、足の側になるからだ。昨日の今日で、さすがに顔を合わすのはきまりが悪い。目立たぬようこっそり後をつけた。

阿次郎と一緒に足町に来るのは、これで二度目だ。もしや、と思いながらついてゆくと、やはり前と同じ、猫町の一丁目の向かい側にあたる、一軒の家へと入っていった。町屋じゃ滅多にお目にかからない立派な玄関があり、これが目印となる、名主《なぬし》の家だ。

オレはひょいと塀にとび乗り、その上からようすを窺《うかが》うことにした。

阿次郎が中の者にとり次いでもらうと、果たして前にも世話になった名主が出てきた。

「おまえさんかい。また、この前みたいな厄介事《やっかいごと》じゃなかろうね」

ちょっと嫌そうに顔をしかめた。おトラの子供、クロ助がいなくなった折、クロ助と一緒にいたおけいの始末のために、阿次郎は名主を担ぎ出した。

名主というものは、長老猫と同じに、町の揉《も》め事を捌《さば》く役目にあるという。その名主ですら、おけいの家の悶着《もんちゃく》は、腰の重い一件だったに違いない。

ちなみに名主の名は覚えていない。侍や商人の名は、やたらと長い上に、エモンだのベエだの似たようなものが多い。一度会えば、においや声で覚えるし、オレたちには名主だけで十分だ。この名主は、猫町と、この足町。さらに南どなりの町と、三町の名主をしていると、それだけは知っていた。

「いやいや、今日《こんち》は単なる人探しでさ。人に頼まれて、時雨って名の根付師を探しておりやして。猫町に住まっているときいたので、名主さんならご存じじゃねえかと」

「時雨、だって？」

阿次郎は楽な頼みだと見当していたが、案に相違して、名主はぎょっとした顔をする。

「おまえさんが、どうしてあのお人を？　頼み人てのは、どこの誰なんだい？」

逆にいくつもたずねられ、阿次郎が困惑顔になる。

「ひょっとして、何か由縁《ゆかり》のあるお方なんですかい？」

告げていいものだろうか——。名主の気配には迷いがある。しかし昨日の春奴との顚末《てんまつ》を阿次郎からきかされると、ふうむ、とひとたび考え込んだ。

「こいつは玄関先じゃ話せない。ひとまず上がりなさい」と、阿次郎を中に入れた。

大家さんちよりも広く、ただこの前行った武家屋敷にくらべれば、ごくささやかな庭に面した座敷に、阿次郎が通される。最初は庭で立ち聞きするつもりでいたが、名主さんが障子を閉めちまったから、場所を移して縁の下に潜り込んだ。声を拾うには、この方が具合がいい。畳と板一枚だから筒抜けだ。

「時雨というのは、根付師としての号でね。本当の名は、大西屋里三郎《おおにしやりさぶろう》というんだ」

「大西屋といや、日本橋《にほんばし》でも指折りの、雪駄《せった》問屋のことですかい？」

「里三郎さんは、あそこの旦那だったお人でね。三年前に隠居なすって、猫町に引き移ってきたんだ」

「三年前……」と、阿次郎が呟く。芸者の順松が、置屋から長屋に居を移したのも同じころだ。たぶん、合印《あいじるし》のように思えたんだろう。

「大西屋は、鶴来屋《つるき》にも引けをとらないほどの大きな構えだ。そういや、家を勝手に御出《おんで》ちまったのも似ているねえ」

「名主さん、そいつは言いっこなしでさ。鶴来屋はこのさい、置いといてくだせえ」

口をひん曲げるようにしてふくれ面《づら》をする、阿次郎の顔が見えるようだ。実家をもち出されるのが何より苦手のようで、大家の前で時々見せる。

「里三郎さんは分家筋の生まれでねえ、お内儀《ないぎ》が、本家の娘さんなんだよ」

「婿《むこ》養子に入ったということですね？」

時雨は二十歳で本家に迎えられ、その二年後、先代が病で急死して店を継いだ。以来、まる十年のあいだ、滞《とどこお》りなく店を仕切り、子は授からなかったが、内儀との仲も悪くなかった。何の不足もない暮らしのはずが、三年前、突然に隠居をすると言い出した。

「まだ、三十二の働き盛りだってのに、いきなりだよ」

「またずいぶんと、お早い隠居で……からだの具合でも、悪くしたんですかい？」

「世間さまには、そう触れちゃいるがね。実のところは、とんと理由《わけ》がわからないんだ。養子の身でありながら、店を守《も》り立てていけなかった……当人はそう詫《わ》びたそうだが、別に粗相《そそう》をしでかしたわけでもなし、隠居の言い訳としちゃ腑《ふ》に落ちないだろ？」

「たしかに……歳が歳ですしねえ」

「己《おのれ》の後釜《あとがま》には、分家筋の実の弟を据えたんだ。ふたつ違いで、やはり本家で八年働いていた。確かに商売の才なら、兄さんより長けていてね。番頭身分まで昇っていたから、店としちゃ障りはないが、何せ寝耳に水の急な話だろ？　当時は親類なんぞとえらく揉めてねえ」

「いまさらですが、名主さんはずいぶんとお詳しい」

「私は、里三郎さんの父親と、昵懇《じっこん》の間柄でね。亡くなられた先代じゃなく、分家筋の実の父親の方だよ」

時雨は結局、無理を通して弟を主人に据え、己はほとんど無一文で大西屋を出たが、はじめのうちは暮らしが立たず、猫町の借家の店賃も、実の親元から出されていた。ごくつぶしの阿次郎と、まるきり同じ体《てい》たらくだ。それでも根付拵《こしら》えの腕前は玄人《くろうと》はだしだったらしく、少しずつ客がつきはじめ、今年に入ってからはその実入りだけで生活《たつき》を立てていたようだ。

「私も何だか、肩の荷が下りたような心地がしてね、ひと安心していた矢先に、里三郎さんがいなくなっちまって……」

「いなくなった？　そいつは、いつのことで？」

「はっきりとは、わからないんだが……六月の頭か、もしかすると五月の末かもしれない」

時雨の家には、三日に一度ほど、掃除や洗濯をする婆さんが通っていた。五月二十八日の昼間、婆さんが行くと時雨は家にいた。

「これから、両国川開きに行くと言って、まるで子供みたいに浮き浮きしていたそうだ。ただ、それきり里三郎さんの姿を、誰も見ちゃいない……借家からも猫町からも、煙みたいに消えちまったんだ」

「……順松と、まるきり同じじゃねえか！」

「順松ってのは、里三郎さんが飼っていた猫のことかい？」

「いや、そうじゃなく……」

と、芸者の順松が深川から消えたくだりを、詳しく語った。

「いまの話からすると、川開きの夜を境に、ふたりとも消えちまったということかい？」

時期はずれの怪談でもきいたみたいに、名主の声が震えを帯びる。

「ひょっとして、駆け落ちってことは？」

「大西屋を出たときに、お内儀とも正式に離縁しているからね。芸者とくっついたところで、いまさら障りはないだろう」

ふうむ、と阿次郎が、考え込む気配がする。

「もうひとつだけ、よろしいですかい？　順松という飼い猫は、どうなりました？」

「それがやっぱり、同じ日から姿が見えないんだよ……里三郎さんは穏やかな人だけれど、何を考えているのか、いまひとつわからないところがあったからねえ。急に思い立って、猫を連れて旅にでも出たのじゃないかと……あちこち探しても見つからなかったものだから、分家の旦那さんとは、そんな話をしていたのだが……」

そのうち戻ってくるかもしれないと、名護神社裏の借家は、そのままにしてあるという。

「少なくとも芸者の順松姉さんは、黙って旅に出るようなお人じゃない……やはり川開きの夜に、ふたりそろって何事かに巻き込まれたか……」

「怖《こわ》いことを、言わないどくれよ！」

お化けにつつかれでもしたように、名主が、ひゃっ、と悲鳴をあげた。

「川開きとなれば、人出は半端ねえ……両国じゃあ当たるだけ無駄だろう……やはり深川に、一度足を運んでみるか……いや、その前に日本橋だな」

ぶつぶつと唱える声が、床板越しに伝わってくる。

「名主さん、ひとつお願いしたいんですが」

と、阿次郎は、名主にある頼みを告げた。

「私に頭を下げるより、鶴来屋に乞《こ》う方が早いと思うがね」

「意地悪を言わねえでくだせえよ。それができりゃあ苦労はねえです」

「まったくおまえさんも、七面倒くさい男だねえ」

ぶつくさこぼしつつ、名主が腰を上げる気配がする。やがてふたりは名主の家を出て、西の方角に向かった。オレもその後ろに従った。

阿次郎と名主が向かった先は、日本橋だった。

三年宵待ち

猫の縄張りというものは、とかく狭い。猫町《ねこちょう》ならなおさらだ。

ちなみに縄張りと餌場《えさば》は、ちょっと違う。しょんべんを引っかけて、てめえの陣地とするのが縄張りで、餌場はそれよりずっと広い。人にたとえるならご町内が縄張りで、買物には日本橋《にほんばし》やら両国広小路《りょうごくひろこうじ》へ行くのとおんなじだ。餌が見つからなければ、それだけ餌場を広げざるを得ない。

ところが猫町ときたら、猫の数は多くとも餌は豊富だ。人が大事にしてくれるから野良《のら》ですら左団扇《ひだりうちわ》で暮らせる。そんな町は、おそらく江戸中探してもここだけだろう。仲間が多いぶん縄張りも広げようがなく、まさに猫の額ほどの狭い土地で暮らしている。

傀儡師《くぐつし》とはいえ、オレも猫町暮らしがしみついている。

阿次郎《あじろう》と名主《なぬし》を追って、日本橋までは難なく来られたものの、橋を渡るときには、正直からだがすくんだ。こっから先は、まったくの見当知らずの土地だからだ。

橋のこっち側も向こう側も、うっかりしていると踏み潰《つぶ》されちまいそうなほど人の行き来が激しい。道の両側は、間口《まぐち》のとんでもなくでかい店にふさがれて、実に雑多な格好の人が行き交う。男、女、子供、年寄り。商人、侍、百姓、物売り――手車売り、茶碗売り、団子売りにすすき売り。突っ立っているだけで目がまわりそうだ。

「久しぶりに足をはこんだが、やっぱり日本橋は、年がら年中慌ただしいな」

三尺ほど前を行く、阿次郎のぼやきがきこえた。修業時代に学んだ覚えを、頭の隅から引っ張り出して埃《ほこり》をはたく。いま渡った橋の名であり、その辺りの土地の名としても使われるから、間違えぬようにと。人の話に頻々《ひんぴん》と出てくる、江戸でもっとも大きな商人《あきんど》街だと教わった。

猫の習いで、知らぬ土地ではつい怖気《おじけ》が顔を出す。堪《こら》えながら周囲《まわり》のあれこれを必死で叩《たた》き込んだ。頭じゃない、耳や鼻、そして髭《ひげ》にだ。もちろん、阿次郎からは目を離しちゃいないが、万が一奴とはぐれたら、帰る方角は己《おのれ》で見極めなければならない。

ただあいにくと、こう人通りが多いと邪魔なものがあり過ぎる。

鮨《すし》酢と天ぷら油、蕎麦《そば》つゆのにおいが、三つまとめてなだれ込んでくる。食い物に限らず、道端の馬糞《ばふん》、女の白粉《おしろい》、人の息と汗――。みんな吸い込んじまうと、鼻がてんやわんやになる。鰻屋《うなぎや》みたいに強けりゃいいってもんでもない。人の鼻にはほどよく届くだろうが、オレたちには遠くまで伝わり過ぎて、かえって紛らわしい。

もともと犬ほどは、当てにできない。味噌や薬種など限られたにおいに留《とど》めた。代わりに
さっきから耳をぴんと立て、盛んに向きを変えている。

辻《つじ》ごとに立てられた木戸を目当てに、目印になりそうな音を拾った。かちゃかちゃと鳴るのは、なるほど瀬戸物屋か。客がいないと使えないが、一応覚えておくか。仏具問屋も、飾りのたぐいがしゃらしゃらと鳴って案外使える。お、この茶店《ちゃみせ》の姉さんの声はよく通る。床見世《みせ》だから、屋台と同じで当てにはできないが、おそらく夕刻まではいてくれるだろう。

あとは髭や尻尾《しっぽ》で、街の気配を感じとる。人は目で街並みを覚えるそうだが、目がよくないオレたちは、代わりに髭や尻尾を使う。建物によって変わる風の流れ、そこに立ったときの触れ心地――何と問われると、気《い》のようなものとしかこたえようがない。

猫にはあたりまえ過ぎて、言葉とやらでは説きようがねえからだ。

人は総じて疎《うと》いが、まるきりわからないわけではなく、ただ己で気づかないだけだと――目に焼きつけているると勘違いしているだけなのだと、傀儡師の頭領がそんな話をしていた。

阿次郎が、角を右に曲がった。角にあった筆墨屋の墨くささを鼻に刻みつつ、オレも急いで辻に走り込んだ。まもなく阿次郎と名主は、一軒の店屋《みせや》に入っていった。

看板は読めないが、履物ばかり並んでいる。ここが雪駄《せった》問屋の大西屋《おおにし》だろうかと思ったら、

外れていた。どうもオレは、履物の違いがいまひとつだ。形の違いはわかるが、名がごっちゃになっちまう。

ええっと、歯のついたのが下駄で、草履《ぞうり》はついてない。雪駄は草履と似ているが、違いは何だっけ……ああ、思い出した。「雪駄ちゃらちゃら」だ。たしか雪駄は、表が竹皮で裏は獣の革。踵《かかと》辺りに後金《あとがね》がついていて、歩くたびにちゃらちゃらと鳴るのだ。

その店の履物は竹皮ではなく、漆《うるし》塗《ぬ》りや模様入りで華やかだ。色に疎いオレにもそのくらいはわかる。女物の草履をあつかう店で、大西屋の分家筋に当たる『鈴乃屋《すずのや》』だと、阿次郎たちの話を盗み聞きしてわかった。

名主と昵懇《じっこん》だという鈴乃屋の旦那が出てきて、ふたりが奥に通される。

急いで路地から裏にまわり、またぞろ縁《えん》の下《した》に潜り込む。ただ残念ながら、鈴乃屋の旦那、時雨《しぐれ》の実の父親からは、目ぼしい話は拾えなかった。

「それじゃあ旦那さんは、順松《よりまつ》という芸者にも、心当たりはねえんですね？」

「たしか、あれの飼っていた猫の名が順松だとは、うちの手代《てだい》を通してきいていましたが――去年までは、あれも暮らしがおぼつかず、うちから色々と届けさせておりましたから。ですがよもや芸者の名だとは……もしも女ごときで店を放り出したとしたら、本家に申し訳が立ちません」

旦那の心配の種をさらに増やしただけで、肝心の倅《せがれ》の行方《ゆきかた》については皆目見当がつかないようだ。

「もしかしたら、弟の佐吉郎《さきちろう》なら多少はきいているやも……いえ、大西屋さんの手前、言わぬでしょうな」

旦那は己で言って、すぐに己で退《しりぞ》けた。

「佐吉郎さんというのは、里三郎《りさぶろう》さんが隠居した後に、大西屋を継がれた方ですね？」

「ええ、そうです。三人の倅のうち、次男の里三郎と末の佐吉郎は、ことに仲がいいもので」

三人兄弟のあいだにふたり、姉妹も挟まっているそうだから、人にしては子福者《こぶくしゃ》と言えるだろう。

長男が鈴乃屋の跡取りで、次男の時雨、つまり里三郎が本家に養子に出された。三男の佐吉郎は、時雨のふたつ下。兄よりも前から本家の大西屋に奉公し、兄が隠居して本家を継いだ。

「とはいえ、佐吉郎もいまは大西屋を預かる身。お絹《きぬ》さんにもはばかりがありましょうし」

「お絹さんとは、大西屋のお嬢さん――里三郎さんのおかみさんだった方ですかい？」

「はい……いまは、佐吉郎の妻ですが」

え、と阿次郎が驚いた気配が、床板越しに伝わる。

「それじゃあ、お絹さんは……」

「外聞が悪いのは、重々承知しております。先さまの縁者からも、ずいぶんと横槍が入れられたのですが……佐吉郎と、誰よりもお絹さんが、このとおりと願い出て……」

「兄の跡を継いだ弟が、合わせて兄嫁を娶《めと》るなぞ、世間じゃよくある話じゃないか」

気を遣ってか、名主がことさら何気ない調子で口を挟む。

人のややこしい思惑はよくわからなくて、オレはだいぶ後で知ったことだが、兄と弟が、同じ女を嫁にする例《ためし》はあるそうだ。ただし、あくまで兄が死んだ場合に限られて、ふた親がことに嫁を気に入っている折なぞに、この手の話がもち上がるという。

大西屋の場合、お絹は家つき娘であるから動きようがない。その謂《いわ》れはあるものの、時雨が達者な身で隠居しただけに、世間体は決してよくないということらしい。理屈は呑《の》み込んだものの、どこがいったい悪いのか、オレたちにはさっぱりなのだが。

まあともかく、お絹は時雨の弟の佐吉郎と夫婦《めおと》になった。ごくごく身内だけで祝言《しゅうげん》を挙げ、オレと阿次郎がちっと引っかかったのは、その頃合だった。

「五月……今年の五月に、おふたりは夫婦になったんですかい？」

「さようです。たしか、五月二日でした」

う。

「五月二日……その月末に、行方知れずか」

阿次郎の呟《つぶや》きは、オレの耳にも届いた。少し符丁《ふちょう》が合い過ぎているように思えたのだろう。

「もともとは、佐吉郎が本家を継ぐはずでしたからな。もとの鞘《さや》に収まっただけだと、あちらさまも納得してくれましてな」

「それは、どういうことです？」と、阿次郎がたずねた。

「本家への養子にと、算段が整っていたのは三男の方なのです。お絹さんと許嫁《いいなずけ》だったのも、やはり佐吉郎で。その建前で、本家や親類縁者にもどうにか納得いただきました」

「佐吉郎さんは、いっとき重い病にかかってね、二年ばかりも床《とこ》に伏せっていたんだよ」

と、その辺の仔細《しさい》は承知しているらしい名主が、つけ加える。

「治る見込みはなかろうと、医者にも匙《さじ》を投げられまして……」

養子話は白紙にしてくれと頼みにいったところ、それなら次男の里三郎をと、本家からもちかけられたという。

「ちょうど、里三郎の養子話も立ち消えになっておりましたから、私どもにも否《いな》やはなく」

「立ち消えとは、どんな仔細で？」

阿次郎は気楽な調子でたずねたが、名主と旦那の気配が、にわかに煮凝《にこご》ったように重くなった。口はばったいというよりも、嫌な思い出を厭《いと》うている。顔を見ずとも、そのくらいは察せられた。

「あれは、何とも酷《むご》い一件だったねえ……」

「叶屋《かのうや》さんとは、身内同然のつき合いだったから応えたよ」

名主と旦那が、そろって湿っぽいため息をつく。

「そんな顔をされるとは、よほどの理由《わけ》でもあるんですかい？　差支えがあるようでしたら、無理にとは言いませんが」

「いや、里三郎さんがどうこうではないんだ。平たく言や、叶屋は潰れてしまってね」

遠慮がちな阿次郎に向かって、名主が言い訳する。

「おまえさんは知らないかい？　かれこれ十五……いや、十六年前になるか。あんたも同じ日本橋の内、まだ鶴来屋にいたころだろう」

「鶴来屋さんは、ここからは少うし離れているからね。ましてや、あんな痛ましいあらましは、子供の耳からは遠ざけましょう」

年寄りふたりが、そんな話を交わし合う。ちなみに、初顔の若造相手に身内事を明かしてくれたのは、名主の顔繋《つな》ぎばかりじゃなく、鶴来屋の後光《ごこう》も大きかったようだ。当の阿次郎は、実家との関わりをおくびにも出さないが、鶴来屋は日本橋の南では名が知られているようだ。

「里三郎の養子先は、この近所にあった、叶屋という小間物問屋でした」

叶屋は、ことに根付《ねつけ》や簪《かんざし》など、細工物の品揃《しなぞろ》えが自慢の店だったようだ。

時雨は小さいころから手先が器用で、木彫《きぼり》なんぞを見よう見真似で拵《こしら》えていた。細工の案や工夫のためか、叶屋にも毎日のように出掛けていき、そのようすが主人の目に止まり、気に入られたようだ。その屋の娘が三歳を迎えた折に、正式に許嫁となった。叶屋に先々男子が生まれなければ、養子にもらうことも内々に決まった。

「叶屋の娘、おもとちゃんは、里三郎にも懐《なつ》いていましてな。歳は九つ違いになりますが、夫婦としても無難な歳まわりです。申し分のない話だと、私らも喜んでいたのですが、あんなことに……」

ことさら沈んだ気配が、上からただよってくる。座敷にいないオレですら、旦那の悲しそうな顔が見えるようだ。

「先ほど、叶屋は潰れたと伺いましたが、何かよほどのわけでもあったんですかい？」

問うた阿次郎に、重いため息をひとつ返してから、旦那はおもむろに告げた。

「叶屋は、盗賊に襲われたんです」

「……盗賊？」

「あれは、本当に酷かった……！　叶屋の一家四人と、使用人五人が皆殺しにされました」

阿次郎が、ごくりと唾《つば》を呑む音が、ピンと立てた耳にかすかにきこえた。

「それでも不幸中の幸いというか、ひとり娘のおもとちゃんだけは難を逃れましてな……」

娘のおもとが十歳のときだった。隠居夫婦と旦那夫婦、一家四人は斬り殺されたが、その娘だけは助かった。両親や祖父母とは離れた座敷で寝ていたことに加え、世話役の姉《ねえ》やが気の利く女中だったようだ。騒ぎをききつけて、いち早く縁の下に娘を隠した。

「ひとり残されたおもとちゃんは、本当に哀れで……うちで引き取ろうかとの話も出たのですが」

「なるほど……ふたりを一緒にさせて、叶屋を継がせるおつもりだったんですね」

「しかしまもなく、叶屋さんの生国から親類がやってきて、店をたたんで娘さんを引き取りました。たしか相模国《さがみのくに》の箱根湯本《はこねゆもと》でしたが……おもとちゃんとはそれっきりで。当時は里三郎もひどく気落ちして、塞《ふさ》ぎ込んでおりました」

しかしその翌年、病に伏せった三男の代わりに、本家への養子話が時雨にまわってきた。弟の先々を横から奪うようで、気が引けたのだろう。時雨も最初は良い顔をしなかったが、本家の当主と実の父親に説き伏せられて、従わざるを得なかった。

「それがたった十二年で、隠居を願うとは何事かと、里三郎の勝手には肝《きも》を冷やしましたが……結局は佐吉郎が本家を継いで、言ってみればもとの鞘に収まったとも言える。思えば、妙なものですねえ」

鈴乃屋の旦那は、ひどく感じ入ったようなため息をついて話を終えた。

「できれば、大西屋の佐吉郎さん夫婦にも、話を伺いたいんですが」

「わかりました。私から伝えておきましょう。今日明日とはいかぬかもしれませんが、里三郎の行方知れずを、誰より案じているのはあの子です。頼めば否やはないでしょう」

鈴乃屋の旦那が請け合ったのを潮《しお》に、客のふたりは腰を上げた。

「これから、どうすっかなあ、ユキ」

仰向けで畳に寝転がり、両手でユキを高い高いする。

「時雨の来し方はわかったものの、おめえのおっかさんとは繋がらねえし、ふたりの行方についちゃ、わからず仕舞《じま》いだ」

いっぺん深川に走って、別の手掛かりを探そうかとか、ユキを相手に四の五《しのご》の呟いている。

鈴乃屋に出向いた翌日、早くも行方探しに行き詰まったようで、阿次郎は長屋でため息の数ばかり稼いでいた。

狭い座敷で、ため息責めになるのも鬱陶《うっとう》しい。相手はユキに任せて、オレは雑草だらけの長屋の裏手から、開いた障子越しにようすを窺《うかが》っていた。

ほつれ糸一本でもいい。何か糸口さえ見つかれば、傀儡の使いようもあるのだが、肝心のオレがお手上とは、我ながら情けない。猫町中の猫たちに、改めて順松の兄《あに》いと時雨のことをたずねまわってみたが、ふた月半も前となると覚えもいっそう頼りない。人にとっては二年と同じだから、まあ、仕方がないんだが、こちらも八方手詰まりで、阿次郎同様参ってい た。

だからこの家に客が来たときは、三日ぶりにネズミにありついたみたいに、柄にもなく髭がぴくぴくした。

「急にお訪ねしてすみません。鶴来屋の次郎吉《じろきち》さんのお住まいは、こちらでしょうか？」

入口障子が遠慮がちに叩かれて、声がかかった。きき慣れない名に、阿次郎はちょっと顔をしかめながら、ユキを畳に置いて起き上がった。

阿次郎が戸を開けると、品のいい商人姿の男が立っていた。

「あっしが鶴来屋の倅ですが……どちらさんで？」

「私は、大西屋──衛門と申します」

「……てえと、佐吉郎さんですかい！　いや、いまは大西屋の旦那さんでしたね」

オレが苦手な長い名をもつ男は、時雨の弟、鈴乃屋の三男だった。この手の名は、骨が折れるとはいえ、気を入れれば頭にも留められる。けれど、その必要はないと踏んだ。

「――衛門は、大西屋の主《あるじ》が代々名乗る名でしてね。兄の跡を私が継ぎましたが、どうも未《いま》だに面映《おもは》ゆくて」

屈託なく、そんな話をする。オレの中では、佐吉郎で通すことにした。

「狭いところですが、どうぞお上がりください。……いや、これじゃあ、腰を載せる場所もねえなあ」

本で埋まった四畳半をながめわたし、阿次郎が頭をかく。

「猫町の北どなりに、行きつけの料理屋がありまして。よろしければ、ご一緒しませんか？」

さりげなく嫌味のない誘いようで、阿次郎は一も二もなく同意した。

「そいつは有難え。あ、少しだけ待ってもらえやせんか。うちの娘を、預けてきやすから」

初顔の客が、少し怖《こわ》かったのだろう。積まれた本の陰に隠れていたユキを、ひょい、と抱き上げる。佐吉郎の目尻が、たちまち下がった。

「こちらでも猫をお飼いでしたか。真っ白できれいな猫ですね」

「へへ、うちの自慢の娘でさ。名もうんと凝ったものにしやしてね……まあ、略してユキですが」

いつものとおり、ひとしきり娘自慢を打ったが、佐吉郎はにこにことときいている。撫《な》でたい気持ちもあるのだろうが、初見《しょけん》の上に仔猫だから、怖がらせてはいけないと自重しているようだ。何となく、わかった。

そういや、時雨もそうだった。野良のオレが嫌がると察して、ただにこにこと額の三筋《みすじ》をながめていた。

やっぱり兄弟だ。顔かたちは違っても、まとう気配がよく似ていた。

「兄の猫を、思い出します。こちらさんのように決して見目《みめ》が秀でているわけではないのですが、凛《りん》として姿の良い猫でした。何より、とても賢かった」

「お兄さんと一緒に、その猫も姿を消したそうですね」

「はい……連れていったのかもしれませんが、猫は人ではなく家につくと申しますから、何がしか不安が先に立って……」

時雨のふたつ下というから三十三か。今年、旦那になりたての若い主は、屈託ありげに視線を落とした。

「鶴来屋の息子さんが、兄の行方を探してくれていると実家《さと》の父からきいて、矢も楯《たて》もたまらず、ここへ走ってしまいました」

「その肩書は、勘弁してもらえやせんか。ずっと前におん出された身の上ですし、いまは阿次郎と名乗っていやす」

「ああ、そうでしたね。では改めまして、阿次郎さん。兄のことで、ぜひともきいていただきたい話があるのです。これは私と、妻の絹しか知りません。大西屋の身内はもちろん、鈴乃屋の父ですらも知らぬことです。ですが、兄の行方を探す手がかりになるのなら、思い切って打ち明けるべきではないかと……妻とも相談してこちらをお訪ねいたしました」

「そいつは、有難え話ですが……でも、いいんですかい？　旦那方からすりゃ、見ず知らずの与太者《よたもの》に、そんな大事《だいじ》を教えるなんて」

「実は、次郎吉……いえ、阿次郎さんのことは、前々から存じています」

え？　と阿次郎が、首をかしげる。

「どこやらで、お会いしやしたか？」

「いえ、会うのは初めてですが……お人柄は、魚十《うおじゅう》の源八《げんぱち》さんから伺ってます」

「旦那は、源八をお見知りでしたか！　いやあ、日本橋は狭えや」

「魚十と大西屋は、古いつき合いでしてね。私が手代だったころから、倅の源八さんとは馬が合って、親しく行き来する仲です。阿次郎さんと源さんは、幼馴染《なじみ》だそうですね」

そいつなら、オレもよく覚えている。傀儡師を拝命して、最初の一件に絡んでいたからだ。めで値打物の朝顔の鉢が倒されて、その濡《ぬ》れ衣《ぎぬ》を仲間のキジが被《き》せられた。疑いは晴れて、めでたくキジはおシマとくっついたが、もうひとつ、めでたい縁があったようだ。

「つい先だって、縁談がまとまったと、嬉しそうに知らせにきてくれました。お相手は銅物問屋のお嬢さんで、縁結びの神は他ならぬ阿次郎さんだとか」

「いや、そんな大仰《おおぎょう》な話じゃねえんですがね。源八はあのとおり、義理堅え奴でして」

その顚末《てんまつ》も、覚えている。源八が礼だと言って、でかいお頭《かしら》つきの鯛《たい》を土産《みやげ》にもってきたからだ。魚屋の倅自らが捌《さば》いてくれて、生きのいい鯛の刺身を、長屋中にふるまった。もちろん、オレも相伴《しょうばん》したが、あれはとびきり旨《うま》かった。

「源さんからめでたい話を披露《ひろう》されてほどなく、昨日、実家の父から阿次郎さんの名が出ました。どこか神仏の導きのようにも思え、つい気が急《せ》いてこちらまで駆けつけました」

「なるほど、そういうことでしたか」

阿次郎がようやく納得し、話の前に場所を変えることにした。ユキをとなりのかみさんに預けて、連れ立って猫町を北に抜ける。

佐吉郎が案内したのは、小体《こてい》な料理屋だった。間口はさほど広くはないが二階屋で、玄関から階段を上る足音がした。当然のようにふたりの後ろをついてきたオレは、ひとまず屋根にとび乗った。

人が出入りする場所なら、猫はたいがい忍び込める。たとえ城の天守だろうと、その気になれば朝飯前だ。忍びとしては極上だが、あいにくと拝まれてもその気にならないのがオレたちだ。

ふたりは二階座敷に通されて、天気のいい日だったから窓は大きく開いている。まもなく中秋の名月。髭の先に秋の気配は漂《ただよ》ってきたが、昼間はまだ暑気が抜けない。おかげで屋根の上から、中のようすがよく見えた。

「粋《いき》な店ですねえ。大西屋さんのお出入りで？」

「いえ、兄と幾度か寄った店です。私は野暮天ですが、兄は根付細工を好んでいただけに、何事にも垢抜《あかぬ》けていて」

向かい合わせに座ると、そんな話をはじめた。やがて女中が膳を運んできて、互いに差しつ差されつしても、まだどうでもいい話が続いている。こういうところがまどろっこしくてならねえが、人は髭や鼻先の代わりに、言葉をやりとりして間合いを計るものらしい。師範代に教わったから、あくびを噛《か》みころしながらじっと待った。

その甲斐《かい》はあったようで、銚子一本が空くころには、ふたりの口調はぐっと親しげになっていた。

「兄さんと一緒に、辰巳《たつみ》芸者が同じ晩にいなくなったと、阿次郎さんはそうお考えなのだね？」

「そうでさ、順松って芸者でね。もしや旦那も、お見知りですかい？」

「いや、私が見知っている順松は、飼い猫の方だ。猫町の借家は、私もたびたび訪ねましたから。ただ、まさか芸者の名だったとは――いかにも兄さんらしい洒落《しゃれ》だがね」

「もしかすると里三郎さんは、ただ順松姉さんの名を呼びたかっただけかもしれねえな」

くすぐったそうに、阿次郎が笑う。妹芸者の春奴《はるやっこ》の話からすると、決して行き来できない道のりでもないのに、ふたりは文《ふみ》のやりとりだけを交わしていた。阿次郎がそう説くと、さもありなんと佐吉郎も微笑した。

「源氏名は知らないが、その人の本当の名は知っている――おもとさんだ」

「おもと？　てのは、ええと……」

「鈴乃屋の父からきいたろう？　賊に襲われた叶屋で、唯一生き残った娘がいたと」

「ああ！　そうか、小間物問屋の娘がおもとか！　……え？　それが、順松だってのか？」

「私ら兄弟のあいだでは、おもとさんと呼んでいたからね、源氏名はきいていないんだ。ただ、おもとさんが芸者になって、いまは深川《ふかがわ》に暮らしているとは、兄さんから明かされていた」

「こいつは驚いた！　それじゃあ、順松って芸者は、あんたの兄さんの昔の許嫁ってことか！」

よほど興を引いたようで、阿次郎はちょっと嬉しそうだ。現《うつつ》は時折、狂言なんぞよりよほどかっ飛んだ真似をしやがる、とは、こいつがたまに口にする言い草だ。

「私も、昔のおもとさんのことなら、よく覚えている。兄さんに連れられて、叶屋に遊びに行ったことがあるからね。子供のわりにはずいぶんと大人びて見えて、九つ上の兄さんとも似合いに思えた」

「つまり里三郎さんは、昔の許嫁とよりを戻したかったがために、大西屋を出たということか？」

阿次郎が推量を口にすると、どうしてだか佐吉郎の顔が急に曇った。人ならそこまで見抜けなかろうが、オレはぴんときた。こいつの中にあるのは、申し訳ないという気持ちだ。罪があるのは、時雨でもおもとでもなく己だと、佐吉郎は暗に言っている。

「……里《り》の兄さんが隠居したのは、私たちのためなんだ」

「私たち……？」

「私と、お絹のためです」

きょとんと、ひどく間抜けな面《つら》をして、阿次郎が押し黙る。霧の中からゆっくりと現れた形を悟ったように、間をおいてうなずいた。

「そうか……旦那とお内儀《ないぎ》のお絹さんは、親の決めた許嫁というだけじゃなく、互いに思い合っていたのか。たぶん、ずっと昔から……」

誰かに詫《わ》びるように下を向き、そのとおりです、と小さく返す。

「兄さんはそれを、祝言の日に知ったんです……」

猫と違って、人同士の縁は、好いた惚《ほ》れたでは片付かない。どういうわけか、武家だの富裕な商人だの、身分や金高が上がるごとに色恋抜きになるようだ。

たぶん時雨は、それが了見できなかったんだろう。あるいは相思うふたりを、遂げさせたいと願ったのかもしれない。

祝言の晩、泣きながら佐吉郎への思いを告げたお絹を前に、時雨はある決心をした。明かしたのは数日後、実家で病の床に臥《ふ》す、弟の枕辺だった。

『佐吉郎、何としても病を治せ。そしてお絹と一緒になって、大西屋をおまえが継ぐんだ』

あまりに突飛《とっぴ》な話に、最初は本気にできなかった。けれども当の時雨は大真面目《まじめ》で、己の思いと腹積もりを綿々と訴えた。

『あまり早くては、分家としてのおとっつぁんの面目が立たない。少なくとも十年は、私も大西屋の主人を務めねばなかろうが、その後は、おまえが背負うんだ』

『私に継がせるために、早い隠居を願い出るなんて……それでは兄さんの面子《メンツ》が潰れてしまう』

『私にはもともと、潰れるほどに厚い面子はないからね。隠居のあかつきには、好きな根付でも彫ってのんびりと暮らしたい。それに、決しておまえのためばかりじゃない、誰よりもお絹のためだ』

佐吉郎とお絹は歳も同じで、大西屋と鈴乃屋は同じ日本橋の内だ。子供時分にはよく行き来して、早くに養子話が決まっていた佐吉郎は、十四になると大西屋に奉公に上がった。歳頃の男女というものは、同じ屋根の下にいても親しく口をきくこともないそうだが、互いの思いだけは募らせていたようだ。そのふくらんだ思いも、佐吉郎の病で見事に潰れてしまった。

大西屋の先代も、決して情けがないわけではない。一年ほどは待ってくれたものの、いっこうに快癒の兆《きざ》しは見えず、からだの弱い跡取りでは、店や娘を託すのにも不安が残る。見込みはないと医者から告げられたのを潮に、兄の里三郎に白羽の矢を立てた。

降ってわいたような話だ。承知はしたものの、時雨にも屈託があった。そのもやもやが、お絹の涙を見たときに、十二年の歳月を要するほどの長い企み事として形を成した。

「病は気からと申しますが、本当かもしれません。現にそれからというもの、気持ちに張りが出て、治そうと努めるようにもなりました」

本家への養子話も、お絹への恋慕も潰《つい》えて、からだも心もいちばん参っていたころだ。兄の内緒の申し出は、地獄に尻をつきそうだった佐吉郎をふんばらせ、極楽の形を頭上に示してみせた。餌をぶら下げられりゃ、オレたちだって必死になる。医者も目を見張るほどで、半年で床上《とこあ》げに至り、養生にもう半年を費やして、ふたたび手代として大西屋への奉公を果たした。

「すべてを兄に奪われたのに、よくものこのこと戻ったものだと陰口をきく者もおりましたが、里の兄さんとお絹が傍《そば》におりましたから、まったく気になりませんでした」

「そのう、口はばったいようですが……里三郎さんとお絹さんは、十二年ものあいだ夫婦だった。その間、おふたりは……」

「兄とお絹のあいだには、男女の繋がりは一切ありません。私はそう信じていますし、ふたりのようすからも疑《うたぐ》ってはおりません」

背をしゃんと伸ばして、佐吉郎ははっきりとそう告げた。

ふへえ、と阿次郎が、降参だと言わんばかりに気の抜けたため息をついた。

猫にはとうてい真似のできない密な芸当だが、人の世でもやはり、ごくめずらしい話のようだ。

「こう言っちゃ何ですが、里三郎さんというお方は、相当な変わり者のようだ」

阿次郎は、妙に嬉しそうだ。変わり者とは、こいつにとっては褒《ほ》め言葉なんだ。

「一年、二年ならともかく、十二年とは。並みの者なら、決してそんな愚かな真似は致しやせん。言わば若い盛りを、まるまる棒にふるようなものでさ」

せっかく本家を継いだのだ。店を守《も》り立てて、女房と子を生して、その方がよほど人の一生としちゃ実入りがいい。なのに時雨は、無茶を通した。

「兄はただ、弟の私と、お絹のために……」

「いやいや、それも違いまさ。里三郎さんは、とびきりの数寄者《すきしゃ》でさ。人の世の損得勘定なんぞには、まるきり興が乗らねえんだ。内緒事を誰より愉《たの》しんでいたのは当人でしょう。こいつは、お兄さんが自《みずか》ら書いて演じきった、一世一代の狂言でさ」

ああ、そうか。会ったこともないくせに、仲間ができたみたいで阿次郎は嬉しいんだ。その狂言に惹《ひ》かれたというよりも、不真面目なほどに呑気《のんき》な生き方が、てめえと似ているからだ。

にまにまする傀儡をながめながら、オレも合点した。

猫の傀儡には、それこそが打ってつけなのだ。思えば傀儡四箇条も、まさにそういう変わり者を見つけるための条とも言える。おそらく頭領は、こいつに時雨と同じにおいを感じて、だからこそ次の傀儡に据えたのだ。

「何やら、俄然《がぜん》やる気が出てきた。おれも里三郎さんに会ってみてえ。何としても、探し出してみせまさ」

「どうか、お願いします！　兄の思惑がどこにあろうとも、あの申し出がなければ、私は間違いなく病で命を落としていた。私をこうして永らえさせてくれたのは、里三郎兄さんです」

佐吉郎は、畳に両手をついて、深々と頭を下げた。

「私にできることなら何でもします。どんな無茶でも厭いません、お手伝いします。だから、どうか！」

このふた月半、大西屋の伝手《つて》を使って懸命に探したが、兄の行方は杳《よう》として知れない。八方塞がりで心配ばかりが募っていたところに、阿次郎が現れた。藁《わら》にも縋《すが》るとはこのことだが、大西屋の主は阿次郎を当てにしている。こいつの中に、いくばくかの希望《のぞみ》を見出《みいだ》している。

とはいえ、いまのところ、手掛かりになりそうなものは何もない。

「ちなみに、順松――いえ、おもとさんは、先代の企みを知っていたんですかい？」

「おもとさんが明かされたのは、ずっと後になってからです。兄が二十歳で本家に入ったとき、おもとさんはほんの十一でしたし」

身内をすべて失い、相模の親戚に引きとられてから一年も経っていない頃だ。ましてや十一の子供に、同じ年月ほども待ってくれなんて、言えるはずもない。

「辛《つら》い思い出で終わった江戸に戻るより、相模で人並みな幸せを得られるなら、その方がいいと、兄は考えていたようです。縁が復したきっかけは、おもとさんの方から兄に宛てて、鈴乃屋に文が届いたからです」

それが、三年と少し前。時雨が隠居する前のことだ。

おもとが辰巳芸者になって深川にいると知らされて、時雨はたいそう驚いた。弟にだけ伝えて、以来、文を交わし合う仲になった。

「おもとさんは、どうして芸者に？　親類の家で邪険にでもされたんですかい？」

「私も兄さんに、同じことをたずねたよ。親類はむしろ止めたそうだが、どうやらおもとさん自身が、芸の道を望んだみたいだね。もともと子供時分から芸事《げいごと》が達者でね、ことに小唄や長唄の上手《うま》さは評判だった」

嫁入り前にひととおりの芸事を習うのは、女のたしなみなのだそうだ。ひとかどの家の娘は、七つ八つのころから習い事に精を出し、小唄・長唄、舞や三味線《しゃみせん》などの芸事も、お茶やお花と同じ花嫁修業というものらしい。

おもとは昔から芸事が好きで秀でていたが、それだけではなしに、引きとられた先が箱根湯本であったこともあったようだ。風呂だらけの町なんて猫にはご免だが、とかく人は湯治《とうじ》が好きで、湯治場には色町もあり芸者もたんといるときく。

ただもうひとつ、肝心の理由があったと、佐吉郎は気の毒そうに告げた。

「ひとり残されたことが、よほど怖かったみたいでね。可哀そうに、おもとさんはあの歳で、人の身の儚《はかな》さを思い知ったんだ」

芸で身を立てようと、若い娘がそこまで思い詰めたのは、それまでのあたりまえの幸せが、たったひと晩で崩れ去ってしまうことを身をもって知ったからだ。どんな良い家に嫁いでも、また失《な》くしてしまうかもしれない――。ひとりになっても立って歩けるよう、己自身に力を蓄えよう――。その力として、おもとは芸事をえらんだ。

ただ、湯本ではなく、江戸で芸者修業をはじめたのは、もしかしたら、時雨を忘れていなかったためかもしれない。

湯本にいたとある芸者の伝手で、おもとは深川の置屋《おきや》に世話になることにした。一昨日会った春奴がお母さんと呼んでいたのが、その置屋の女将《おかみ》だろう。湯本に移って五年、おもとが十五のときだと佐吉郎は語った。

「見かけはたおやかでも、芯《しん》の強い人だ。それでも兄さんが深川に会いにきてくれたときは、張り詰めていた糸がみんな切れちまったんだろう。子供にかえって大泣きしていたと兄さんが話してくれた」

「そうか……よほど嬉しかったんだろうな。おれにもわかるよ」

めずらしく真面目な——いや、ちょっと違う。本気をちょいと湿らせたような声だった。

「いくら好きな芸事でも……いや、好きな道だからこそ逃げ場がねえ。この道を外したら、どんなに精進してもものにならなかったら、もうどこにも行きようがないからな。おとなしく嫁に行った方が良かったろうかと、うじうじ考えちまう宵《よい》もあったろうさ」

たぶん阿次郎は、てめえの来し方にかこつけているのだろう。日頃は呑気そうに見えるが、人である以上、厄介《やっかい》な悩みは尽きぬようだ。

「里三郎さんがいてくれたからこそ、これまでの一切が無駄《むだ》ではなかったと知った。芸の道で一本立ちしたからこそ、幼いころの思い人と一緒になる先行きも拓《ひら》けたんだ」

「うん、そうだな……きっと阿次郎さんの言うとおりだ」

物思いに釣られるみたいに、佐吉郎もしんみりと応じた。

「おもとさんはだからこそ、黙って三年も待ってくれたのかもしれないな。最初の一度きりを除いて、そのあいだいっぺんも、ふたりは会っちゃいないんだ」

「そいつばかりは、よくわからねえ。神田《かんだ》と深川のあいだなら、いくらだって行き来できるだろうが」

「誰にはばかることなく、おもとさんを迎えるためです」

佐吉郎とお絹が一緒になる前では、無理な隠居の責めが、おもとに向けられかねない。時雨は、それを避けたのだ。

「そうか……だから文だけをあんなに……」

妹芸者の春奴の話では、艶《つや》っぽいことは何も書かれていなかった。にもかかわらず、文は簞笥《たんす》の隠し棚に大切に仕舞われていた。

「つまりはふたりの仲を人に知られぬように、心を配っていたと」

「そのとおりです……だからおとっつぁんにも、何も言えなかった」

「十二年の上に、三年宵待ちか……あんたの兄さんの執念には恐れ入るぜ」

阿次郎が冗談めかし、佐吉郎も笑う。けれど明るい気配はすぐに削《そ》がれた。

「その枷《かせ》がようやく外れて、晴れて一緒になることができる。両国の川開きの日に、おもとさんと会うんだと、本当に嬉しそうに話してくれたのに……」

それっきり、時雨も順松も消えちまった。これからは、大手をふってふたりで歩ける。目《め》出度《でた》い門出になるはずが、あの日以来、誰もふたりを見ていない。

「こいつはおかしい……思った以上に妙だ。男女が消えれば、駆け落ちや心中を疑うのが常道だが、ふたりには逃げ隠れするわけなぞどこにもない」

阿次郎が腕を組み、ううむと唸《うな》る。

「せめて川開きの夜に、里三郎さんを見かけたというお人がいれば、とっかかりになりそうな気もするが……」

「それなら、おります」

佐吉郎が即座に応じ、本当ですかい、と阿次郎が身を乗り出す。

「浅草にある、『丸吉《まるよし》』という履物屋のご主人です。とはいえ、両国でばったり会ったというだけで、兄の行方まではわからず仕舞いでしたが」

「そのとき、順松姉さんと一緒にいたかどうかは？」

「いえ、芸者の話は何も。おもとさんと、会う前だったのかもしれません」

そうですかい、とちょっと考え込む。

たとえ無駄足でも、一度話をきいてみたいと阿次郎は頼み、添状《そえじょう》を書いてもらった。


鼠堀《ねずみぼり》より三倍は広い、川を渡った。神田川《かんだがわ》というそうだ。

阿次郎は広い道に出ると、ひたすら北へ向かった。

この辺りも日本橋に劣らずにぎやかで、人が大勢行き交っている。店も多いが、何より目を引くのが白塗りの立派な屋敷だ。同じ形の屋敷がどこまでも並んでいて、これが噂《うわさ》にきく江戸城かと思ったが、その辺の猫にたずねてみると蔵屋敷だとこたえられた。

「浅草《あさくさ》蔵屋敷を知らねえとは、どこの田舎者だ？　日《ひ》の本《もと》中から米が集まる場所だから、当然ネズミが多い。おれたちが重宝《ちょうほう》されるって寸法よ」

えらそうに講釈されたが、どこまでも続く白壁の中身がすべて米とは驚きだ。だが蔵屋敷を過ぎるとさらにすげえ景色が広がっていた。阿次郎に張りついていたのに、つい足が止まった。米の次は水だ。目の前すべてが水になり、いまにもあふれそうだ。水は嫌いでも、その景色にはいっとき目を奪われた。

大川《おおかわ》とも称される、隅田川《すみだがわ》だった。

オレの目では、向こう岸すら見通せない。名に違《たが》わず、鼠堀の十倍はありそうだ。水面《みなも》がきらきらとまたたき、よく太った旨そうな鳥がいく羽も舞っているが、食い気すらいっとき忘れるほどに、しばし見惚《みと》れていた。

世の中はこんなに広いのか――。果てのない大きさに、打ちのめされた。

ただ驚いただけじゃない。黒い斑《ぶち》のある腹毛のあたりから、違うものがこみ上げてくる。猫は狭いところを好む。そいつはもって生まれた性分だが、たまには変わり種もいる。もしかすると傀儡師には、そんな手合いが多いのかもしれない。狭い縄張りだけに留まっておれず、知らない場所に思いを馳《は》せる。腹の底からわき上がってきたものは、まじりけのない憧《あこが》れだった。

 つい、らしくない物思いにふけっちまった。急いで阿次郎を追う。

場所は浅草諏訪町《すわちよう》。諏訪神社の真裏だからすぐにわかると、昨日、佐吉郎からきいていた。

蔵屋敷を過ぎて三町ばかり行くと、左っ側にそう大きくない社《やしろ》があった。

「ここが諏訪神社か……この裏手というと、こっちかな？」

ひとり言を呟きながら神社の前を素通りし、次の角を曲がる。行き合った物売りにたずね、もういっぺん角を折れた。お、あったあったと、声をあげる。

丸の中に一文字入れた看板を目がけて、阿次郎が小走りになる。

店に入ろうとして、ちょうど中から出てきた男とぶつかりそうになった。すんでのところで辛《かろ》うじて避けたものの、勢い余って柱に体当たりする。ゴン、と無様《ぶざま》な音がした。

「いってえ……」

「これは申し訳ない。大事ありませんか？」

暖簾《のれん》の奥から出てきた男が、慌てぎみに阿次郎を気遣う。こぎれいな身なりの商人で、後ろに風呂敷包みを携えた手代を従えている。

「いや、こっちこそあやまらねえと。気が急いていたもんで、前がおろそかになっちまった」

「いえいえ、お客さまの道を塞ぐとは商人の名折れです。履物をお求めでしたら、どうぞ中へ」

「するってえと……旦那さんはこの店の？」

「はい。丸吉の主、実右衛門《じつえもん》にございます」

またオレの苦手なエモンだが、仕方なく覚えることにする。ええっと、エモンには右と左があって、右はエモン、左はザエモンだから、こいつは右と……。

桐《きり》や上等な竹皮の良いにおいが、暖簾の下からただよってくる。おそらくは値の張る履物ばかりをあつかう店なのだろう。主の物腰も穏やかで、そつがない。

「履物の小売店《だな》としてはなかなかに大きな構えで、大西屋にとってはお得意先になりますし、鈴乃屋には同業のお仲間になる。私もご挨拶《あいさつ》はしましたが、実家の父とはことに親しい仲で」

丸吉は、大西屋から雪駄を仕入れていた。当然、大西屋の先代であった時雨とも顔なじみで、川開きの夜、深川でばったり出くわしたという。

「けれど兄さんがそれきり行方知れずだときいて、ずいぶんと心配なすってくれてね。履物仲間との寄合の席などで、月に一度は顔を合わせるのだが、そのたびに兄のことをたずねてくれる」

丸吉の旦那の人となりについては、そうきいていた。

あいにくと履物目当ての客ではないと、阿次郎は旦那に告げた。佐吉郎が書いてくれた添状を見せて用向きを明かす。里三郎の名をきくと、相手の気配がみるみる曇った。

「そうですか……未だに大西屋の先代は、行き方知れずのままですか」

「最後に先代に会ったのは、旦那だそうですね？」

「図らずも、そのようですな。あの折に、行先をたずねるなりすべきだったかと、悔やまれてなりません」

「お手間はとらせやせん。先代と会ったときの経緯《いきさつ》を、おきかせ願えやせんか？」

ちょうど出掛ける矢先だったようだが、旦那は承知した。手代をいったん店に戻し、入口から少し外れた軒先《のきさき》に場所を移した。オレはとなりの店とのあいだに開いたわずかな隙間《すきま》に身を入れて、聞き耳を立てた。

「あの日、私は、深川の商い仲間が仕立てた舟で、花火見物をするつもりでおりましてな。待ち合わせ場所が、竪川《たてかわ》に面した船宿でしたから、まだ隅田川が立て込まないうちに舟で川を渡って、深川に入りました」

川開きの日は、あのでかい川の水面が塞がるほどに舟が出るのだそうだ。丸吉の旦那は、まだ日の高いうちに深川に出かけ、ついでに得意先などに挨拶をしてまわり、日の暮れどきに一緒にいた手代と別れて、ひとりで竪川に向かった。その途中、竪川と交わる横川《よこかわ》沿いの道で、時雨に声をかけられたという。

「いや、妙なところでばったり出くわしたものだと、互いにびっくりしましてな。挨拶《たあい》がてら、去年の花火は勢いがいまひとつだったとか、今年はどうだろうかとか、そんな他愛ない話を交わしました」

「そのとき、先代と一緒に、女を見ませんでしたか？　辰巳芸者なんですが」

「いいえ……大西屋の先代は、おひとりでしたよ」

オレの鼻が、ひくりと動いた。耳の毛も、急にざわざわしはじめる。

「少なくとも、私は気づきませんでした……もしかすると、傍にいたのかもしれませんが、すでに日が落ちて、だいぶ暗くなっていましたし」

旦那のにおいが、急に強くなった。ほんのわずかだが、声も上ずっている。

これは嘘《うそ》だ——。こいつは、嘘をついている。

時雨はひとりだったと、芸者の順松は見ていないと旦那は言った。それが嘘だとすると、順松にも会ったということになる。

——どうしてだ？　——何故、嘘をつく？

確かめたい気持ちにかられ、自《おの》ずと足が前に出た。壁に挟まれた隙間から、旦那の顔が半分だけ見えた。背格好も器量もとり立てて目立つところはないが、ずいぶんと顔に黒子《ほくろ》が多い。ことに唇の下、顎《あご》の真ん中に、でかいイボのような大きな黒子があった。目尻の下がった細い目は、いかにも温厚そうだが、肝心の目玉が見えない。

旦那の顔をとっくりと検分しながら、知らずに壁のあいだから頭が出ちまった。旦那がオレに気づき、ぎょっとした顔をする。

「ね……猫……！」

旦那がたちまち青ざめて、一歩二歩後ろに下がる。オレの姿を目からさえぎるように、右腕が額まで上がり、その拍子に妙な模様が見えた。腕の裏側、肘《ひじ》の下あたり。

入れ墨じゃねえ。ただ、その模様には、覚えがある。

四つの小さな点が、向かい合うように丸くならび、そのひとつだけが、点ではなく扇形の跡になっている。まったく同じものを、オレは見たことがある。

順松の兄いと、一緒にいたときだ。

猫町に、猫盗人《ぬすっと》が横行したことがあった。三味線には、猫の腹の皮が使われる。猫町なら楽に手に入ると、猫獲《と》りのあいだで噂になったようだ。オレたちは滅多《めった》に徒党を組まないが、このときばかりは猫町の一大事とばかりに、総出で護りに当たった。先頭に立ったのは、当時の傀儡師だった順松で、オレたち傀儡師見習いだけでなく、町内の生きのいい連中も二十四ほど集められ、昼夜を問わず張り番に立った。

その日、オレは順松とともに、三丁目の辺りの見回りをしていた。往来から狭い路地までくまなく歩きまわり、塀《へい》にとび乗り中の飼い猫に用心しろと言いおいて、最後に屋根の上から通りを見張る。

「ミスジ、見てみろ。あのふたり、さっきから同じ場所をうろうろしてる。おかしいと思わねえか？」

すでに夕日は真っ赤にふやけて眠そうで、西の山に帰る仕度をはじめていた。屋根から覗《のぞ》くと、あからさまに怪しい男がふたり、家に帰るでもなく店を覗くでもなく、きょろきょろと右に左に視線を走らせ、何かを探しているようだ。

こっからじゃ顔の見分けは難しいが、声やにおい、気配なんぞで相手を判じ分けられる。あのようすは他所者《よそもの》で、よからぬことを考えていると、半人前だったオレにも読みとれた。

「兄い、たぶん当たりだ。オレが囮《おとり》になるから、始末は頼まあ」

ぴょんぴょんと庭木を伝い、屋根から塀に下りた。胡乱《うろん》な男たちからは少し離れていたが、塀の上だから丸見えだ。しばしこちらのようすを窺っていたが、オレが毛繕《けづくろ》いをはじめると少しずつ間《ま》を狭めてくる。横目でちらりと窺うと、ふたりの男は後ろ手に網を隠していた。

間違いねえ、このところ猫町に入り浸っていた猫獲りに違いない。

ふたりの気配が、背中を向けたオレのすぐ傍まで近づいてきたが、殺気だか昂《たかぶ》りだかがだだくさに漏《も》れている。こんな連中に捕まっちまう間抜けもいるのかと、にわかに情けなくなるほどだ。だが、並みの猫はオレたちみたいに修練は積んでない。日がな一日、昼寝とごはんとぐうたらと、まるで長屋の内の阿次郎みたいなものだから、あっさりと捕まっちまうこともあるだろう。

ひと月のうちに十三匹も消えたとあっちゃ、黙っておけない。

ふたりが網を構え、オレの真後ろまで来た。それっ、と網をふり上げたが、すぐさまつんざくような悲鳴があがった。脇から現れた順松が、容赦《ようしゃ》なく男の腕に嚙みついていた。

オレたち猫には牙《きば》がある。というより、牙によく似た長く鋭い歯が、上と下から二本ずつ生えているのだ。一方で、牙のあいだに並んだ前歯はごく小さい。この前歯は、ものを食うためじゃなく毛繕いのためにある。小さな前歯で毛を嚙んで、櫛《くし》のように使うのだ。

だから猫が本気で嚙みつくと、まず四本の牙が深く刺さる。傷は小さいが、なにせ深い。擦《かす》り傷なんぞと違って、長く残ることになる。

嚙まれた男は存分に喚《わめ》き、それでも順松は男の腕にしがみつく。もうひとりの方は、オレが顔中を引っかいて、蹴りも三発、鼻にお見舞いしてやった。情けない悲鳴が届いたのか、近所の者たちが集まってくる気配がした。順松はようやく男の腕から離れ、塀に飛び乗った。

男の腕には四つの穴があき、中のひとつからはたらりと血が流れている。猫に慣れた猫獲りでさえ、ここまで手酷《てひど》い傷は初めてだったに違いない。男は傷を確かめるなり半泣きになり、仲間とともにすたこらさっさと逃げ出した。

「ま、あのくらいしつこくやりゃ、猫町に通う気も失せるだろ。他にも猫獲りが入り込んでいるかもしれねえがきつい灸《きゆう》をすえてやる。この町で猫を盗めば、痛い思いをすると教えてやるんだ」

凜とした兄貴の姿と、あのとき猫獲りの腕に残った嚙み跡が、頭の中で大写しになった。

順松の牙は、上の左っ側が一本だけ折れていた。

だから嚙みつくと、三本は深く刺さり、折れた一本だけは焼き印みたいに歯型がつく。

「三ツ星と、銀杏《いちよう》でやすね」オレが言ったら、

「せめて、扇にしてくれや」と苦笑いされた。

それと同じものが、目の前にある。丸吉の旦那の肘下に、くっきりと残されている。

あれは本気の嚙み跡だ。順松が本気でこいつに立ち向かった、その証《あか》しだ。

兄貴は名うての傀儡師だった。無闇に人を襲ったりなぞ、決してしない。

この男は、何者だ――？

総身の毛がゆっくりと立ち上がり、喉《のど》がふるえて不穏な唸り声となった。

阿次郎がいることも、隠密をしていたことすら、頭から吹きとんでいた。

家境の隙間を出て、一歩一歩、相手との間合いを詰める。

「え？　ミスジ？　おまえ、ミスジじゃねえか？　何だって、こんなところに……」

「これは、あんたの猫か？　頼むから、どっかへやってくれないか。私は、猫が苦手なんだ」

顔をかばうように両腕を上げ、ふたたび三ツ星と扇が見えた。

千本の針を呑んだように、からだ中の毛が尖《とが》り、シャーッという脅しの声が喉から噴きこぼれた。何を考える間もない。相手に向かってとびかかり、旦那が悲鳴とともにとび退《すさ》る。

爪一本がかすっただけだったが、三ツ星扇の下に、長く細く刻まれた線を目にしたとたん、相手の形相が変わった。怯《おび》えが一瞬で霧散して、薄暗い怒りが立ち上る。

「この畜生が！　もう我慢ならねえ……ぶっ殺してやる！」

細い目の隙間から、瞳が覗いた。ぎらぎらとねちっこく、物騒な光を放っている。

間違いない、殺気だ。人がこれほどの殺気を放つのを見るのは、これで二度目だ。オレたちや三日月の仲間を切り刻んだ、あの若い侍と同じだった。

商人が、懐《ふところ》からららしくないものを出した。――小刀だ。侍が腰に差す脇差よりもずっと小ぶりで、裕福な商人がもつには粗末な代物《しろもの》だった。木肌の柄《つか》には、何十遍も握った証しに、手垢が赤黒くこびりついている。

順松が本気を出したのもうなずける。並みの猫なら尻尾を巻いて逃げちまうだろうが、あいにくと傀儡師は、そんなやわでは務まらない。

ふたたび身を屈《かが》め、次の攻めをくり出そうとしたが、一瞬早く、阿次郎の両手がオレを押さえつけた。

「放せ！　このすっとこどっこい！　てめえに構ってる暇なんざねえんだよ！」

「いて！　いてててて！　こら、ミスジ、やめろ！　おとなしくしねえか！」

ところかまわず引っかいてやったが、それでも阿次郎は放そうとしない。両の手のぬくもりは存外熱く、オレを見下ろす目は真剣だ。

――こいつ、オレを守ろうとしてるのか。

気づくと、急に力が抜けた。オレを雁字搦《がんじがら》めにしたまま、阿次郎が必死に詫びる。

「すいやせん、旦那。どうか勘弁してやってくだせえ。詫び料でも何でも払いやすから、なにとぞお目こぼしを！」

辺りをはばからないでかい声で、大げさなまでに芝居がかっている。道往く者が何事かとふり返り、店の中からはさっきの手代が顔を出した。

人目の効きようは、あらたかだった。まるで憑《つ》き物が落ちたように、物騒な気配が剝《は》がれ、もとの丸吉の旦那に戻る。

「いやいや、こちらこそ、無様なところをお見せしてお恥ずかしい。どうにも犬猫が苦手でしてな。むろん、詫び料なぞいりません。ちょっと引っかかれただけで擦り傷ですから、どうぞお気遣いなく」

阿次郎の詫びにつき合うみたいに、長ったらしい台詞《せりふ》を吐く。

「私はそろそろ、出掛けなければなりません。あまりお役に立てず申し訳ありませんでしたが、お話はこれにて」

「あ、いえ、こちらこそ。お引き止めした上に、粗相《そそう》をしちまって」

オレを抱えたまま阿次郎が立ち上がり、へこへことお辞儀する。旦那と手代の背中が遠ざかると、「いつまでベタベタさわってやがる！」じたばたするオレの文句に応じて、阿次郎はオレを地面に下ろした。

「なあ、ミスジ……あの旦那、何者だろうな？」

オレではなく、旦那の背中に目を凝らしながら、阿次郎が呟いた。

「あの殺気は、尋常じゃねえ……それに何だ、あのどすは？　まっとうな商人が、何だって懐に、匕首《あいくち》なんぞ呑み込んでやがる」

問いながらこたえは当てにせず、頭の中で懸命に考えているようだ。

「あの旦那、妙だ……時雨と順松の行方知れずには、あいつが絡んでいるかもしれねえ」

たぶん、そのとおりだ。オレは髭で、傀儡に返した。

猫町大捕物

阿次郎《あじろう》がふたたび鈴乃屋《すずのや》を訪れたのは、それから十日ばかりが過ぎたころだった。

「里三郎《りさぶろう》が戻ったというのは、本当ですか！」

この前訪ねた折には、落ち着いた態度を崩さなかったが、やはり倅《せがれ》のことは心配していたのだろう。鈴乃屋の主人は、阿次郎に向かっていく度も確かめる。里三郎の弟、佐吉郎《さきちろう》が、その傍《かたわ》らでしかとうなずいた。

「私もいましがた、猫町《ねこちょう》の借家に行って、兄さんに会ってきました。少しやつれてはいましたが、達者なようすでした」

「そうか、無事だったか……」

主人が大きく息をつき、涙ぐんだ。

オレは今日もこっそり阿次郎についてきて、座敷が見える庭の奥から中を窺《うかが》っていた。猫の耳なら、こっからでも十分に話が拾える。

「この阿次郎さんが、色々と伝手《つて》を辿《たど》って探し当ててくださったんです。芸者の順松《よりまつ》さん……いえ、おもとさんも一緒でした」

「それじゃあやっぱり、順松という辰巳《たつみ》芸者は、叶屋《かのうや》のおもとちゃんだったのかい？」

はい、と阿次郎がうなずいた。

「それならなおさら、こうしちゃいられない。私もこれから猫町に行って……」

「おとっつぁん、そう慌てずに。兄さんたちは、明日改めて挨拶《あいさつ》に来るそうです」

「息災ではいたものの、ふたりともひどく疲れていましてね。……まあ、盗賊から逃げまわっていたのですから、無理もありませんが」

佐吉郎が旦那を押しとどめ、阿次郎が後に続く。

「盗賊だって？　それはいったい、どういうことかね？」

「十六年前、叶屋を襲った盗賊でさ」

すうっと旦那が、息を呑《の》んだ。阿次郎が時雨《しぐれ》から――もとい里三郎からきいたと前置きして、仔細《しさい》を語った。

川開きの夜、隅田川の近くで、ふたりは偶然その賊に出会った。いまは順松と名乗っているおもとが、賊の顔を覚えていたのだ。もちろん、相手も見過ごすはずはない。その場はどうにか命からがら逃げ果《おお》せたが、このまま帰れば居所を突き止められて、早晩相手に襲われる。かといって鈴乃屋や置屋《おきや》に逃げ込めば、そちらまで累《るい》がおよぶかもしれない。

「だから里三郎さんとおもとさんは、ふたりっきりで身を隠していたんです」

「賊を見つけたのなら、どうして番屋《ばんや》や奉行所に届け出なかったんだね？」

「証《あか》しが、何もねえからです。その賊は、いまはあたりまえの顔をして、市中で安穏と暮らしていやす。おもとさんが賊を見たのも子供のころのことだし、なにせ十六年も経《た》っている。向こうに知らぬ存ぜぬを通されちゃ、役人も手が出せない。ほとぼりが冷めたころに、逆にふたたび襲われちまうかもしれません」

「それで三月《みつき》近くも、雲隠れしていたというのか……」

旦那がひとまず納得し、またぞろ別の心配をしはじめる。

「しかし、そういう仔細があるのなら、やはり危ないのじゃないのかい？　賊が里三郎の家に見張りを立てていたことも、十二分に考えられる。戻ったと知れれば、また襲われることも……」

「案じるにはおよびやせん。里三郎さんは、三月近くのあいだ、ただ無為《むい》に逃げ回っていたわけじゃありやせん。ちゃあんと賊の証しを、手に入れてきたんでさ」

「本当かね！　いったい、どんな……」

「いや、それっぱかりは、あっしらにも教えちゃくれませんでしたが」

「万が一にでも賊に知られてはならないからと、兄さんも用心していてね」

阿次郎の後を、今度は佐吉郎が引き継いだ。

「その証しを、兄さんは明日の朝、お役所に届けにいくそうだ。そうすれば、たちまち賊はお縄になる。今度こそ、枕を高くして眠れるというものだ」

役所からの帰り道、鈴乃屋に立ち寄るつもりだと、時雨からの言伝《ことづて》を佐吉郎は口にした。

「ただ、皆に心配をかけたことだけは、兄さんもたいそう済まながっていてね。せめておとっつぁんには、一刻も早く知らせてほしいと……」

そうかそうかと旦那も泣き笑いになり、これからすぐに親類たちに伝えにいこうと、自ら腰を上げた。

「ああ、そういや、旦那。縁者の他にもう一軒、知らせてほしいところがありやしてね」

「構わないが、どちらさまだね？」

「浅草《あさくさ》の、丸吉《まるよし》でさ。この前あっしが話をききに行った折にも、旦那さんがたいそう心配なすっておりやしてね。何かわかったら必ず知らせると、約束しちまったんでさ。こちらの旦那さんとは、昵懇《じっこん》の間柄と伺《うかが》いやしたから、ひとつ、お頼みできませんか」

と、少々大げさに言い立てる。自分はこれから深川《ふかがわ》に走って、順松のいた置屋に知らせにいくから、浅草は頼みたいと頭を下げる。

「そういうことなら、もちろん構わないよ。浅草は私らに任せておくれ」

鈴乃屋の旦那は快く承知した。阿次郎と佐吉郎は、鈴乃屋の前で右と左に別れたが、去り際にちらりと目配せを交わす。

「さてと……おれも仕度をしねえとな。まずは、木挽町《こびきちょう》だ」

阿次郎は深川の方角とは外れた道筋をとったが、別に驚きはしなかった。深川へは、すでに昨日、足を向けていたからだ。オレはその場で阿次郎と別れ、猫町へ帰ることにした。オレの方にも、やはり仕度が要《い》るからだ。

当然のことながら、オレと阿次郎が、額を突き合わせて相談したわけではない。それでもたぶん、いまごろ阿次郎も、同じ台詞《せりふ》を呟《つぶや》いているはずだ。

「細工は流々、仕上げをご覧《ろう》じろ、だ」

翌日になった。その日の晩、名護《なご》神社の裏にある時雨の家には、遅くまで灯《あか》りがついていた。

庭に面した障子は閉まっていたが、睦《むつ》まじく寄り添ったふたつの人影が、庭の方角からよく見えた。

「よかった、里三郎さん……明日になれば、もう何の心配も要らなくなるのね」

「苦労をかけたな、おもと。だが、この証しさえお役人に見せれば、連中の悪事も白日のもとにさらされる。十六年前、身内を皆殺しにされたおまえの恨《うら》みも、ようやく晴れようというものだ」

「はい……みんな、里三郎さんのおかげです。あたしを連れて一緒に逃げてくれたばかりか、あの男の悪事を明かすために、東奔西走してくれて」

男女の語り合いにしては、少々声が大きすぎる上に、芝居がかった言い回しも否めない。オレたちの耳なら、すぐにぴんとくるが、人の耳にはそこまで判じられねえんだろ。それ以上に、気が焦《あせ》っているのかもしれない。

そろそろと縁《えん》に近づく人影を、オレは草むらからじっと窺《うかが》っていた。

「明日だ、おもと。明日ですべて片がつく。浅草『丸吉』の主《あるじ》、実右衛門《じつえもん》は、十六年前叶屋を襲った、墨縄《すみなわ》の源造《げんぞう》一味のひとりだった。この品がそれを証してくれる。あの男はきっと、その日のうちに捕えられて……」

「そんなことをしてもらっちゃ、困りますねえ。大西屋の旦那……いや、元旦那か」

外にいた影が声を発し、中の声がぴたりとやんだ。

「いまのあたしは、すこぶる真面目《まじめ》な履物店《だな》の主人だ。十六年も前の話を、いまさらもち出されちゃ、何もかもぶち壊しだ」

「そこにいるのは……まさか……」

声はかすかに震えていたが、障子に映った男女の影は、金縛りにでもあったようにぴくりとも動かない。

「あの川開きの夜、出会っちまったのが運の尽きだったな。忌々《いまいま》しい猫のおかげで、てめえらを始末し損《そこ》なったが、今度は下手《へた》は打たねえ……」

すでに、ひとかどの店の主の物言いではない。思わず総身の毛が逆立《さかだ》つほどの、物騒な気配だけが強く立ち込めていた。

縁側の沓脱石《くつぬぎいし》の前に、ずいと一歩進み出ると、べしゃっと地面が音を立てた。このところ何日も雨なぞ降っていなかったのに、何故だか縁《えん》の前だけがぬかるんでいる。けれど障子越しの淡い灯りのもとではろくに見えないし、中にいる男女に気をとられ、足許にまで気がまわらぬようだ。

「おれの昔を暴《あば》き立てる証しとやらも、てめえらさえ殺《や》っちまえば役に立たねえ。せめてもの情けだ。ふたり仲良く、あの世に送ってやらあ！」

草履《ぞうり》のまま縁に上がるなり、障子を音立てて開け放った。

「なん……だと……？」

座敷を見渡した実右衛門が、石のように固まる。男女の姿なぞどこにもなく、中にはただ、木の板っ切れが突っ立っているだけだ。ただし巧妙に形が切られていて、行灯《あんどん》の光を当てると、ちょうど影絵のように、寄り添う男女の姿に見えるという仕掛けだ。

「とうとう正体を現したな、丸吉の旦那。里三郎さんは、ここにはいねえよ！」

人気《ひとけ》のない座敷から、声だけが響いてくる。

「ふざけた真似をしやがって……てめえ、いったい誰だ！」

「お忘れですかい、旦那？　十日前に会ったばかりだってのに、つれねえなあ」

「その声……あのとき店を訪ねてきた、若造か！　どこだ、どこにいるっ！」

木型を蹴倒して、押し入れからとなり座敷へ続く襖《ふすま》と、片っ端から開けていくが、目当ての姿はどこにもない。が、くるりと後ろをふり返り、男がぎょっとした。

「何だ……これは……」

畳一面に、鮮やかな朱の足跡が、縦横無尽《じゅうおうむじん》に走りまわっている。初めて男が、己《おのれ》の足許をまじまじと見下ろした。草履の裏はもちろん、足にも着物の裾にも、派手にとび散っている。芝居用の、顔料だった。

木型も顔料も、昨日、阿次郎が木挽町に行って借りてきたものだ。木挽町は芝居町として有名で、狂言作者を名乗る阿次郎はしばしば出入りしている。朱の顔料は、道具方に頼んで合わせてもらった特別あつらえで、水で洗っても肌についた色が五日は消えぬ代物《しろもの》だと、阿次郎は得意げに講釈していた。

ついでに言えば、丸吉の旦那が盗賊だったと証し立てする品なぞ、どこにもない。木型も顔料も、そして下手な芝居も、すべては証しを作るための、阿次郎の一世一代の狂言だった。

「大西屋の旦那を通して、ききやしたぜ。履物店の主だけあって、あんたの草履は奢《おご》っている。すべて旦那のために丹精《たんせい》した品で、裏には丸に吉の刻印が打たれているとね……その畳をご覧なせえ、そこら中にべたべたと丸吉の印が張りついている。てめえがだんびら片手に里三郎さんを襲いにきた、何よりの証しじゃねえか！」

ぎりぎりと歯を食いしばり、己の足許をにらみつける。拍子に、ふと気づいた素振りになった。声の主《ぬし》が、どこにいるのか察したようだ。

縁の下だ――。阿次郎と女は、最初から縁の下に潜《ひそ》んでいた。

おもとを、もとい順松を演じていたのは、芸者の妹分にあたる春奴《はるやっこ》だった。

旦那は畳から目を離さない。思わずひやりとしたが、そのときガラッと、庭先で何かが崩れる音がした。次いで、低い垣根の外の雑草が、ガサガサと大きな音を立てて遠ざかる。

「逃がすか！」

旦那が庭にとび下りて、音のした方角へと一目散に走り寄る――というか、オレを目がけて追いかけてくる。まったくオレの傀儡《くぐつ》は、詰めの甘いのが玉にきずだ。

いまごろ、ともに縁の下から這《は》い出した春奴に、大目玉を食らっているに違いない。

「おまえさんは、べらべらとしゃべり過ぎなんだよ！　もう少しで、見つかっちまうところだったじゃないか」

「いや、ちょいと焦ったが、佐吉っつぁんのおかげで、うまくいったじゃねえか」

「庭に潜んでいるあいだ、生きた心地がしなかった。あの丸吉の旦那が、あれほど恐ろしい男だったとは……」

「さ、いまのうちに、番屋に走ろうぜ。今日ここに来た男が、丸吉の旦那に間違いねえことは、佐吉っつぁんが証してくれる」

　そんなやりとりがきこえてきそうだ。

　時雨の家には塀《へい》がなく、低い生垣《いけがき》にふたつの枝折戸《しおりど》があるだけだ。ひとつは通りに向いているが、もうひとつは裏手の急坂へと抜けられる。

　そちらの枝折戸に近い場所に、阿次郎は小ぶりの樽を三つほど縦に積んで、いちばん下の樽に紐《ひも》をくくりつけた。遠くから紐を引っ張って樽を崩し、派手な音を立てたのは、庭に隠れていた大西屋の主、佐吉郎だった。縁の下にいるふたりから賊の目を逸《そ》らせ、裏道へと誘うための策だったが、佐吉郎は見届け人の役目も負っている。

　丸吉の印は畳にしっかりと残されたものの、草履が盗まれただの、逆にてめえがこの家で襲われただの、言い逃れはいくらでもできよう。おまけに訴え出たのが売れない狂言作者と芸者では、まともにとり合ってもらえない。丸吉の旦那を見知っていて、大店《おおだな》の主たる佐吉郎が加勢をすれば、ぐっと信用が増すというものだ。

本当は、捕方《とりかた》の百人も連れてきたいところだったのだろうが、そううまくは運ばなかった。猫町を預かる親分やら、下《した》っ端《ぱ》役人やらに尻をもち込んでみたものの、相手がひとかどの店《たな》の旦那では、てんで相手にしてもらえない。それでも、いくつかは得たものもあった。

十六年前、叶屋を襲った賊は、墨縄の源造を頭《かしら》にする盗人一味で、当時、江戸で派手に盗みや殺しを働いたものの、一年後に捕方に塒《ねぐら》を襲われて一網打尽《いちもうだじん》にされた。ただしその折に、二、三の賊をとり逃がし、おそらく丸吉の主人はそのひとりなのだろう。

とはいえ、本当に危ねえところだった。樽が崩れる音だけでは、奴に床下を覗《のぞ》き込まれていたかもしれない。

ちなみに、ガラガラの後のガサガサは、オレが立てたものだ。猫のからだじゃ音も頼りないから、わざわざ長い枝を横にくわえて、両脇の草を鳴らしながら時雨の家から遠ざかった。

傀儡の不始末は、傀儡師が尻拭《ぬぐ》いしてやらねばならない。

その道理もあったが、それだけじゃない。たとえ阿次郎たちが多少の溜飲《りゅういん》を下げたとしても、まだこっちの始末はついていない。オレたちのやりようは、人の思惑とは別のところにある。

猫には猫の、落としどころがあるということだ。

今夜の策をきいたとき、オレはそれを使わせてもらうことにした。

丸吉の旦那を裏道に誘い込んだのは、阿次郎たちを助けるためばかりじゃない。この裏道から、その先へと導くためだ。

坂を上った先にあるのは、名護神社だった。


「ちきしょう……逃げ足の速え奴だ……どこへ、行きやがった……」

急坂を走らされた旦那が、膝《ひざ》に手をやって、ぜえぜえと肩で息をつく。

中秋の名月から、六日目の晩だった。名護神社の境内《けいだい》には、さえざえと月の明かりが落ちていたが、人の姿は見当たらない。

「今晩中に、奴を始末できねえと厄介《やっかい》だ……ひとまず、この草履を始末して……」

鳥居の方角に歩きながら、言い逃れの算段をはじめる。しかし鳥居の下にさしかかったころ、カサリと枝を鳴らす音がした。丸吉の主人が顔を上げ、辺りの気配に耳をすます。人ごときが、いくら気を張っても無駄なことだ。オレたちの動きは捉《とら》えようがない。

境内を囲む木々が拵《こしら》えた影には、月明かりすら届かない。その闇に、無数の光が灯《とも》った。

暗がりに見開かれた、獣の目だ。

それまで殺気立っていた男の喉から、ひいいっ、と情けない悲鳴があがる。

「な……ななな、何だ……」

思わず、一歩、二歩と後退《あとじさ》る。風が吹いて、雲が一瞬、月を隠した。それを合図に、オレは声を放った。

「ニィヤァァアゴォォォオ！」

闇にうごめいていた数多《あまた》の光が、いっせいに男目がけてとびかかった。

顔から頭から、容赦《ようしゃ》なく爪が引っかき、腕にも足にも、がぶりがぶりと遠慮なく歯を立てる。

「ぎぃやあああああ！」

地獄の釜《かま》に落とされたような、まさに断末魔といった風情《ふぜい》の声を存分に張り上げながら、必死に両手をふりまわす。しかし幾度叩《たた》き落とされても、また次の猫がとびかかる。

猫町中がもぬけの殻になるほどの数が、この名護神社に集まっていた。

入れ替わりながら爪や歯を立てる連中の中には、テツやキジもいて、オスばかりじゃなく、おシマやおトラも参戦している。

猫が徒党を組んで事に当たるなど、まずあり得ねえ話だが、ひとつだけ例《ためし》の外《ほか》がある。

傀儡師が、その命を発したときだ——。

順松の死は、たかが猫一匹が死んだという話に留《とど》まらない。傀儡師という、オレたち猫族が、何百年もかけて培《つちか》ってきた智慧《ちえ》そのものを汚されたということだ。皆がオレの頼みをきいてくれたのも、ミスジという猫への義理なんかじゃない。順松やオレが受け継いだ、傀儡師という技への誇りがあるからだ。

猫たちは一見、無闇やたらにとびついているように見えるが、実は同じ一方から仕掛けていた。旦那のからだは少しずつ、鳥居の外へと押し出される。そして、オレがふたたび声を放った瞬間、そのからだがぐらりと大きく傾いた。

鳥居の外に待っていたのは、たっぷりと尺のある石段だった。

悲鳴をあげながら、男のからだが真っ逆さまにころがってゆく。

大きな音を立てて下に落ち、そのままぴくりとも動かない。

「死んだか？　だとしたら、いい気味だ」

オレの横に立ち、石段の下をながめながら、テツが言い放った。

人である阿次郎は、奴を捕えさせようとしたが、オレたち猫は、奴が死のうと痛くもかゆくもない。人の掟と猫の掟には、隔たりがある。猫の誇りそのものを葬《ほうむ》った者には、それなりの償いをさせるだけだ。

散々喚《わめ》いていたから、それが呼び水になったんだろう。石段の下には、早くも近所の者たちが集まり出していた。

さっきとは違う細い声で、ひと鳴きする。

境内にいた百を超す猫たちが、その声を汐《しお》に、闇に紛れるように消えた。

＊

「やりましたね、阿次郎さん！　ついに丸吉の旦那が、すべて白状したそうじゃありませんか。これもみな、阿次郎さんと春奴さんのおかげです」

佐吉郎が、ふたりの手を交互にとって、何度も礼を述べる。

「盗人《ぬすっと》だったころの名は、堀端《ほりばた》の鎌吉《かまきち》といったそうだ」と、阿次郎がこたえ、

「獄門になった、墨縄の源造一味の生き残りってのは、本当だったんだねえ……てっきり阿次さんのはったりだと思っていたよ」と、春奴がため息をつく。

あの夜から半月後、猫町にある蕎麦屋《そばや》の小上がりだった。いつぞや、阿次郎が春奴を連れて入った店だ。オレには験《げん》の悪い店だから、中に入ることはせず店先から覗くだけに留めたが、ユキは春奴の白い腕に、気持ちよさそうに顎《あご》を載せていた。

「はったりははったりだが、他にうまい嵌《は》まりどころがなかったからよ。里三郎さんと順松姉さんの行方《ゆくえ》知れずと、最後にふたりに会ったという男。そいつが見せた物騒な気配と、十六年前の叶屋への押し込み。これを狂言に仕立てたら、その筋しか浮かばなかった」

たいして得意そうな顔もせず、阿次郎は、くいっと猪口《ちょこ》を傾ける。それでも捕まった実右衛門が歌った中身と、さほど違いはなかったようだ。

石段から落ちたときには白目を剝《む》いていたそうだが、奴はしぶとく生き永らえた。阿次郎らがその罪を御上《おかみ》に訴えて、時雨の家にも役人が出張《でば》って中を改めた。ただし肝心の咎人《とがにん》が、数日のあいだは口もろくにきけない有様だったから、お縄にするには数日を要した。

「しばらくのあいだ、ずうっとうわ言みたいに言ってたんだろ？『猫の祟《たた》り』だって……」

「いくら何でも祟りだなんて……もともと猫が嫌いなようすだったと、阿次郎さんからきいていましたが」

春奴に抱かれたユキをながめて、佐吉郎が苦笑する。

「名護神社は、猫のたまり場になっているそうだからな。大方、逃げる最中《さなか》に尻尾《しっぽ》でも踏んづけちまったんだろうが……」

言いながら、少し気になるとでもいうように、阿次郎が顎に手をやった。

「奴の口を割らせたのは、紛れもなく猫だ。口が利けるようになってから、あの野郎はいったん言い逃れをはじめたそうだが、外から猫の声がしたとたん、震え上がってたちまちしゃべり出したというからな」

詰めの甘い傀儡と違って、オレは仕舞《しま》いまで手を抜いたりしない。長らく奴に張りついて、ずっとようすを窺っていた。役人を前にしたとたん、嘘《うそ》のにおいをぷんぷんさせやがったから、あの晩と同じ声を、お見舞いしてやったんだ。

堀端の鎌吉が、どうして丸吉の実右衛門に至ったのか、川開きの晩、何があったのか、だいたいのあらましは摑《つか》めたようだ。

今日、奉行所へ呼び出された名主《なぬし》からきいたと前置きして、阿次郎が語り出した。

「あの男はもともと、丸吉の三男だそうでな。ただし妾腹で、本宅の身内とは性が合わなかったようだ。ガキの時分から札付きの悪で、十四で家をとび出してそれっきり、十二年ものあいだ帰らなかった」

「戻ったというのは、ひょっとして……墨縄一味が捕縛された後ですか？」

そのとおりだと、佐吉郎に向かって阿次郎がうなずく。一味が捕まった折に、三人ばかり捕方から逃れたが、ふたりは一、二年のうちにお縄になって、堀端の鎌吉が最後のひとりだったとつけ加える。

丸吉の本店は、東海道の浜松《はままつ》にある。逃げのびた他の仲間も散り散りになり、江戸をとんずらして、浜松に戻るより他になかったのだろう。父親はすでに他界して、長男が店を継いでいたが、許されて丸吉に戻り、まもなく女房を迎えたためもあってか、それからは案外まじめに商いに励んでいたようだ。丸吉が江戸店を出す折、八年前に主人に据えられたと、阿次郎は奴の来し方を語ったが、春奴はその辺りには頓着《とんちやく》がわかないようだ。

「そんなことよりも、川開きの晩に何があったのか教えとくれよ！　あの男は、順松姉さんと時雨の旦那に何をしたんだい？」

最初は空とぼけていたが、奴が時雨と出会ったとき、となりには順松がいた。しばし立ち話をしていたが、途中から横にいた順松の顔色がみるみる失《う》せて、妙なことをたずねられた。

『旦那は……十六年前、どちらにいらしたんですか？』

もちろん、そのころはまだ浜松にいたとごまかしたものの、順松の目からは疑いの色が消えない。その場をとり繕《つくろ》ってふたりと別れたものの、じっとりと冷や汗をかいていた。十六年前というと、墨縄一味が派手に稼いでいたころだ。あの芸者は、そのころの己を知っている——。このままには、しておけない——。

懐《ふところ》に呑んだ短刀を握りしめ、ふたりの後をこっそりつけた。悪事を働いていたころの用心が抜けなくて、短刀だけは絶えず身につけていたという。

やがてふたりは混み合った往来を逸れて、脇道に入り、人気のない堀端に出た。

その話を盗み聞きして、己の昔がばれていることを確かめた。

十歳だったおもとは、女中がいち早く縁の下に隠してくれたおかげで難を逃れた。若い手《て》代《だい》がひとり、逃げ出そうと試みて庭に下りたが、追ってきた賊と揉《も》み合いになり、ふたり重なって地面に倒れた。手代はあえなく刺し殺されてしまったが、その折に顔を覆っていた布が外れ、月明かりに賊の顔がはっきりと見えたのだ。

唇の下、顎の真ん中に、大きなイボのような黒子《ほくろ》があった――。

身内をすべて亡くした上、手代が殺されるところまで目にしてしまった。しばらくは高い熱が出て、役人の問いにもろくにこたえられなかった。堀端の鎌吉の人相も、伝えられぬままになってしまったが、そのぶん強く胸に張りついて、どうしても消えなかった――。

順松は、時雨に向かってそう訴えていた。

ここでふたりを始末するしかない――。

実右衛門は、迷うことなく刃物を抜いて、ふたりの前に躍り出た。

線の細い元商人と、もうひとりは女。すぐにも片がつくはずが、刃物を握った右腕に何かがとびつき、鋭い痛みが走った。慌ててふり払ったが、くるりと地面に下り立ったそれは、毛を逆立てて光る目で睨《にら》みつける。

『……順松？　おまえ、順松なのか？』

さっき話を交わした芸者と同じ名であったから、時雨が不思議そうに叫んだひと言が、妙に頭にこびりついていると実右衛門は語った。

後は猫を払うのに必死で、何度叩き落としても、まるで狂ったようにくり返し攻めてくる。暗闇の中で襲われているせいか、それが猫ではなく、得体《えたい》の知れない化け物のように思えたと、そのときばかりは震えながら役人に告げたそうだ。

「それじゃあ、時雨の旦那が飼っていた猫が、ふたりを守ってくれたんだね……」

「ああ、猫をどうにか仕留めたときには、ふたりの姿はなかったそうだ」

「『猫の祟り』とは、そういうことでしたか……犬が主人の楯《たて》になるとは、きいたことがありますが、猫がそんな真似をするなんて……何とも不思議な話ですね」

「よほど可愛がっていたのかもしれねえな……猫にだって、情くらいあるさ」

そんなんじゃねえ――。傀儡師は、傀儡を守る立場にあるからだ。

てめえの傀儡も守れないようじゃ、傀儡師を名乗れねえ。順松の兄貴は、誰よりも肝《きも》に銘じていた。あの野郎に腹をかっさばかれても、最後まで傀儡師の務めを全《まっと》うしたんだ。

カアア、と呑気《のんき》な声を立てながら、暮れかけた秋空を烏《からす》が通り過ぎる。

最初に三日月烏からきいたときは、どうしても信じられなかった。春奴が現れたころから、時雨と芸者の順松の行方知れずが少しずつ紐解かれ、逆に順松の兄貴が生きている望みは、撚《よ》り合った糸が一本ずつ切れていくように、だんだんと細くなっていった。

わかってはいたし、すでに仇《かたき》も討った。それでもどうにも、切なくてならねえ。胸ん中に、でっかい魚の骨でも刺さっているみたいだ。痛くて悲しくて、その場から動けねえ。

もういっぺんだけ、兄貴に会いたかった。何が言いたいのか、ききたかったのか、てんで浮かんでこないが、それでもひと目だけでも、あの勇ましい姿を拝みたかった。

「ミスジさん……」

いつのまにか、ユキが店から出てきて、オレのとなりにいた。

別に泣いてたわけじゃねえが、何となくばつが悪くてあさっての方を向く。

「よかったな……おまえの母ちゃんが無事で。阿次郎が何か手を打つと言っていたから、きっとそのうち帰ってくるさ」

「はい……でも……」

何か言いたそうに、オレを覗き込む。オレはこたえずに、黙ってその場を離れた。

こんなしおたれた傀儡師の姿なぞ、他の猫には見せちゃならねえ。

時雨と芸者の順松が戻ったのは、それからひと月半が過ぎた冬のはじめだった。

「姉さん！　順松姉さん！　生きてたんだね！　帰ってきてくれたんだね！」

知らせを受けて猫町に駆けつけた春奴は、姉芸者にしがみついて、子供みたいにわあわあと泣き出した。

「心配をかけて、すまなかったね、春奴。お母さんにも、長いこと音沙汰《おとさた》なしで、不義理をしちまって」

「まったくだよ！　どうして便りのひとつも寄越《よこ》さなかったんだい！」

春奴と一緒に来た置屋の女将《おかみ》も、最初こそ叱《しか》りつけたものの、結局泣き笑いになり、よかったよかったと三人で手をとり合う。

女たちをながめながら、阿次郎が時雨に言った。

「やっぱり、あの男から逃れるために、江戸を離れていたんですね」

「他に順松を守ってやる術《すべ》が、思いつかなくてね。実家《さと》にも大西屋の弟夫婦にも、心配をかけてしまったが」

「そうだよ、兄さん。せめて私にくらい、一筆したためてくれても罰は当たりませんよ」

佐吉郎がぷりぷりと兄を責めたが、まあまあと阿次郎がなだめる。

「あの物騒な男のことだ。少しでもようすがおかしければ、何をしでかすかわからない。時雨の旦那は、鈴乃屋と大西屋、それに置屋の雉子春《きじはる》の皆が、巻き込まれやしないかと案じていたのでござんしょう？」

「そのとおりだ。ことに大西屋と鈴乃屋は、丸吉とも近しかった。せっかく添い遂げた弟夫婦に万が一のことがあっては、詫《わ》びようもないからね」

「それは、そうですが……」

兄に説かれて、弟もひとまず矛《ほこ》を収める。

「しかし、兄さん。この五月《いつつき》のあいだ、どこでどうやって暮らしていたんです？」

「順松のおかげで、暮らしには存外困らなかったよ。芸は身を助くとは、よく言ったものだ」

声がよく、芸事《げいごと》も達者だった。三味線《しゃみせん》さえあれば、どこでもお座敷が務まるから、湯治場《とうじば》を転々としていたようだ。食いぶちに困ることはなかったものの、身内や仲間がいる江戸に戻る算段がつかないことだけは、正直参っていたと時雨は告げた。

「あの男が居座っている限り、私たちは二度と江戸には帰れない……それがどうにもやりきれなくってね」

時雨は、そのときばかりは細いため息をついた。順松との暮らしには何の不足もなかったが、江戸にいる身内がどれほど案じていることか——。そう考えるたびに、たまらなく気が揉めて仕方がなかったそうだ。

「いっそ、江戸に帰って、あの男の悪行《あくぎょう》を御上《おかみ》に訴え出ようかとも考えたが……」

「いや、そいつは無茶な思いつきだ。なにせ証しが何もねえ上に、相手は身許もはっきりした、結構な店《たな》の主ですからね。十歳だった娘の訴えだけでは、御上も相手にしちゃくれやせん」

時雨の用心深い行いが最善だったと、阿次郎はそう褒《ほ》めた。

「だから丸吉の旦那が、いや、堀端の鎌吉か——奴がお縄になったと知ったときには、どんなに安堵したことか」

「本当なら、もっと早く知らせたかったんですが……どこにいなさるかわからなかったもんで、ちょいと暇がかかっちまって」

「これも阿次郎さんのおかげだよ。瓦版《かわらばん》を使うなんて、私なら思いつきもしなかった」

「いや、褒め過ぎだよ、佐吉っつぁん。なにせこれほど大きな話種《はなしだね》だ。連中は放っておいても書き立ててくれたろうからな」

墨縄の一味の最後のひとりが捕まって、それがいっぱしの店の旦那だった。

いかにも瓦版がとびつきそうな話だが、さらに阿次郎は、関わったひとりとして存分に瓦版屋に噂《うわさ》の種をまき散らした。江戸で噂になったことは、必ず田舎にも伝わるものだ。阿次郎は、それに懸けたのだ。

「今度のことでは、本当に世話になったね、阿次郎さん。改めてお礼を言わせていただくよ」

「本当に、ありがとうございました」

時雨と順松に、ていねいに頭を下げられて、阿次郎がひどく恐れ入る。

「おまけに、ユキの面倒まで見ていただいて。お礼の申しようもございません」

「いやいやいや、どうかもうその辺で……」

くさされるのは慣れているが、褒められるのは苦手のようだ。いい加減のところでふたりの頭を上げさせて、阿次郎がいちばん気になっていたことをそろりと切り出す。

「それよりも……そのう、おふたりはこれから、深川で暮らしなさるんですよね？」

「ええ、せっかくの芸を枯らしてしまうのはもったいないと、旦那さまが仰《おつしや》ってくだすって」

「なにせ順松の芸のおかげで、身過《みす》ぎができたからね。また、いつ路頭に迷うかしれないし」と、時雨がにっこりする。

「こんなに心配をかけさせられたのだから、もとはとらせていただきますよ。もうしばらくは深川で、しっかり稼いでもらわないと」

雉子春の女将が、当然だと言わんばかりに釘《くぎ》をさす。

「そうかあ……ユキもやっぱり、深川に連れていっちまうのか……」

阿次郎が、この世の終わりのような、ため息をつく。それまで順松の膝に収まっていたユキが、名を呼ばれてミャアと返事する。

「ユキのことを、本当に可愛がってくださったんですね。ユキを見ればわかります。こんなに大きくなって、毛艶《けづや》もよくて、何よりユキがとても懐《なつ》いています」

ユキはすっかり育っちまって、もう大人と変わらないほどの姿になった。それでも甘えん坊は変わらなくて、「お母さん、お母さん」と順松にべたべたしていた。阿次郎にしてみれば、立つ瀬がない。

「ユキ、おまえは阿次郎さんと一緒にいなさい」

「え！　いいんですかい？」

「猫町はお仲間も多いようですし、せっかくこの土地や阿次郎さんに慣れたのに、連れていくのもかわいそうです。阿次郎さんさえよければ……」

「もちろんです！　ユキはあっしにとって、大事な娘ですから！」

順松からユキを受けとって、阿次郎が頬《ほお》ずりする。こいつの親バカぶりも、相変わらずだ。

阿次郎に抱かれながら、ユキがオレに向かって声をあげた。

「ミスジさん、あたしこのまま、猫町で暮らせるみたいです。これからも、よろしくお願いします」

「ああ、よかったな。うちの傀儡を、よろしく頼まあ」

と、尻尾だけで返す。オレは阿次郎についてきたものの、我関せずの体《てい》で、縁側に寝そべっていた。

「そういや、時雨の旦那。ひとつ、伺いたいことがあるんですが」

「何です？」

「あ、その前に、あやまらねえと……そのう、旦那が順松姉さんに書いた文《ふみ》の、その中身のことでやして……」

姉芸者の行方を探したい一心で、勝手に文を見てしまった。春奴が阿次郎とともに慌てて詫びを入れ、順松は笑って受け流す。

「旦那は、姉さんと同じ名の猫を、飼ってましたよね？」

「ああ……あの順松には、本当にすまないことをした……」

それまで晴れやかだった時雨の顔が、そのときばかりは名のとおり、過《よ》ぎる雨のように悲しげに曇った。

「あんなに賢い猫だったのに……賢さ故に、命を縮めさせてしまった……」

あの日、順松の兄貴が深川までついてきたことは、時雨も知らなかった。理由《わけ》は、オレにもわからない。何か用があったのかもしれないし、もしかすると、虫の知らせとかの類《たぐい》だったのかもしれない。

どちらにせよ、ふたりの命を救ったのは順松の兄貴だ。

「この順松と一緒に無我夢中で走りながら、背中で声をきいていました。あの男の声と、順松の声です……それが途絶えたとき、あれが私らのために死んだのだと悟りました」

「あの子には、本当にかわいそうなことをしました……」と、同じ名の順松も涙ぐむ。

「だからこそ、何としても生きのびねばならないと、腹を括《くく》りました。順松は、死んでからもずっと、私たちを守ってくれたんです」

身内を捨て、江戸を捨てる覚悟ができたのも、飼い猫のおかげだと時雨は言った。

「姉さんの命の恩人だってのに、供養もできないんじゃ申し訳ないね。永代寺《えいたいじ》のお坊さまに頼んで、お経だけでもあげてもらおうよ」

いっとき皆の顔が沈んだが、春奴の台詞に、そうね、と順松が応じ、少しばかり座が和《なご》んだ。その隙《すき》に阿次郎が、改めて時雨にたずねた。

「その文の中に、こんな件《くだり》があったときやした。ええっと、たしか……」

「『私はどうやら、猫の傀儡にされたのやもしれない』」

阿次郎のかわりに、よく通る春奴の声がその一文を辿る。兄貴をもち出されて、しんみりしていた矢先のことだったから、びびくん、と寝そべったからだが跳《は》ねちまった。猫の気も知らないで、そうそう、と阿次郎が手をたたく。

「あれは、飼い猫の順松の、傀儡にされたってえことですよね？　一緒に歩いていると、妙な出来事に出くわすとか、まるで誘い出されているみたいだとか」

まずい。とてもまずい。足の裏が水に浸かったみたいに、ぐっしょりと濡《ぬ》れてくる。猫は足の裏にしか、汗をかかねえからだ。ひとまず退散しようと首だけもち上げたが、そこから動けなくなった。阿次郎が、とんでもないことを言い出したからだ。

「いや、実はね、あそこにいるあの猫も、ちょいと変わり種でして。野良《のら》なんですが、ちょいちょい家に遊びにくる。おまけに、どうもあいつがいると、変わったことや面白いことに、よく当たるんでさ。ミスジって呼ばれていやすがね」

「……ミスジ？」

と、時雨がふり返った。まともに目が合っちまって、どうしていいかわからない。

時雨は、しばしオレをながめ、懐かしそうにふっと微笑《ほほえ》んだ。それから首を戻し、ことさら明るい声で阿次郎に返した。

「嫌だな、阿次郎さん。あれは洒落《しゃれ》ですよ。何か順松に、楽しいことを書いてやろうと思ってね」

「なんだ、やっぱり冗談だったんですね」

春奴がそう受けて、つられて皆も笑い出す。ユキも阿次郎の膝の上で、嬉しそうにミャアと鳴いた。阿次郎だけが、ちょっとがっかりした風情で口を尖《とが》らせる。

「ちぇ、ただの洒落かあ……面白い狂言種に、なりそうに思えたんだがな」

座の空気がほぐれたのを潮に、皆が腰を上げ、出仕度をはじめた。これから鈴乃屋で、祝いの宴《うたげ》が開かれるそうで、六人そろって招かれているからだ。

やれやれと胸を撫《な》でおろし、目立たぬように庭に下りた。そのまま帰ろうとすると、

「ミスジ」と、背中からやさしい声が呼び止めた。

ふり向くと時雨がいて、オレの目線に近づけるようにそっとしゃがんだ。

「ミスジ、もしや……順松の跡は、おまえが継いだのかい？」

見開いた目の中で、瞳だけが針のように尖る。オレは爪一本すら動かせず、ただじっと、時雨の次の声を待っていた。

「だとしたら、嬉しいよ……おまえが継いでくれたなら、順松も浮かばれるだろうからね」

ききたいことも、確かめたいことも山ほどあるが、人と猫では通じようがない。

オレはただ、尻尾をひとふりして背を向けた。

「おおい、ミスジ！　おめえも来いよ。たんと馳走《ちそう》が出るからよ、ユキやおめえにも相伴《しょうばん》

させてやるぞ」

時雨の向こうから、呑気な誘いの声がかかる。物思いに水を差されたが、悪い気はしなかった。傀儡が安穏としているのは、傀儡師の腕が良い証しだからだ。

だからこそ、兄貴も時雨のために命を張った――。

『任せたぞ、ミスジ……』

声がしたような気がして、もういっぺんふり返る。

オレを見送る時雨のとなりに、一瞬、淡い幻が浮かび、西の空の茜色《あかねいろ》ににじんで消えた。

解説

石井《いしい》千湖《ちこ》（書評家）

『猫の傀儡《くぐつ》』とはなんと猫本位の、素晴らしいタイトルでしょうか。

本書の主人公ミスジは、江戸の猫町で暮らす二歳のオス猫。人を遣い、人を操り、猫のために働かせる「傀儡師」になったばかりです。ミスジは傀儡として選ばれた狂言作者の阿次郎とともに、猫がからんだ事件の謎を解いていきます。

赤川次郎の「三毛猫ホームズ」シリーズやリリアン・J・ブラウンの「シャム猫ココ」シリーズなど、猫と人間がコンビを組むミステリーはあります。ただ、いずれも意図はせずとも猫が人間の役に立っているのですね。『猫の傀儡』は人間が猫に使役《しえき》されます。人間の意のままに動かない猫の魅力が生かされた設定になっていると言えるでしょう。

しかも西條さんは猫の生態を巧みに物語の中に織り込んでいます。例えば、第一話「猫の傀儡」の冒頭で、ミスジが兄弟子のテツに〈てめえのような、竿《さお》の棘《とげ》さえ生えてねえガキに、猫町の傀儡師は務まらねえ〉と言われるくだり。〈竿の棘〉は、猫の陰茎棘のことです。交尾のとき、この棘がメスの排卵を誘発します。説明するとちょっと生々《なまなま》しいですが、猫らしい揶揄《やゆ》になっているのです。

同じく第一話、百両の価値がある朝顔の鉢が壊された事件について、重要な証言をするおシマという婀娜《あだ》っぽい猫。おシマは容疑者のキジ猫の知り合いです。ミスジがキジの無事を知らせ〈おシマさんが寂しがっていたと、伝えておくよ〉と言うと〈誰があんな唐変木《とうへんぼく》を。よけいなお世話だよ〉と返しながらそっぽを向きます。ところが〈灰色の縞柄の尾は、闇の中でゆうらりと揺れていた〉。

ミスジが語っている通り、猫がゆったりと尾をふるのは機嫌がいいときです。この猫ならではの感情のサインが、ラストシーンで再びあらわれたとき、思わず頬が緩みます。あまりにも愛らしくて。

江戸時代に猫の話、というのも、実は必然性があります。猫は戦国時代までひもでつながれて飼われていましたが、一六〇二年、徳川家康は京都所司代を務めていた板倉勝重の名前で「猫放し飼い令」を発布しました。当時の京都の人々は、食料だけでなく家もかじってしまうネズミの被害に悩まされていたからです。翌年、征夷大将軍になると、家康は同様の被害に遭っていた江戸でも「猫放し飼い令」を施行します。そんなわけで、空前の猫ブームが起こりました。ご飯は鰹節や汁をかけた「猫まんま」、器はアワビの貝殻が定番。体調を崩した猫を診てくれる医者もいたそうです。

『猫の傀儡』のカバーに使われている「たとゑ尽の内」を描いた浮世絵師・歌川国芳は、江戸の愛猫家の筆頭。周りには常に何匹も猫がいて、猫を懐に入れて仕事をすることもあったようです。「時世粧菊揃　こどもがあるかときく」という、美女が懐に仔猫を抱いている絵も描いています。国芳の描く猫は可愛いだけではなく表情豊か。『猫の傀儡』のキャラクターに通じるところがあります。

国芳が挿絵を手がけ、戯作者の山東京山が文を作った『朧月猫の草紙』は江戸の猫物語を代表する名作。鰹節問屋、又たび屋粉右衛門の家の飼い猫、おこまの冒険を描いています。とらというオス猫と恋に落ちたおこまは、心中に失敗したことがきっかけで、ある屋敷のお姫様に飼われることになります。リアルに猫っぽい部分と擬人化されている部分が、混在しているところがおもしろい。

松尾芭蕉も〈猫の恋やむとき閨の朧月〉〈猫のつまへつゐの崩れより通ひけり〉など、猫にまつわる俳句を作っています。江戸人にとって、猫は身近なヒーローであり、アイドルでもあったのかもしれません。

『猫の傀儡』は表題作を含めて七つのエピソードで構成されています。簡単に内容を紹介しましょう。

「白黒仔猫」
三日月烏に襲われた白い仔猫をミスジが助けます。白い仔猫は、ミスジの大事な兄貴分で行方不明になっている順松の名前を知っていました。一方、黒い仔猫が両替商の娘と一緒に誘拐されます。犯人の動機とは……。現代にもある児童虐待問題をテーマにした話です。

「十市と赤」
風呂屋の主人が殴られて大怪我をします。咎人《とがにん》として捕えられた十市は、年老いて獲物をとれなくなった赤爺という猫に餌を与えていました。赤爺のおかげで傀儡師になれたミスジは、十市の無実を証明するために奔走します。〈知恵は十の子供にもおよばねえし、言葉も覚束《おぼつか》ない〉という十市と赤爺の絆が胸を打つ一編。

「三日月の仇」

猫が連続して虐殺される事件が発生します。同じ凶器で刺された三日月鳥の女房の話を聞いたミスジは、下手人を追いますが……。人間のなかにある闇に対峙する猫と鳥の話です。

「ふたり順松」

ミスジが助けた白い仔猫ユキは、阿次郎に溺愛されています。ある日、ミスジがユキと阿次郎を連れて歩いていると、粋筋《いきすじ》の女がユキに声をかけてきました。女はユキの飼い主・順松の行方を探していて……。この話で、ミスジの兄貴分の順松とユキの飼い主の順松の関わりが判明します。

「三年宵待ち」

阿次郎が順松の飼い主である時雨の過去を探ります。大店の後を継いだ時雨は、なぜ早々と隠居して、根付師になったのか。十六年前に小間物問屋の一家が盗賊に殺された事件とのつながりは？　いよいよクライマックスです。猫と人間の相違点が興味深い話でもあります。特に空間と時間のとらえ方。猫はテリトリーが狭く、二ヶ月半前を何年も前のように感じてしまいますが、人間は長距離移動が可能で十年単位で物事を考えられるということがわかるのです。

「猫町大捕物」

時雨と順松（人間のほう）が行方知れずになった事件の謎が解けて、猫たちが悪党を追い詰める場面が痛快！　物語は大団円を迎えます。

動物の視点で描かれた物語がおもしろいのは、異なる種族の行動と比較することによって、人間とはどんな生きものかが浮き彫りになるところです。

「白黒仔猫」「十市と赤」「三日月の仇」には、自分のために弱者を踏みつける人間が登場します。実の子がいなくなっても〈まるで能面をかぶったように、ひと筋の乱れもない〉母親。十市の猫に対する純粋な愛情を利用して、濡れ衣を着せた風呂屋殴打事件の真犯人。良心の痛みなどまったく感じることなく小動物を虐殺する〈魑魅魍魎《ちみもうりょう》〉。猫の前でならば、人間たちは隠している本性をさらすことができるのでしょう。猫は人間の嘘を見破る能力があるというのは、小説ならではの設定ですが、あながちありえないことでもありません。

哀しくなりますが、「ふたり順松」「三年宵待ち」「猫町大捕物」を読むと、まだまだ人間も捨てたものではないなと思えます。猫の傀儡――阿次郎の存在があるからです。

阿次郎は猫の傀儡の条件にぴったりの人間だと言われます。その条件とは、

壱《いち》、まず暇であること。
弐《に》、察しと勘が良いこと。
参《さん》、若い猫並みの数寄心《すきごころ》をもち合わせていること。
肆《し》、何よりも猫が好きなこと。

「弐」以外はそんなに難しくはないと思います。でも、実際は誰でも傀儡になれるわけではありません。ミスジいわく〈不真面目なほどに呑気な生き方〉をしている阿次郎だからこそ、無意識に猫を救い、人間の問題まで解きほぐすことができたのでしょう。

〈不真面目なほどに呑気な生き方〉とはどんな生き方か。誰かが勝手に決めた価値観や目先の利益に縛られない生き方かな、と阿次郎の言動を読んでいると感じます。

人間にとって都合の良いことだけを追い求めていくと、きっとどこかで行き詰まる。お話のなかだけでも猫の意のままに動かされてみると、まったく違う世界が見えるはずです。

初出

猫の傀儡　『江戸猫ばなし』光文社文庫二〇一四年九月刊
白黒仔猫　「ジャーロ」二〇一五年春号
十市と赤　「ジャーロ」二〇一五年初夏号
三日月の仇　「ジャーロ」二〇一五年秋冬号
ふたり順松　「ジャーロ」二〇一六年春号
三年宵待ち　「ジャーロ」二〇一六年初夏号
猫町大捕物　「ジャーロ」二〇一六年秋冬号

単行本　二〇一七年五月　光文社刊

光文社文庫

猫《ねこ》の傀儡《くぐつ》

著者　西《さい》條《じょう》奈《な》加《か》

2020年5月20日　初版1刷発行
2023年2月25日　7刷発行

発行者　三宅貴久
印刷　新藤慶昌堂
製本　フォーネット社

発行所　株式会社 光文社
〒112-8011　東京都文京区音羽1-16-6
電話（03）5395-8149　編集部
8116　書籍販売部
8125　業務部

落丁本・乱丁本は業務部にご連絡くだされば、お取替えいたします。
ISBN978-4-334-79028-8　Printed in Japan

組版　萩原印刷